致青春

檸檬汽水糖（上）

蘇拾五 著
阿玏Amo 繪

高寶書版集團

目錄
CONTENTS

一顆檸檬　暗戀的酸澀

週五下午，秋季的落日映紅了半邊天空。

從高一二班的教室看出去，可以看見籃球場，最後一扇窗戶的視野最好。

周安然打掃到最後一扇窗戶附近時，動作停了停，抬頭朝窗外望去。

教學大樓離球場不算近，籃球場上肆意奔跑的少年們，被距離模糊了身形樣貌，遠遠望過去，像是在不停跑動的藍白線條小人。

周安然自認對那個人的身形和樣貌已經十分熟悉，卻也沒辦法在這一堆線條小人中辨認出他。

她收回目光，視線又落向第二組第六排左邊的位子。

位子早就空了。

桌上的書籍沒擺整齊，但也稱不上亂，和它的主人一樣，是所有老師眼中的好學生，卻又不是特別規矩的。

一下課，他經常走得比誰都積極，黑色的書包常常散漫地只掛在一側肩膀上。

因為嫌麻煩，別說班級幹部了，就連小老師都不肯當。

「然然，妳掃好了嗎？」嚴星茜的聲音突然響起。

周安然回過神：「快好啦。」

把清理好的垃圾拿去倒掉後，周安然和嚴星茜的任務就算完成。

兩人回到課桌前收拾書包，嚴星茜回頭看坐在身後的同學：「賀明宇，你還不走啊？」

後桌的男生戴著一副眼鏡，正低頭寫著試卷，聞言抬頭看她們一眼：「等一下就走。」

「那我們先走啦。」嚴星茜也沒再多說，「走吧，然然。」

二班在二樓，周安然挽著她的手下樓。

她的父母和嚴星茜的父母是好友，兩個人住在同一個社區，從小一起玩到大。

她們回社區的公車，要在學校的東門外搭乘。而從教學大樓走去東門，是需要經過籃球場的。

想到等一下還能再見到他，周安然頓時感到雀躍，腳步也輕快了一些，就連肩上沉甸甸的書包好像都輕盈了不少。

在球場上，他永遠是最引人矚目的一道風景。

過路的許多學生，無論男女，常常會不自覺地望過去。

周安然混在其中，也就不算顯眼。

這是她一週之內少有的幾次機會，可以在這時候大大方方又不引人注意地注視著他。

樓梯下了一半，嚴星茜想問周安然要不要買杯奶茶再回去，一偏頭就看見旁邊的女生睫毛長而捲翹，嘴角微微翹起，白得近乎發光的臉頰上溢出一個小小的梨渦。

認識這麼多年，嚴星茜還是時不時會被她這副模樣甜到。

只是學校在髮型和著裝上都有要求，周安然向來乖巧聽話，不會刻意打扮自己，臉上還有點嬰兒肥，性格溫順不愛出風頭，在班上就沒那麼顯眼。

嚴星茜不由多看了幾秒。

隨著往下走的動作，周安然嘴邊的小梨渦被快齊肩的頭髮遮住一下，又露出，然後再遮住。

「然然。」嚴星茜晃了晃她的手，「怎麼回事，妳今天好像特別開心？」

周安然的心跳快了一拍：「要放假了，妳不開心嗎？」

「當然開心啊。」嚴星茜繼續盯著她，「但感覺妳今天比平要更開心一點。」

周安然撇開視線：「我媽媽說今晚會做虎皮雞爪，晚上我再送過去給妳。」

嚴星茜最愛周安然的媽媽做的虎皮雞爪，立刻轉移注意力：「然然我愛妳，也愛阿姨。」

出了教學大樓，周安然和嚴星茜繼續有一搭沒一搭地聊著天。不久後，籃球場便撞入了視線。

二中的籃球場非常寬敞，被紅白線條切割成六個標準的場地。

她的視線不自覺先落向第一排第三個球場。

距離慢慢拉近，場上奔跑的少年們不再是模糊的藍白線條，已經能分辨出更具體一點的模樣。

有手長腳長的瘦高個兒，也有身材魁梧一點的，還有頭髮長到大概馬上就要被老師教訓的，以及為了省事，乾脆理成寸頭的。

但都不是他，沒有一個人是他。

哪怕看不清面容，周安然依舊能輕易分辨出他不在這個球場裡。

她不死心地看向其他球場，卻都沒有看見他的身影。

心裡像是空了一小塊，書包也重新變得沉甸甸的。

有兩個女生在球場邊駐足幾秒後直接離開，朝著她們的方向走來。

擦肩而過的時候，周安然聽見她們的說話聲：

「陳洛白今天怎麼沒在球場啊，他不是每週都會在這個時間，留在學校打一會兒籃球嗎？」

「就是說啊，我還以為今天能見到他呢，已經好幾天沒看到他了。」

「胡說，妳昨天不是還裝作路過他們教室門口，偷偷去看他了嗎？」

「畢竟最近都沒能看到他嘛。」

語氣和周安然此刻的心情一樣，既失落又悵惘。

她也以為今天還能再見他一面。

明明在下課的時候聽見他說要和朋友一起去打球。

確認他不在球場後，周安然收回視線，心不在焉地看向地面，直到看見嚴星茜的手在她眼前晃了晃。

「然然。」

周安然偏頭：「怎麼啦？」

嚴星茜：「我才想問妳怎麼了，剛才明明還很開心，現在又垂頭喪氣的，我和妳說話都沒反應。」

周安然抿抿唇：「妳剛剛和我說什麼了？」

嚴星茜：「問妳要不要買杯奶茶再回去？」

周安然有些愧疚於剛才沉浸在自己的思緒裡，沒認真聽好友說話，她點點頭：「去吧，我請客。」

「太好了！」嚴星茜的性格正好和她相反，大大咧咧的，也沒多想，「正好我這個月零用錢沒剩多少了。」

周安然繼續和她邊走邊聊，二人在經過球場時，她又不由自主地抬頭看了第一排第三個球場一眼，認出場上有一些熟悉的面孔，一個是三班的，剩下幾個都是他們班上的。

全是和陳洛白玩在一起的人。

因為和陳洛白玩在一起，她才會覺得熟悉。

但他朋友明明都在打球，他為什麼會不在呢？

周安然不免又開始心不在焉，所以等那句「同學小心」遠遠傳過來的時候，她慢了半拍才抬起頭。

橙紅色的籃球幾乎已經要砸到她面前。

要躲似乎也來不及了。周安然愣在原地，等著劇痛到來。

幾乎是在同一時間，某種清爽的洗衣精香味頓時侵襲鼻間，一隻冷白修長的手從旁伸過來，攔住了那顆近在眼前的籃球。

只有不到兩公分的距離。

周安然可以清楚看見那隻大手上細細的絨毛，和因為用力而微微凸起的青筋，還有腕骨上方那顆她不經意隔著或近或遠的距離，瞥見過幾次、足以讓她瞬間辨認出他身分的小痣，這次終於近在眼前。

原來不是黑色的，而是偏褐色的一小顆。

周安然的心跳倏然亂了節奏。

伴隨著只有她自己聽得見的心跳聲，那隻手的主人的聲音也在她耳邊響起。那聲音比同齡人的聲線還要低沉，卻又帶著幾分少年特有的清朗。

「差一點砸到女生也不道歉。」

球場那邊的聲音交雜在一起：

「洛哥，你終於來了，等你好久了，還打嗎？」語氣熱絡的。

「抱歉啊，同學。」略帶敷衍的。

「阿洛，老高叫你過去做什麼？」好奇的。

原來臨時被班導叫走了嗎？

周安然的心跳快得厲害，垂在一側的手指蜷了蜷，有點想偏頭去看他的模樣。

嚴星茜剛才也被嚇到，此刻才反應過來，拉著她往旁邊退了兩步，又衝著球場那邊吼：

「你們打球不會看一下啊！」

周安然安撫似地拍了拍她的手，到底還是沒忍住，偏頭看向他。

南城的四季不分明。已經進入十月下旬，天氣還熱得厲害，全校大部分的人都還穿著夏季制服。

但有些人好像生來就受上帝偏寵。

男生的身形高挑頎長，二中寬鬆的藍白制服穿在他身上，顯得格外乾淨清爽，被夕陽鍍了一小層金邊的側臉線條流暢俐落，睫毛黑而長，雙眼皮的褶皺很深。

那顆差點砸到她的籃球被他抓在手裡，又抬起隨便轉了兩下，男生的笑容懶洋洋的，目光盯著球場那邊，沒有一絲一毫落到她身上。

周安然高高懸起的心重重落下，被密密的失落重新填滿。

但她不該失落，她應該預知到這一幕才對。

她應該知道他剛才幫助她的行為，只是他刻在骨子裡的教養，至於被他幫助的到底是路人甲還是路人乙，他可能並不在意。

畢竟這不是她第一次受他幫助。

高一報到的那天，正好撞上嚴星茜爺爺的七十大壽，她早早就跟老師請好假，要晚兩天才能過來報到。

周安然的父母那天也有工作，她沒讓他們特意請假來送她，而是獨自來到二中報到。辦理手續的地方在辦公樓二樓，她來得早，還不見其他人的蹤影。

那天南城下著大雨。周安然慢吞吞地上樓，上完最後一階樓梯，不知是哪個沒素質的人把香蕉皮丟在地上，她沒注意就踩上去，雨天地面又溼又滑，整個人站不住地往後倒。

然後，她跌進了一個灼熱有力的懷抱中，清爽的氣息鋪天蓋地地襲來。

略低的男聲在她耳邊響起：「小心。」

周安然偏過頭，目光撞進一雙狹長漆黑的眼眸中。

一顆腦袋從三樓附近的樓梯扶手邊探出來，有人朝著她這邊大喊：「陳洛白，你快一點。」像是看清他們此刻的姿勢，對方臉上多了打趣的笑意：「搞什麼，我他媽等你半天了，你居然在這裡勾搭女生，這就抱上了？速度夠快啊。」

周安然的臉微微一熱，也不知道有沒有紅。

旁邊的男生卻像是完全沒注意到她的反應，一將她扶穩後，就迅速鬆開手，抬頭看向三樓附近的那顆腦袋，笑罵道：「有病啊，人家差點摔倒了，我隨手扶一把，你長了嘴就只會用來亂說嗎？」

他穿著簡單的白色T恤和黑色運動褲，黑色的碎髮搭在額前，顯得清爽又乾淨，笑起來的時候，周身有一股壓不住的蓬勃少年氣息。

「那你倒是快上來啊。」

直到三樓的人再次開口，周安然才想起她似乎該向他道謝，但男生卻沒給她這個機會。

他沒再停留，更沒再多看她一眼，轉身大步跨上階梯。

突然起了風，緊臨著二樓的香樟樹被吹得颯颯作響，雨滴順著翠綠的枝葉往下滴落。

周安然在風雨聲中抬起頭，只來得及看見一個奔跑的頎長背影，和被風吹起的白色衣角。

那天，周安然紅著臉在原地站了好久。後腰那一片皮膚都在發燙，像是那隻灼熱有力的手仍隔著夏末單薄的衣服摟在上面。

心跳快得厲害，腦中全是剛才看見的那張臉。

周安然抿抿唇，突然轉身快步下樓。

她折返回公告欄前，從分班表第一行開始看起。直到她發現剛才聽到的那個名字，就在他們班上的時候，她有種被巨大驚喜砸中的感覺。

她以為高中是會比國中更難熬，除了讀書只剩讀書的一段時間。陳洛白卻像是突然出現的一道光，照亮她灰撲撲的青春。

可惜這道光太耀眼。

說得誇張一點，他幾乎快照亮二中一半女生的青春了，讓人可望不可及。

而周安然能跟他同班，或許已經耗盡了自己的運氣，後來班上安排座位，她和他一前一後，一左一右，隔了遠遠的距離。

加上她性格內向，開學已經一個多月，也幾乎沒能和他說上話，頂多只能算是多打過幾次照面的陌生人。

「不好意思啊。」球場上又有聲音傳來。

說話的是他們班的一個男生，叫祝燃，是陳洛白關係最好的朋友之一。

周安然從回憶中回過神，想起自己還沒跟他道謝。她張了張嘴，沒來得及開口，祝燃的聲音再次響起，「陳洛白，你還站在那裡幹嘛，快過來打球啊。」

陳洛白的手上還拿著剛才差點砸到她的那顆球，像是習慣性地隨手轉了幾下：「今天不打了，我媽過來接我。」

「別啊，洛哥。我們今晚都還等著和你一起吃飯呢。」另一個叫湯建銳的插話。

陳洛白淡淡地瞥他一眼：「是等我吃飯還是等我結帳啊？」

湯建銳「嘿嘿嘿」地笑了，絲毫沒有覺得不好意思：「都一樣嘛。」

陳洛白朝祝燃那邊揚了揚下巴：「今晚還是我請，叫祝燃先幫你們結帳，我之後再轉給他。」

「那你趕緊走吧。」

「是啊，別讓阿姨久等。」

陳洛白把球砸過去，笑罵：「你們怎麼這麼不要臉？」

男生的手高高揚起，扔球時，手臂因為發力，青筋微微凸起，彰顯著和女孩全然不同的力量感。

周安然不由想起，這隻手在那天穩穩扶住她的感覺，不自覺恍神了一下。

再回神時，陳洛白已經闊步離開，距離她已有好幾步之遙。

接過球的湯建銳在原地運了幾下，又衝著他喊：「下週見啊，洛哥。」

夕陽下，陳洛白頭也不回，只是抬起手朝後面揮了揮，掛在右肩上的黑色雙肩包隨著這個動作輕輕晃悠了下，橙紅的光線也在上面跳躍。

周安然沒勇氣叫住他，到了嘴邊的一句「謝謝」最終還是沒能說出口。

嚴星茜挽住她：「我們也走吧。」

周安然輕輕「嗯」了聲。

走在前方的男生身高腿長，距離越拉越遠。

怎麼就沒能跟他說一聲謝謝呢？

周安然有些懊惱地想著。

嚴星茜也盯著那個背影看了幾秒，突然道：「然然，我好忌妒啊。」

周安然努力壓下這股情緒：「忌妒什麼啊？」

嚴星茜：「忌妒陳洛白啊。」

周安然：「？」

嚴星茜是個追星女孩，心裡只有她的偶像，是班上極少數不怎麼關注陳洛白的女孩之一，她們平常也很少聊起他。

「妳忌妒——」周安然頓了頓，本來可以順著話題，直接用「他」代替，但她出於一種說不出的私心，小聲念了一遍他的名字，「妳忌妒陳洛白做什麼呀？」

「都說上帝幫人關了一扇門，就會再幫人另開一扇窗。反正我是沒看見上帝幫我開的小窗戶，」嚴星茜皺著臉，「但我看見上帝幫陳洛白開了一條通天大道。」

周安然不禁莞爾：「妳這是什麼奇怪的歪理。」

「哪是歪理？妳看嘛，他爸爸是知名企業家，媽媽是知名律師事務所的高級合夥人，外公和外婆都是大學教授，典型的含著金湯匙出生的大少爺。上次月考甩了第二名二三十分。今天老師給我們看他的作文，那一筆字大氣又好看。長相嘛……雖然不是我的菜，但肯定是我們學校的校草，完全不輸給偶像，還勝在清爽乾淨。」

嚴星茜停了停，掰著手指算：「家世、智商、長相，一般人只要占一樣，就能一輩子生活無憂了，他居然同時占了三樣，妳說氣不氣人？」

周安然心裡有些發悶，胡亂應了一句：「是啊。」

就是太優秀了，所以才會讓人望而卻步。

嚴星茜像是又想起了什麼：「啊，對了，聽說我們學校的籃球隊教練當初還想勸他去校隊，我們學校校隊打高中聯賽都是能爭前三的水準，主力多少都有望走職籃道路，教練能看中他，就說明他的水準已經和普通人拉開一大截了。」

前面高高瘦瘦的少年步伐很大，和她們的距離已經越來越遠，像是在預示將來她們和他的差距只會越來越大。

嚴星茜這樣沒心沒肺的女孩，像是連這點都能察覺到，長長嘆了口氣：「算了，不說了，越說越忌妒，我們快去買奶茶吧。」

陳洛白已經出了校門，澈底消失在她眼前。

周安然收回視線：「嗯。」

垂頭走了沒幾步，就聽見旁邊的嚴星茜突然哼起歌：「去你個山更險來水更惡，難也遇過，苦也吃過，走出個通天大道，寬又闊——」

嚴星茜的聲音甜美，唱起來格外有反差感。

周安然笑了起來，心裡悶仟的那股氣又散了一些：「怎麼突然哼起這首歌？」

嚴星茜「啊」了聲：「我也不知道，突然就哼了，可能是因為剛剛聊到通天大道，不過還是以前的歌好聽，現在的歌都是些什麼鬼？」

周安然打趣地看向她：「要是妳偶像要出新歌的話呢？」

嚴星茜苦著臉：「別說了，也不知道何年何月才會出新歌。」

周安然到家的時候，兩位家長都還沒回來。

她把書包放在客廳的沙發上，先去廚房洗米煮飯，而後才折回客廳，拎起書包進了自己的房間。

周安然把數學作業拿出來，又從一旁的書架上抽出筆記本，不小心翻開其中一頁時，她的指尖停頓了一秒。

這一整頁整整齊齊地寫滿了詩詞。

她的目光卻直接落向第五行、第七行和第九行。

上面的詩句分別是——

『白雲還自散，明月落誰家。』

『芳林新葉催陳葉，流水前波讓後波。』

『誰家玉笛暗飛聲，散入春風滿洛城。』

就連寫他的名字也不敢光明正大，每次都只能這樣小心翼翼地把自己的心思隱藏於其中。

心情好像又複雜了起來。

酸的、甜的、澀的交雜在一起。

都是和他有關的。

但想起下午那個越走越遠的背影，周安然抿抿唇，把複雜的心情壓下去，將筆記本翻到新的空白頁，收斂心神開始寫作業。

雖然有一點難，但還是想要努力一點。

想追上他的步伐，想離他更近一點。

寫到其中一題的時候，周安然的思緒突然卡住，她咬著唇，重新整理思緒，拿在手裡的筆無意識地在筆記本上劃動。

等到她反應過來的時候，小半張紙上已經快寫滿了「通天大道」幾個字。

回家的路上，嚴星茜將這首歌哼了一路。本來只是小時候愛看的電視劇片尾曲，但一和他扯上關係，這幾個字好像也被賦予了不同的意義，沾上那些又酸、又甜、又澀的心情。

周安然低著頭，筆尖落在紙面上，才剛寫了一個字，門就突然被推開。

她心裡一慌，緊張地捂住筆記本，抬頭看向進來的人，語氣裡藏了一點不滿：「媽媽，妳怎麼又不敲門？」

「在自己家敲什麼門？」何嘉怡看她一副心虛得不行的樣子，把剛洗好的水果放到她書桌上，站在她旁邊，「寫了什麼？為什麼一看到媽媽就藏？」

周安然剛才是下意識的反應，此刻才慢半拍地想起剛才寫的內容其實沒什麼破綻可露，便乖乖把手拿開。

何嘉怡低頭看了一眼。

上面一半寫著數字和公式，另一半寫了一堆「通天大道」。

何嘉怡：「妳寫這麼多通天大道做什麼？」

周安然蜷了蜷指尖：「沒什麼，就突然想看《西遊記》了。」

何嘉怡失笑：「都多大的人了，還想看《西遊記》，妳現在都高一了，還是收收心思，好好讀書。」

周安然垂下眼：「知道了，媽媽。」

「那妳先吃點水果。」何嘉怡指著桌上的盤子，「媽媽現在就去做飯。」

何嘉怡出去後，周安然又在房間裡寫了四十分鐘的作業。

她轉轉有些痠痛的脖子，收拾好書桌，起身擰開門出去。

爸爸也回來了。兩位家長在廚房說話。

廚房的抽油煙機嗡嗡作響，掩蓋住了腳步聲，周安然快走到門口的時候，他們都還沒發現。說話聲從裡面傳出來。

何嘉怡：「老周，你猜我今天在妳女兒的筆記本上看見什麼了？」

「看見什麼了？」周顯鴻問。

何嘉怡：「她寫了半頁的通天大道，我看你也別擔心她早戀了，你女兒還沒長大，還惦記著《西遊記》呢。」

周顯鴻笑道：「她本來就還沒長大。」

周安然的腳步停了停。

雖然何嘉怡也沒有故意翻她的東西，但把她寫在本子上的內容說給爸爸聽，還是讓她感受到隱私被侵犯的不悅。

周安然抿著唇，伸手去拉門。

廚房裡的兩位家長終於發現她。

何嘉怡回過頭：「餓了？」

周安然不太想理她，只是悶悶地搖了搖頭。

何嘉怡朝旁邊的盤子抬了抬下巴：「不餓的話，就先把這盤雞爪送去茜茜家。還有兩道菜沒做好，妳回來的時候應該就能吃了。」

周安然走上前，她看見灶臺上已經擺了四盤菜。

全都是她愛吃的。

周安然那點悶氣還沒來得及被發現，頓時就散開了。

吃完晚餐，周顯鴻把碗收進廚房，就回到客廳打開電視。

「你就把碗丟在廚房不管了？」何嘉怡不滿道。

周顯鴻拿起遙控器：「今晚有一場很重要的籃球賽，我看完再洗。」

周安然本來想開口說她來洗，聽見這句話，又把嘴邊的話咽回去，走到周顯鴻身邊坐下：

「爸爸，我陪你一起看。」

何嘉怡正要去陽臺收衣服，聞言停下來問：「妳作業寫完了？」

周安然乖乖點頭：「寫完了。」

何嘉怡：「那就去預習明天的課業，都高中了，還看什麼電視？」

周顯鴻插話：「這不是才高一嗎，而且吃完飯也得讓孩子休息一下，她跟我看場球賽，又不是看電視劇，他們也有體育課，說不定就要學籃球呢。」

何嘉怡一想，覺得很有道理：「只能看半小時啊。」

周顯鴻：「半小時連半場都看不完。」

何嘉怡瞥了女兒只有巴掌大的小臉一眼：「四十五分鐘，沒得商量了。」

周安然的嘴角翹了翹，而後又聽見周顯鴻開口：「怎麼突然想陪爸爸看球賽？妳以前不是不感興趣嗎？」

周安然的腦中突然閃過一道在球場上奔跑的身影，下意識答道：「挺帥的。」

周顯鴻把遙控器放下：「誰挺帥的？」

周安然：「……」

喜歡真的很難藏，一不小心就會從某個小口子裡洩露出來。

周安然試圖捂住這個口子，但以前周顯鴻看比賽時，她從不在意，腦中轉了一圈，說出她唯一知道的現役球員。

周顯鴻笑看著她：「眼光還行啊，不過他今晚不打。」

周安然的心跳還有些亂：「那我就隨便看看。」

一場秋雨一場涼。

週日下了一場大雨後，週一的南城溫度驟降。

周安然和嚴星茜一早到校後，就發現學校絕大部分的學生和她們一樣，都換上了秋季制服。

七點整，兩人抵達教室。

嚴星茜一坐下就開始埋頭補數學作業。

周安然坐她旁邊，才剛拿出英文課本記單字，班上一個叫王沁童的女生就走到她旁邊問：「周安然，我能暫時跟妳交換一下位置嗎？我有一些物理的題目想問賀明宇。」

賀明宇是班上的物理小老師。

周安然點點頭，把英文課本拿起來，又抽出筆記本，起身將位子讓給王沁童。

往王沁童的位子走去時，周安然的心跳逐漸加快。

王沁童的位子就在陳洛白的斜前方。

他的位子目前還空著，維持著上週五她離開前看到的狀態。

周安然瞥了一眼，又很快收回視線，在王沁童的座位上坐下。

雖然二中的早自習是自願參加，但二班作為實驗班之一，所有學生幾乎都會提早過來。

此刻早自習還沒開始，大半的學生都已經抵達了教室。

假期後的週一早上，人心難免浮動，就算是實驗班也一樣。

雖然教室裡鬧哄哄的，卻都不及斜後方的空座位來得讓周安然分心。

她比平時多花了一點時間才靜下心來。

周安然先照著順序把單字記了一遍，又把其中幾個單字獨立列出來分析了一遍，最後把容易和其他詞彙混淆的幾個單字，謄寫在筆記本上。

投入進去後，周圍嘈雜的聲音便自然而然地消失了

直到耳朵裡突然傳來一個名字。

「陳洛白。」

這個名字像是有魔法，瞬間就將她從忘我的學習狀態中拉出來，周圍的一切聲音又重新回歸。

聊天的、走動的、拖拽椅子的。

不知道有沒有哪一個腳步聲是屬於他的。

周安然有點想回頭看一眼，又覺得太明顯。

但不用回頭，她很快就知道答案了。

後面的座椅像是被移開，拖拽聲近在耳邊，上週五近距離聞到的那股清爽香味同時鑽入鼻

腔。

周安然從沒跟他坐得這麼近，後背瞬間緊繃起來。

坐在她身後的祝燃的聲音突然響起，「陳洛白，你怎麼一副無精打采的樣子？昨晚去哪裡了？」

周安然寫單字的動作突然停下。

斜後方的男生沒有開口，倒是祝燃停頓了下，聲音突然變得曖昧：「不會是去找上週那個漂亮學姐聊天吧？」

周安然的筆尖倏然在本子上劃出一道刺眼的痕跡。

陳洛白一落坐就發現斜前方的人好像和平時不太一樣，個子更矮了一點，被祝燃的書擋住，只露出半個腦袋。

細軟的黑髮別在耳後，露在外面的耳朵白得晃眼。

他睏得厲害，也沒多在意，隨手把書包往椅子上一掛，就趴到了課桌上。

他還沒來得及閉上眼，就聽見祝燃問了這麼一句。

周安然看不見後面的情況，捏著中性筆的指尖發緊、前端泛白。

臨近自習開始時間，班上的人幾乎已經到齊，嘈雜聲比剛才更加明顯，四面八方都有說話聲響起：

「你作業寫完了嗎？」

「今天英文老師是不是要抽背單字？」

「唉……怎麼又要上課了。」

各種聲音交雜在一起，但那道熟悉的聲音卻一直沒有響起。

幾秒的時間突然被拉成細細的長線纏繞住心臟，有種發悶的感覺。

然後周安然才終於聽見他開口。

「什麼學姐？」

語氣懶懶的，聽起來確實沒什麼精神。

也像是……不知道祝燃在說什麼的樣子。

周安然捏著筆的指尖鬆了鬆，稍稍吐了口氣。

只是一口氣還沒吐完，祝燃的聲音又再次響起：「就是週四下午攔住你，跟你告白的那個學姐啊？」

周安然的心又重新高懸起來。

陳洛白被他一提醒，才想起這件事。他重新趴回桌上，聲音還是懶懶散散的：「誰說那個學姐是跟我告白的？」

祝燃：「不是跟你告白的，那她為什麼支開我們，說要單獨和你說話？」

「問我數學題目而已。」陳洛白的聲音明顯帶著睏意。

祝燃一臉驚訝：「數學題目？問你？」

「不行嗎？」陳洛白重新閉上眼，「高二的數學我又不是不會。」

祝燃沉默了一秒：「行，我忘了您就是個讀書機器，不是人。」

陳洛白實在很睏，懶得再搭理他。

周安然坐在前排，後背還僵硬著，一顆心倒是慢慢落了回來。

他的數學成績確實很好，態度又坦蕩到不見半分曖昧。

所以他說的應該是真的吧？

周安然勉強將落在後桌的心思拉回來，打算再記幾個單字，但後座的聊天聲並沒有就此結束。

祝燃安靜了幾秒，又八卦地問道：「所以那個學姐真的只是想問你數學題目，沒再跟你要個聯絡方式？你昨晚也沒和她聊天？」

陳洛白剛有了一點睡意，又被吵醒：「沒有，聊你妹。」

「我沒有妹妹啊。」祝燃笑嘻嘻地說，「要是我有妹妹就隨便你聊，送給你當女朋友也行。」

陳洛白忍不住抬起頭，長腿一伸，不輕不重地踹了一下他的椅子，笑罵：「滾啦，誰要是當了你的妹妹，那真是倒了八輩子的楣。」

祝燃扶住倚子：「那你怎麼一副無精打采的樣子，昨晚到底去幹嘛了？」

陳洛白打了個哈欠：「看球賽。」

「你也看了昨晚那場比賽啊？」祝燃一說起這個，明顯更興奮了，「最後那個絕殺太帥了。」

「帥個屁。」陳洛白重新趴回桌子上，「前三節領先將近二十分，最後一節都能被反超，一個三二聯防都破不了，節奏稀碎，全員夢遊，要不是最後還有個絕殺，早就完蛋了。」

周安然其實沒想故意偷聽他們說話，但距離實在比平時近太多了。

而且她很少有機會能離他這麼近，根本沒辦法靜下心，他的聲音就像是會自動往她耳朵裡鑽。

不過三二聯防又是什麼？

下次跟爸爸一起看球的時候，好像得更認真一點才行。

祝燃跟他持相反意見：「過程不重要，結局帥就行了，絕殺嘛，要的不就是一個人救整場比賽的英雄感嗎？」

陳洛白又打了個哈欠：「英雄救得了一場比賽，救不了一支人心渙散的球隊。」

「今朝有酒今朝醉，後面的比賽後面再說嘛。」祝燃隨口接了句，又問他，「不過比賽結束也才三點而已，你怎麼睏成這樣？」

陳洛白：「氣醒了，做了幾份試卷才睡。」

祝燃肅然起敬：「您真厲害。」

陳洛白被他吵得頭痛：「我睡一下。」

「你睡。」祝燃就安靜了幾秒，「不過——」

陳洛白：「閉嘴，再吵就別想要球鞋了。」

這句話過後，後排終於安靜下來。

周安然坐在他斜前方，後背僵得有些發酸。

男生沒再開口說話，她卻連一個單字都看不進去，每個字母好像都在眼前搖晃。

但能坐得離他這麼近，也只是短暫的、即將要被收回的一點小確幸。

她沒再勉強自己，所以稍稍放縱了下。

兩顆檸檬　像夏天的風

等到王沁童回來後，周安然便換回自己的座位。

早自習鐘聲響起，她才重新靜下心，沉浸到學習當中。

一天的時間在緊湊的課程中迅速度過。

最後一節數學課結束，周安然有個地方沒弄懂，下課後多留了幾分鐘，等她搞懂後，班上早已安靜了下來，嚴星茜則坐在旁邊嚼著軟糖等她。

見她把筆放下，嚴星茜塞了一顆軟糖到她嘴邊：「弄完了？」

周安然吃掉嘴邊的糖，含糊地應了聲：「嗯。」

二班教室的後門旁邊就是樓梯，他們班的學生經常會從後門出去。

周安然把東西收了下，轉身後才發現陳洛白還留在教室裡。

男生正趴在課桌上睡覺，整張臉埋在臂彎裡，頭髮是純粹的黑，袖子半捲起，露在外面的手臂是冷調的白。

他今天好像時刻都在抓緊機會補眠。

早自習在睡，升旗時間也不知找了什麼藉口沒去，午休睡了一整個中午，下午的下課時間也還在睡。

班上還有其他人在，周安然也不敢太明目張膽地一直盯著他看，她咽下軟糖，清甜的味道像是突然變得綿長，久久停在嘴裡。

嚴星茜繞過來挽住她的手：「我們今天要吃什麼啊？」

周安然又瞥了他一眼，輕輕噓了聲：「妳小聲一點，有人在睡覺。」

嚴星茜也往那邊看了一眼，做了一個嘴型：「出去說。」

從後門出去，要經過他的位子。

男生的手肘略超出課桌，距離最近的時候，她的制服若有若無地擦過了他的手肘。

周安然的心跳在沒人知道的情況下，突然快了幾拍。

外面突然起了風，從窗戶吹進來，臨窗座位上的試卷被風吹得嘩嘩作響。

周安然想起男生露在外面的那截冷白手臂，腳步頓了頓。

嚴星茜忘了還有人在睡覺，聲音又大起來：「怎麼了？」

「噓。」周安然提醒她，又指指窗戶，壓低聲音找了個藉口，「章月的試卷感覺要被風吹走了，我去關一下窗戶。」

關上窗，兩個女生這才手挽手，一同出了教室後門。

二班的教室再次安靜下來，趴在課桌上的男生抬了抬頭，又重新趴回去。

下樓後，周安然感覺外面的風似乎更大了，落葉被捲得飄起，冷風順著制服寬鬆的領口往裡鑽，吹得指尖發涼。

她把拉鍊往上拉，有些後悔剛才沒順手幫他把後門帶上。

但班上不時有人進出，關上門或許又會被人打開。

嚴星茜還在和她聊晚餐的事，她選擇困難症犯了：「然然，妳覺得我今晚要吃辣椒炒肉還是香乾回鍋肉啊？」

周安然大半心思還落在教室，也沒什麼想吃的：「都吃吧，我幫妳點一樣，然後分給妳。」

嚴星茜剛想應下，突然感覺到不對勁，她倏地停下腳步。

周安然：「怎麼啦？」

「我的生理期好像來了。」嚴星茜有些沮喪，「完了完了，我好像沒帶衛生棉。」

「別慌，我幫妳帶了。」周安然太了解她的性格，就算提醒她帶，她也能忘，所以自己幫她準備了一點，「我先陪妳去一樓的廁所看看，要是真的來了，我再回教室拿給妳。」

嚴星茜一把摟住她：「嗚嗚嗚，然然，我太愛妳了，沒有妳我該怎麼辦！」

周安然笑著推她：「肉麻死了，還不走，等一下弄髒褲子就別哭。」

嚴星茜頭皮一麻，拉著她快步折返：「走走走。」

到了一樓廁所，嚴星茜確認生理期真的來了。

周安然獨自回教室拿東西給她。

想著從後門進去時，還能光明正大地多看他幾眼，離開時也能順便幫他把教室後門帶上，周安然的腳步快了幾分。

只是才剛上最後一階樓梯，一直刻在腦中的那張臉倏然撞進眼中。

原本在睡覺的男生此刻正靠在後門邊的牆上，垂著眉眼，看起來依舊沒什麼精神。

而在後門外的，還不止他一個人。

他的對面站了一個女生，個子高挑，頭髮高高綁起，臉上化了精緻的妝容，十分明豔漂亮，正一動不動地望著他。

周安然心裡的那點雀躍像是發酵過頭的米酒，由甜轉成酸。

像是聽見腳步聲，女生轉頭看了她一眼，又不在乎地收回視線，重新看向陳洛白，目光也重新變得晶亮。

男生像是也聽見了，眼皮緩緩掀起，朝她這邊望過來。

周安然心裡一緊，倏然垂頭往門內走。

女生的聲音卻直直傳進她耳裡，態度坦蕩又大方，「我知道你上週四已經拒絕過我了，我今天也不是來跟你表白的，就想跟你要個聯絡方式，我不會打擾你的，就當交個朋友，行嗎？」

周安然已經踏進了後門，腳步不由自主地停了停。

門外的另一道聲音遲遲沒有響起。

周安然只覺得心臟像是被一條長長的細線纏繞住，而線頭在門外的男生手上，是緊是鬆全由他一句話決定。

雖然他並不知道。

教室內忽有椅腳劃過地面的刺耳聲響起，班上唯一還留在教室裡的同學從座位上站起身。

周安然驀然回神，察覺到自己此刻的行為無異於偷聽，這和上午藉著座位的便利聽他說話，是全然不同的性質。

周安然抿抿唇，抬腳繼續往座位走。

那個熟悉的嗓音卻在這時突然響起，穿過後門傳至她耳裡，仍是懶懶散散的，很沒有精神。

「可是學姐妳已經——」男生停了停，聲音中的睏意更加明顯，「打擾到我睡覺了。」

心臟上的長線鬆了不少，卻仍密密纏繞著，隨時都能再收緊。

但隨著距離的拉遠，她已經無法再聽見後面的談話。

周安然回到座位上，拉開書包拉鍊，從裡面拿出東西塞進制服外套的口袋裡。

拉上拉鍊時，又有椅子拖動聲從後面傳來。

她動作頓住，過了幾秒才站起來。

轉身後，她看見陳洛白回到了座位上。

男生重新趴回課桌上，這次他的臉沒有完全埋進臂彎裡，而是露出了半張線條流暢的側臉。

教室裡只剩下他們兩個人，但周安然無法坦然享受這難得的獨處，她腦海中仍在不停迴旋著剛才那番對話。

剛才找他的那個女生，是不是就是祝燃早上說的那位學姐？

但他早上不是說，那位學姐是找他問數學題目嗎？

還有他剛才那句話……算是拒絕了學姐的請求嗎？

因為他們後面的談話內容周安然沒能聽到，也沒辦法猜出答案，只揣摩出一團苦味。

不知道是不是側著睡，光線晃眼，後排的男生移了移腦袋，又把整張臉埋回臂彎裡。

周安然緩緩收回視線，怕打擾到他睡覺，所以她這次沒再走後門。

在經過後門時，略遲疑幾秒，還是輕輕地將門關上。

從後門鑽進來的風好像突然停了。

陳洛白抬起頭，往後門看了一眼。

剛才進門的時候，教室裡好像還有個人，不過他也不在意。

陳洛白又重新趴回桌上。

但剛才睡到一半被人叫醒，被打斷的睡意一時很難再續上。

五分鐘後，陳洛白又抬起頭，煩躁地揉了下頭髮。

他起身，拉開不知被誰關上的後門，一路走到籃球場。

祝燃和宗凱正在單挑。

見他過來的時候，兩人同時停下動作。

祝燃拍著球走過來：「喲，我們洛哥怎麼又下來了，不是說要留在教室補眠嗎？我聽說剛才那位學姐又去找你表白了，是不是春心蕩漾得睡不著啊？早上是誰跟我說，學姐是找他問數學題目來著？」

陳洛白冷著臉活動手腕和腳踝，連眼色都沒給他一個。

「你又不是第一天認識他。」倒是宗凱搭理了一句。

他們三個之前都在二中的國中部，同班了三年，只是宗凱現在分到了四班。

「他向來都會幫女生留面子的，不然你這個大嘴巴在教室裡一嚷，你們全班都會知道，上週有個學姐跟他告白被拒絕了，沒兩天大概就能傳遍全校。」

祝燃八卦地笑著：「不過人家學姐比起被留面子，明顯更想要他這個人啊。」

陳洛白站在三分線外熱身完後，從他手裡把球撈過來：「念叨一天了，你如果對那個學姐有意思就直說。」

他邊說邊在原地投了顆三分球，橙紅色的球在半空中劃過一個弧度，「砰」一聲砸到了框上反彈出去。

陳洛白煩躁地「嘖」了聲。

一旁的祝燃都顧不上笑他，立刻反駁道：「你別亂說啊，我的心是你們家冰沁姐姐的。」

陳洛白輕飄飄地瞥他一眼：「你有本事就當著她的面說這句話啊。」

祝燃：「……」

俞冰沁是陳洛白的表姐，目前住在隔壁的城市，比他們大三屆，人如其名，又冷又酷，完全就是女王大人。

祝燃飛快退縮，「我沒本事。」隨後又湊到陳洛白耳邊，討好地問：「冰沁姐姐今年過年還會來你們家拜年嗎？」

陳洛白看他一眼，突然笑了下：「想知道？」

祝燃：「不想知道的話，我問你做什麼？」

陳洛白抬抬下巴：「那先幫我把球撿回來。」

祝燃立刻跑到球場另一邊把球撿過來，雙手遞過去，又繼續加碼：「你要是提供消息給我的話，我下個月初立刻還你買球鞋的錢。」

陳洛白的嘴角還帶著一點笑意：「還錢不用急，我還有其他條件。」

祝燃：「您儘管說。」

陳洛白沒有立刻答應他，只是隨意將手上的球運了兩下。

祝燃遲遲等不到答案，覺得自己的心臟就像那顆被拍的籃球。

橙紅色的籃球被陳洛白再次拋出去，這次終於穩穩地落入了籃框之中。

可能是球進了，某人的心情又好了一些，終於開口：「只要你在我面前當一週的啞巴就好。」

祝燃感覺他的心臟跟著籃球一起墜落。

他就是話癆，就連上課都要小聲念叨幾句，讓他一週不說話比讓他現在就還錢還要難。

「靠！你不想說就算了，要我是吧？」

宗凱在旁邊笑到肩膀發抖：「你又不是不知道，他只要沒睡好，脾氣就會變差，你還偏要在這時候去招惹他。」

祝燃不經意瞥過場外，發現球場邊不知不覺多了一些女生，想也知道是衝著誰而來的，頓時搖搖頭：「可惜學校的女生被某人的皮囊迷惑，根本不知道這位少爺的心有多麼黑。」

陳洛白自己把球撿回來，聽見最後的評價後，沒什麼表情地點點頭：「好，下次別再找我問我姐的事情。」

祝燃立刻抬手一指宗凱：「我在說他！」

宗凱直接被他氣笑：「祝燃，你他媽還要臉嗎？」

球場外，穿著制服的女生們身後突然駛過一輛校車，祝燃眼尖瞥清車上其中一人的模樣。「好像是校隊的。」他轉頭看向陳洛白，「後悔了嗎？要是你當初答應教練，現在大概也在車上了。」

陳洛白瞥了一眼，沒什麼情緒地回答：「有什麼好後悔的？」

祝燃：「一生只有一次的高中聯賽啊。」

陳洛白將手上的球扔出去：「愛好不等於夢想。」

載著校隊球員的校車早已駛離。

祝燃收回視線，故意用誇張的語氣說：「也是，我們陳少爺還有億萬家產等著繼承。」

「白痴。」陳洛白笑罵了一句，睡覺被打擾的躁意倒是緩解了一些。

宗凱：「阿洛應該更想跟阿姨一樣，成為一名律師吧？」

陳洛白沒接這句話，只是朝對面的球場抬了抬下巴：「叫他們過來打一場三對三？」

周安然回到教室後，才知道陳洛白下午跟六班的男生打了一場三對三的比賽。

嚴星茜沒有痛經的毛病，即便生理期來了照樣生龍活虎。

她們在校外吃了蓋飯後，嚴星茜又拉著她去買了杯奶茶，再去附近的文具店逛了幾圈，完美地錯過了這場球賽。

周安然後來才知道三對三只打半場，而且國家代表隊會在這個項目上登上最高領獎臺。

但這天晚上，她聽著班上的同學討論陳洛白下午投進了六顆三分球，帶著祝燃和宗凱完勝了六班的幾個男生時，只滿心遺憾自己今天沒能看見她喜歡的少年，在籃球場上的模樣。

應該是無比張揚又意氣風發的吧。

不過下午的球賽不是班上唯一討論的話題，同樣被議論的還有下午高年級學姐過來找陳洛白告白的事情。

只是不像討論球賽那樣大方高調，多是班上的女孩子三兩成堆，聚在一起小聲八卦。

隔著走道坐在周安然旁邊的幾個女生就在其中。

「我打聽過了，好像是叫解……什麼的，高二普通班的學姐，好勇敢啊，居然直接來我們班找陳洛白。」說話的是班上一個叫蔡月的女生。

另一個叫張舒嫻的女生接話：「是不是叫解語菲啊？這個姓挺少見的，應該是高二的級花。」

「級花啊。」蔡月感慨，「難怪這麼勇敢。」

「我見過那位解學姐，我覺得長得挺普通的啊。」學藝股長婁亦琪這時插了句話。

「哪裡普通了？我要是長得像她一樣，連作夢都會笑。」張舒嫻瞥她一眼，打趣地說，「我看妳平時常常和我們提到陳洛白，不會是妳自己也喜歡他，所以——」

話還沒說完，她的嘴就被婁亦琪伸手捂住。

婁亦琪的雙頰瞬間紅透：「要死啊！妳要是再敢亂講，我以後有任何八卦都不跟妳說了！」

張舒嫻聲音含糊地求饒：「我錯了。」

婁亦琪這才鬆手，她撥了撥頭髮：「我只是覺得，敢直接跟陳洛白表白的女生，有哪個不漂亮？這位解學姐在所有人當中，也確實不算太顯眼啊。」

蔡月點點頭：「這倒也是。」

婁亦琪雙手的手指攪在一起，又問：「所以陳洛白到底有沒有答應她？」

蔡月：「這我也打聽過了，沒有答應。」

「……」周安然低頭寫著數學作業，捏著中性筆的手這時終於鬆了鬆。

坐在後頭的賀明宇拿筆輕輕戳了戳她的肩膀：「周安然，妳能幫我看看這句話是什麼意思嗎？」

周安然回過頭。

賀明宇把手邊的書往她面前推了推，指著劃線的句子：「這句。」

周安然把書擺正，垂眼去看。

賀明宇的目光在她那像蝶翅一樣的睫毛上落下，又瞥開。

周安然指著句子裡的一個單字：「black 在這句話裡的意思是『憤怒、仇恨』。」

賀明宇又低頭看了下：「謝謝啊。」

「不會。」周安然抬眸時，視線又不自覺落向第二組第六排位子還是空的。

聽說他打完三對三後，就請祝燃他們出去吃飯了，還叫上了六班那三個男生。只是現在已經臨近晚自習開始時間，他再不回來的話，大概就要遲到了。

周安然緩緩轉過頭。

婁亦琪幾個女生的話題換成了最近熱門的電視劇，但斜後方好像又有其他女生開始討論下午表白的事情。

熟悉的名字時不時鑽進她的耳朵裡。

周安然後知後覺地猜到，他今早為什麼會跟祝燃撒謊。

但她沒想到，他隨口扯的一句謊話，很快就帶起一股新風潮。

起因是那陣子每次一有別班的女生來班上找陳洛白，祝燃就看熱鬧不嫌事大地在後頭笑著大聲起鬨。

「陳洛白，又有女生來找你問數學題目了。」

因為是不帶惡意的調侃，而且相當於給了對方一個可供進退的臺階。

那些女生也沒生氣，只是臉都紅透了。

那幾個女生最終都鎩羽而歸，但「問數學題目」這個梗卻莫名其妙地流傳開來。

先是在他們班，後來蔓延至其他班級，等流傳到全校時，不知是不是因為謠言被加工了不少內容，反正不知道為什麼，都已經添上了一絲別樣的意味。

「我能不能問你數學題目」突然代替了「我喜歡你」、「我能不能和你在一起」、「要不要試著和我交往看看」、「今晚的月亮很美」，成了那段時間二中學生心中某種心照不宣的告白方式。

從一個普普通通的句子，變成隱祕又曖昧、關於青春的某些心事。

關鍵是足夠安全，是可以有轉圜餘地的問題。

甚至是被老師當場撞見，也足夠「光明正大」的一個問題。

只是苦了那些真的有數學題目想請教的同學，讓他們再也不敢拿這個問題去請教異性同學。就連同性也不是絕對的安全，腐向文化早已盛行。

女生們膩在一起倒還好，男生之間偶爾有誰忘了這句話已經變味，隨口問出來，不等被日復一日的枯燥學習折磨、什麼綠子都想看的女生們轉過頭來打趣，自己就先反應過來，立刻拉開「我們之間清清白白」的距離。

於是那陣子主動向數學老師們請教題目的學生，空前絕後地多了起來。

二班作為這個梗的起源地，情況尤其明顯，引得數學老師一頭霧水，最後終於忍不住在某個晚自習上發問：「你們最近是怎麼回事？」

那時已經是十一月中旬，第二天就要迎來期中考。

臨近秋末，南城的溫度卻突然回升，白天最高溫有二十幾度，晚上也有十幾度，微涼的秋風順著窗戶鑽進來，是個很舒服的天氣。

二班的數學老師就是他們的班導，叫高國華，是個可以在溫和與暴躁間瞬間切換的中年男人。

問出這句話後，他摸了摸髮際線已經明顯靠後的頭髮，狐疑地看著班上這群小鬼頭們：「最近對數學滿熱情的啊，怎麼這麼多人都跑來我問我數學題目？」

一問完，班上就爆發出一陣笑聲。

忍笑的、悶笑的、爆笑的都有。

高國華點了點爆笑的那位：「祝燃，你給我站起來，這有什麼好笑的？」

祝燃站起來的時候還捂著肚子，偏頭瞥了旁邊那位少爺一眼。他緩了幾秒，義正辭嚴道：「老師，我是為我們班前所未有的學習熱情感到高興，我覺得我們班這次不止能守住年級第一，平均分數肯定能甩開一班好幾分呢。」

高國華總覺得有哪裡不對，但思來想去，又覺得好像沒有哪裡不對。

也不知道他們為什麼笑得這麼開心。

可能是真的有代溝吧？

但祝燃這話他聽起來確實舒服，又點點頭：「坐下吧。」

只是祝燃才剛打算坐下，高國華就看見有人當著他的面，輕輕鬆鬆地拎起祝燃的椅子往旁邊一挪。

高國華還來不及提醒，祝燃已經一屁股坐到了地上。

「陳洛白，你站起來。」高國華這句話一響起，班上不明所以的同學們立刻轉過頭去，周安然故作隨大流的樣子，跟著隱藏在其中，轉過頭去看他。

「你為什麼要把祝燃的椅子抽走？」

周安然隔著不遠不近的距離，看見男生手上還大大方方地拎著「犯罪證據」，腕骨上的那顆小痣被距離模糊，他的站姿有些懶散，嘴角微勾著，隨意掃了摔在地上的祝燃一眼。

「報告老師，他打擾到我算數學了。」

不知道是不是錯覺，周安然覺得他念到「數學」兩個字的語調特別重。

也可能不是，因為班上的同學突然又是一陣笑。

高國華不知道大家最近對數學熱情高漲的「始作俑者」就是祝燃，被他們笑得只覺得越發一頭霧水。

但當老師的，總歸對這種成績極好的學生多少有些偏心，加上陳洛白說得很是冠冕堂皇，又心知他和祝燃的關係確實很好，應該是玩鬧性質居多，最後只是無奈地用手指隔空點了點他：「坐下吧，自習期間不許打鬧。」

祝燃捂著屁股站起來，明顯不是特別在意，只是故意苦著臉說：「老師，您偏心！再怎麼樣也得罰他在後面站半節課吧。」

高國華瞥他，一眼看出他在裝模作樣：「你剛才笑得大概連隔壁班都聽得見，我是不是也要罰你去後面站半節課？」

祝燃在嘴邊做了個拉上拉鍊的動作，示意自己閉嘴了。

「好了好了，都給我收心。」高國華說，「明天就是期中考了，要是你們考不贏一班，我再一併跟你們算帳。」

周安然又跟著大家一起轉回頭。

男生剛才的笑容彷彿印在了腦海中，她的心跳久久不能平息。

期中考的那兩天，天氣依舊晴朗。

二中老師閱卷的速度很快，期中考一結束，部分科目成績就會在第二天晚上出爐。

那天下午，周安然和嚴星茜去校外吃晚餐，又一起去買了杯奶茶。回到教室後，她才剛坐下沒幾分鐘，坐在她前面的英文小老師盛曉雯也回到了位子上。

盛曉雯沒有坐好，反而轉過頭，把下巴擱在她的書本上，一臉沮喪地看著她。

周安然拿著手裡的奶茶：「怎麼啦，沒考好？」

盛曉雯：「我考了一百四十六分。」

周安然眨眨眼：「很好啊，只扣了四分，怎麼還不高興？」

盛曉雯看她的眼神更哀怨了：「妳考了一百四十七分。」

周安然有些意外。她的英文成績在班上一直都排前五，也猜到這次應該考得不錯，卻沒想到會比盛曉雯高一分。

盛曉雯故作抱怨地繼續道：「還有那個陳洛白，考了一百四十九分，你們兩個讓我這個英文小老師的臉往哪裡擺？」

周安然完全沒想到她和陳洛白會一起被人提起。

哪怕這其中不摻雜半分曖昧，她也覺得高興。

周安然的嘴角不自覺翹了翹，看到盛曉雯還一臉沮喪地看著她，又努力把嘴角壓下。

盛曉雯：「該高興就高興，也不用顧慮我啦。」

周安然把奶茶放下，安慰她：「妳演講比賽可是拿了全國第一，比我們大家都厲害。」

盛曉雯非常好哄，立刻高興起來：「我的優點也只有這個。可惜陳洛白上次沒參加，不然我還想贏過他，唉……不行，我得再去老師那裡看看，我們班這次還有沒有別的黑馬超越我。」她立刻站起來，風風火火地跑走了。

周安然又喝了一口奶茶，感覺今天這杯特別甜。

嚴星茜從旁邊湊過來：「我聽見了，妳這次的英文成績是全班第二名吧？不請客說不過去啊。」

「我明天請妳吃晚餐。」周安然一邊回答她，一邊不由想起盛曉雯剛才那句「你們兩個」，她順手把英文課本抽出來。

嚴星茜一臉不解：「妳怎麼還要看英文？妳都考全班第二了，是打算超越陳洛白嗎？」

周安然翻書的動作略停了一拍。

努力超越他嗎？

好像也不是不行。

超越他的話，會不會讓他稍微注意到我一點？

她沉浸在這股思緒中，沒立刻回話，嚴星茜好像也只是隨口一說，自己又換了話題：「不過盛曉雯的臉皮還是薄了一點，英文那麼厲害，有什麼不好意思當小老師的，有的人考不過陳洛白，還不是高高興興地當著數學小老師。」

「有的人」說的是坐她後面的董辰。

周安然餘光瞥見董辰剛好回到座位上，連忙伸手扯了扯她。

嚴星茜沒明白：「怎麼了？」

後座突然傳來一聲冷笑：「我的數學成績起碼都排在全班第二，有些人這次數學只考了一百二十幾分，還不是高高興興地在喝奶茶？」

嚴星茜猛地轉過頭看他，也顧不上在背後偷偷說人壞話被聽見了，連忙問：「董辰，你說誰只考了一百二十幾分？」

董辰冷著臉：「還能有誰？總不會是周安然。」

嚴星茜轉過頭看向周安然，一副天要塌下來的模樣：「完了，我媽肯定要把我所有的偶像周邊沒收了。」

周安然：「阿姨為什麼要沒收偶像周邊？」

「她說我再沉迷追星，數學成績肯定會繼續掉，說不定我的數學成績要跟我偶像一樣了。」嚴星茜一提起自己的偶像就沒完沒了，話題一下就偏了，「我都懷疑她也喜歡我偶像，不然怎麼知道我偶像的數學成績也很爛？我偶像已經這麼厲害了，會唱歌、會作詞、會作曲，又溫柔，長得還那麼帥，優點數都數不清。」

不知道是不是因為盛曉雯的話，周安然的心裡還惦記著某個人，她玩笑似地脫口道：「怎麼，上帝也幫妳偶像開了一條通天大道？」

嚴星茜搖搖頭，捧住臉：「不，他就是我的天！我的神！我的上帝！」

「我的天，我的神，我的上帝。」後座的董辰突然用欠扁的語氣重複一遍她的話，「妳噁不噁心？」

「你找死啊！」嚴星茜立刻抓起桌上的筆記本，反身去打他，「你敢說我偶像噁心！」

董辰連忙伸手去擋：「妳能說我臉皮厚，我還不能說妳了？嚴星茜，妳別以為妳是女生，我就不敢還手啊。」

「你有本事就還啊。」嚴星茜說。

這兩人坐在前後桌，三天兩頭就要吵一次架。

周安然見怪不怪，隨手拿起奶茶，目光故作不經意地在陳洛白空著的座位上停了停。

雖然董辰說要還手，倒也沒真的還：「周安然，妳管管妳們家的嚴星茜。」

周安然慢吞吞地喝了口奶茶，笑著搖搖頭：「管不了，我都不敢說她偶像的不好。」

董辰看向嚴星茜，眼裡像是帶著無奈的笑：「好好好，我錯了，妳偶像也是我的天，我的神，我的上帝！行了吧？」

嚴星茜這才收手：「哼，算你識相。」

打鬧終於止歇。

周安然又趁機往後面瞥了一眼，那張座位還是空的。

她又轉過頭，看見嚴星茜轉回身，手在抽屜裡摸了摸，摸出一副耳機。

「妳還聽歌啊？」周安然問她，「不多做一些數學題目嗎？」

嚴星茜：「不行，我得先聽首歌汲取能量，再來面對即將到來的暴風雨。」

周安然：「……」

「妳要聽嗎？」嚴星茜遞了一邊的耳機過來，「說不定我的耳機也會被我媽一起沒收。」

周安然失笑：「哪有這麼嚴重，回家後我幫妳去跟阿姨求情。」

她最後還是接過了耳機。

此時教室前門忽有說話聲傳過來。

「我那天只是笑了下，他就故意把我的椅子抽掉，害我摔了一跤。」是祝燃的聲音。

接話的是跟他們關係很好、一名叫宗凱的男生：「你鬧成這樣，他沒把你壓在地上打一頓就不錯了。」

隨後是最熟悉、帶著笑意的一道聲音，「是啊，還不跪下來感恩戴德。」

周安然抬起頭，看見陳洛白笑著從前門走進來。

天氣太熱，男生又換回了夏季制服，臂間夾著一顆橙紅色的籃球，黑髮微溼地搭在額前，眉眼深邃，帶著乾淨明朗、少年氣十足的笑意。

像是察覺到視線，他突然抬眸朝她這邊望過來。

周安然驀然心虛地低下頭，胡亂把耳機塞進耳朵裡，裡面立刻有歌聲傳出來——

『怎麼去擁有一道彩虹，怎麼去擁抱一夏天的風。』

秋末的風躁熱得像是夏季還未過去，而他就像是吹過她夏天的那陣風。

只能或近或遠地感受，抓不住，也抱不到。

三顆檸檬　和你並駕齊驅

週五，期中考的成績和排名正式出爐。

陳洛白仍是一馬當先的年級第一，二班也一如祝燃所說，平均成績超過了年級第二的一班好幾分。

周安然除了英文和生物之外，其他科目都不是特別頂尖，但也沒有扯後腿的，這次總成績排在年級第六十一名。

跟第一名之間，足足差了六十個名次。

這天下午又輪到周安然值日，在打掃完教室後，她和嚴星茜像往常一樣，挽著手從東門離開。

途經籃球場時，周安然的目光不自覺往第一排第三個球場看過去。

沒有看到那道熟悉的身影，就連祝燃和宗凱也不在。

不知道他今天去哪裡了。

周安然有些失落地收回視線。

因為打掃教室，所以耽誤了一些時間，也正好避開了離校等公車的高峰期，兩人上車時，車上的後排幾乎都是空的。

周安然坐下後，把書包換到前面，從裡面抽出一本單字書，翻到夾著書籤的頁碼。

嚴星茜剛把自己的書包放好，就看見了這一幕：「才這麼一點時間，妳還要記單字，不會真的打算考過陳洛白吧？」

周安然捏著書頁的指尖蜷了下，聲音很輕：「應該吧。」

其實也不算是。

就是想再努力一點，和他的差距再小一點，能多少被他注意到一點。

嚴星茜拍拍她肩膀：「我要向妳學習。」

「啊？」周安然愣了愣，偏頭看她。

嚴星茜：「不為男色所惑，一心只想學習，別的女生是想追陳洛白這個人，而妳只想追上他的成績。」

周安然張了張嘴，她想說其實她和那些女生一樣，也很喜歡、很喜歡他。

只是她只敢在心裡偷偷喜歡。

但話到了嘴邊，不知道為什麼又沒能說出口。

好幾次都想告訴她，但最終卻沒能說出口。

她不擅長表達自己內心的情感，但嚴星茜什麼都會和她說，周安然又莫名有點愧疚，她抿抿唇：「我等一下跟妳過去，再勸勸阿姨吧。」

嚴星茜這次的數學和理化都考得不怎麼樣，排名往下掉了好幾名。

「算了，我媽這次大概是鐵了心勸不動了。」嚴星茜的眼珠子轉了轉，「妳還是去我家一趟吧，偷偷幫我運點東西藏到妳家，反正我媽也不知道我到底買了多少張CD和周邊。」

周安然點點頭：「好。」

到了社區，周安然先跟嚴星茜去了她家。

兩家就住在對面，周安然對她家熟悉得如同自家，但這還是頭一次背著家長偷偷摸摸地做這種事。

在跟嚴星茜的媽媽打招呼的時候，她都心虛得厲害。

但可能是在嚴星茜媽媽的心裡，她的形象從來都是乖巧又聽話。所以當嚴星茜把她的書包塞得滿滿的時候，嚴星茜的媽媽也沒有絲毫懷疑，只是在她離開之前，招呼她明天中午過來吃飯。

回家後，周安然將一個大抽屜清空，把嚴星茜的CD和周邊妥帖放好。

晚上吃完晚餐，周顯鴻照舊開了電視看籃球比賽。

周安然這次的期中考成績和嚴星茜相反，排名比之前進步了幾個名次，何嘉怡就沒像平常一樣規定她看電視的時間，一副隨她今晚要看多久就看多久的態度。

但周安然想了想，還是先從房間拿了一本單字書出來，這才回到客廳和爸爸一起看比賽。

周顯鴻不明白她這個舉動：「妳這是要跟我看球賽，還是要看書啊？」

周安然：「都看啊，暫停的時候可以順便背背單字。」

周顯鴻：「妳才高一，不用那麼緊張，期中考也才剛考完，今天先好好休息一下也可以的。」

周安然看著場上奔跑的球員，腦海中突然浮現出男生頎長清瘦的身影。

「但是我同學好優秀啊，我有點想趕上他——」周安然頓了頓，擔心像上次那樣露出端倪，特意多加了一個字，「們。」

周顯鴻：「……」

別人家都是家長逼迫孩子讀書，他們家怎麼好像有種相反的趨勢？

但周顯鴻又怕影響她的學習熱忱，也沒再多說什麼，只把水果盤往她前面推了推：「那先吃一點東西再看。」

周安然點點頭，把一顆橘子剝開，慢吞吞地吃掉。

螢幕上的比賽剛好因為球員犯規，被裁判叫停。周安然就趁機低頭記了兩個單字，等到她再抬起頭時，就看見裁判比了個手勢。

這個月以來，周安然已經陪周顯鴻看了好幾場比賽，大概知道這個手勢是什麼意思：「爸爸，剛才怎麼突然變成技術犯規了？」

周顯鴻露出一個嫌棄的表情：「對方的四號球員墊腳了。」

螢幕上剛好出現犯規球員墊腳的細節重播，看起來確實是個危險的動作。

周安然又摸了一顆葡萄塞進嘴裡，繼續看比賽。

她掐算著時間，還是像之前一樣，只看了四十五分鐘，就拿著英文課本回到了自己的房間。

何嘉怡正在她的房間幫她換被單，見她進來還覺得有些奇怪：「怎麼不看了？」

周安然把椅子拉開：「想再做幾道數學題目。」

學習大概是最不會辜負努力的一件事。你努力付出就會有所回報，哪怕不完全對等，卻也從不會讓你落空。

不怎麼平淡的日子一天天過去了。

又一次月考來臨時，周安然就感覺自己寫題目的速度順暢了不少，上次期中考做錯的題目，因為被蒐集到錯題本裡反覆分析重做，這次再遇到類似的題型時，已經可以輕鬆搞定。

雖然分數和排名沒辦法在短時間內上升太多，但她已然看到了努力的成效。

二中的閱卷速度依舊很快。

月考完的第二天下午，周安然和嚴星茜去外面吃完飯回來，在位子上坐了沒多久，盛曉雯就從後面跑過來，直接撲到她身上。

周安然被她撲得往旁邊倒，嚴星茜想扶一把，自己卻沒坐穩，三個女孩子直接往一旁倒去。

盛曉雯和嚴星茜一起「啊啊啊」地喊了起來，最後是董辰一臉無語地扶住嚴星茜，三個人才勉強穩住。

周安然撐著桌子，重新坐好：「怎麼啦？」

盛曉雯驚魂未定，像是想起什麼，直接圈住周安然。

周安然一頭霧水，剛想再問一遍，就聽見盛曉雯在她旁邊說：「然然，妳這次的英文考了一百四十九分，就連陳洛白這次都只考了一百四十八分，妳居然考了一百四十九分！」

周安然倏然愣住。

她確實想努力一點，稍微追上他的成績，也知道自己這次的英文應該考得還可以，但她沒想到這麼快就能超過他。

盛曉雯繼續說：「我不管，妳得請我吃東西，不然我這個英文小老師的臉真的沒地方放了。」

周安然還在發楞。

盛曉雯捏了捏她的臉：「妳有沒有聽到啊？」

周安然被她從思緒中拉回來：「啊？」

「我說妳考了一百四十九分，要請我吃東西。」盛曉雯重複一遍。

周安然終於回過神，嘴角不自覺彎了彎，她點點頭：「好呀，我明天帶早餐給妳。」

嚴星茜插話：「我也要。」

周安然繼續點頭：「好，明天妳的那份我付錢。」

董辰也跟著插了一句話：「周安然，是不是聽者有份啊？」說完還用手肘推了推隔壁的賀明宇。

賀明宇推了推眼鏡：「我也聽見了。」

周安然眉眼彎彎：「好呀，我請你們吃。」

盛曉雯這才鬆開她：「我再去老師那邊探探情況。」

盛曉雯一走，他們這片才終於安靜下來。

周安然的心裡卻好像還有煙火在劈里啪啦地炸開，完全靜不下來。課本上的內容，她一個字都看不進去。

周安然伸手拿起桌上的保溫瓶，又偏頭問嚴星茜：「茜茜，我要去裝水，要不要幫妳裝一些？」

嚴星茜把杯子遞給她：「好。」

飲水機在這一層的走廊盡頭，周安然慢吞吞地走過去，裝好水，把杯蓋蓋嚴實。

嚴星茜自覺年紀還小，拒絕用保溫瓶，用的是一個塑膠杯。裝滿熱水後，杯身有些燙手，周安然仔細拎住她杯蓋上的繩子，轉身折返。

快路過中間的樓梯時，周安然突然聽見宗凱的聲音響起。

「英文成績好像已經出來了，聽說這次有個女生的成績超過你了。」

周安然瞬間察覺到他是在和誰說話，心臟重重一跳。

再繼續往前走的話，大概會和他們正面碰上。

周安然的腦中還在亂七八糟地炸著煙火，根本無法正常思考，正處於思緒混亂的狀態，身體像是先替自己做了決定。

她轉身踏上上三樓的樓梯，避開即將到來的會面。

宗凱的聲音仍清晰地傳來：「好像就是你們班上次英文考第二名的那個女生，叫什麼來著？」

周安然剛走到樓梯轉角，聞言腳步一頓，呼吸像是跟著輕了下來。

沉默應該只有短暫的一瞬，仍像是有無形的細線，瞬間將心臟高高拉起。

然後，陳洛白的聲音響起：「好像叫什麼然吧。」

細線斷掉，心臟重重墜回去。

宗凱笑了下：「都同班快一個學期了，你怎麼連人家的名字都記不住。」

熟悉的聲音低低響起，是漫不經心的語調：「我沒事記她名字做什麼。」

周安然抓著蓋繩的指尖發緊，一個不注意，裝滿熱水的塑膠杯貼到她另一隻手上，可能是溫度燙得令人發疼，她的鼻子倏然酸了下。

樓下突然傳來一陣急促的腳步聲，盛曉雯的聲音隨後響起：「陳洛白，原來你在這裡啊，英文老師找你。」

周安然在原地站了片刻。等到樓下再也沒有任何熟悉的聲音傳來，她才轉身緩步下樓。

回到教室，她把嚴星茜的水放到她桌上，像是有點控制不住情緒，她埋頭趴到桌上。

可能是她前後狀態變化太大，就連大大咧咧的嚴星茜都發現了，「然然，妳怎麼啦？」

鼻間的酸澀一點點蔓延至眼眶。

周安然努力往下壓了壓，聲音聽起來還是悶悶的：「沒什麼，就是昨晚沒睡好，有點睏。」

嚴星茜知道她這一個月有多努力，絲毫沒懷疑：「那妳睡一下吧。」

周安然把額頭壓在手臂上，眼睛又開始發酸。

但她其實也不該感到意外。

他所有的科目分數幾乎都是年級第一，她僥倖單科考贏他一次，又有什麼值得他注意的。

但知道是一回事，親耳從他口中聽到那番話，又是另一回事。

手臂圈出來的這一方昏暗空間裡，周安然努力調適著自己的情緒。

酸意壓下去，又漫上來。

有腳步聲從她旁邊經過，很快遠去。

周安然不太想讓同學看到她有點狼狽的模樣，哪怕不會有人知道她此刻是為了什麼而難過。

她趴在桌上，試圖把漫上來的酸意再壓下去。

又有腳步聲逐漸接近，周安然等著旁邊這個人趕快走過去。

但這次的腳步聲剛好停在了她的課桌旁，隨後是很輕的兩聲叩擊聲，像是有人輕輕敲了敲她的桌子。

周安然也不知道自己的眼睛有沒有紅，她沒有立刻抬頭，只是把腦袋稍稍從手臂圈出來的空間裡移開。

光線重新進入視線，她看見一隻冷白修長的手微屈著搭在她課桌上，腕骨上有一顆眼熟的棕褐色小痣。

周安然的心臟就快要跳起來。

或許是發現她已經抬頭，那隻好看的手在她桌上又輕敲了下，隨後男生清朗的聲音響起：

「英文老師找妳。」

熟悉的聲音近在頭頂。

這次不再是對祝燃、宗凱或者其他人說話，被她意外或不意外地聽見。

他是在跟她說話。

察覺到這個事實，周安然的心跳又不爭氣地快了幾拍。

其實這也不是他第一次跟她說話，之前還有過兩次。

一次是開學那天，他扶她一把，跟她說小心。還有一次是某個下課時間，到操場做操的時候，距離被蜂擁著下樓的同學推得格外近。

他和祝燃就走在她的斜後方，像是在討論著某個遊戲。

身後有人打鬧，男生不小心被人推了一把後撞到她肩膀，他像是看了她一眼，又像是沒看，懶懶地跟她說了句抱歉。

所以他記不住她的名字也很正常。

他是眾星捧月的天之驕子，而她是不敢往他旁邊靠近的膽小鬼。

本來就是比陌生人好不了多少，再普通不過的同學關係。

周安然擔心自己眼睛是紅的，沒敢抬頭看他，猶豫著該簡單地回他一句「好」，還是大膽一點，問他「老師找我有什麼事」。

但他也只是過來通知她一聲，並不需要她答覆，沒等她繼續遲疑，桌上那隻手已經移開，隨後男生的身影也消失了。

清爽的氣味很快遠去，周安然的心裡像是空了一塊。

她頹然地趴回桌上，又一次為自己在他面前的糟糕表現感到懊惱，但又怕他以為她沒把剛才的話放在心上，她迅速收拾了下情緒，從座位上站起來，腳步停了停，最後還是從前門走出去。

走到一半時，周安然才突然反應過來一件事。

他過來幫老師叫她，像是意味著，他雖然記不住她的名字，但應該知道她是誰。

悶在胸口的那團氣終於散了一些。

但臨到英文老師的辦公室門口，周安然又想起了另一種可能性——

他會不會認錯人了？

只隔了幾公分的辦公室大門，突然變成了某種深淵，她不知道踏進去的會是天堂還是地獄。

有其他班級的英文老師迎面朝這邊走過來，像是看到她站在辦公室附近駐足，感到有些奇怪，於是多打量了幾眼。

周安然不好繼續遲疑，往前跨出了一大步。

辦公室的門敞開著。

二班的英文老師叫林涵，是個三十出頭的年輕女老師，辦公桌正對著辦公室大門。

周安然剛抬手敲了敲門，林涵就抬起頭朝她看過來。

周安然生怕她問一句「妳怎麼過來了」。

好在林涵抬頭看見她後，就立刻衝她一笑，又朝她招招手：「快進來。」

周安然在心裡鬆了口氣，抬腳走進辦公室，指尖在衣襬邊蜷了蜷。

她其實也不太會跟老師打交道。

等她走近後，林涵像是打量了她一眼，隨即開口：「盛曉雯不是已經跟妳說過這次的成績了嗎，怎麼？考了全年級第一還不高興啊？」

周安然：「？」

難道她的表現還是這麼明顯嗎？

周安然搖搖頭，用和剛才一樣的藉口：「沒有，就是昨晚沒睡好。」

林涵點點頭：「那還是要好好休息，升學考是持久戰。」

周安然乖巧地「嗯」了聲。

「妳這次考得很好啊，我們特意在閱讀測驗裡藏了幾道陷阱題，就連陳洛白都粗心錯了一題，全年紀就妳一個人拿了滿分。」林涵笑看著她，「妳幫老師贏了半個月的早餐啊。」

周安然一直都很喜歡這位英文老師，重點講得讓學生易懂，為人又開朗幽默。

她朝林涵笑了下：「是您教得好。」

林涵哈哈大笑：「我就愛聽這種話。」說完還不忘偏頭跟辦公室的其他老師炫耀，「聽見了嗎？我學生誇我教得好呢。」

辦公室的氣氛瞬間被她點燃，滿屋都是打趣她的聲音。

周安然抿抿唇，她有點羨慕老師的性格。

林涵轉過頭來，又跟她多交待了幾句學習上的事，才讓她回教室。

周安然從辦公室出來的時候，外面的天色已經暗下。

好像不知不覺就已經到了冬天，這個學期也快要結束了。

回到教室的時候，周安然又忍不住走了後門，目光習慣性地往第二組第六排看去。

不知道他和祝燃說了什麼，祝燃從位子上站起來，一副被他氣得要跳腳的模樣。

男生趴在桌上悶笑，肩膀微微抖動，一截冷白的後頸露在外面。

就在她快要回到座位的時候，周安然聽見董辰在安慰嚴星茜，「這次數學沒考好也不是多大的事啊，這才高一的第一學期，後面還有好幾年呢，妳別哭啊。」

周安然在位子上坐下。

董辰見到她，像是見到了救星：「妳總算回來了，快勸勸她吧。」

周安然太清楚嚴星茜的性格，絕不可能因為沒考好就哭，她偏頭瞥見嚴星茜把綁起來的頭髮放下來，就猜到是怎麼回事了。

她回頭看董辰的時候，不免帶了幾分同情：「她戴了耳機。」

董辰愣住：「……？」

周安然伸手扯掉嚴星茜一邊的耳機，嚴星茜這才發現她回來了，她抽抽鼻子：「然然妳回來了，嗚嗚嗚，我偶像的這場 live 真的好好哭。」

董辰氣急敗壞的聲音從後桌傳過來：「嚴星茜，妳是豬嗎？」

嚴星茜莫名其妙地轉過頭：「你有病啊？你才是豬！」

兩個人又吵起來。

周安然趴在桌上，目光往課桌一角偏了偏。

那隻好看的手今天短暫地在她課桌上停留了一瞬。

她聽著旁邊宛如小學生的吵架聲，不由微勾著唇角笑起來。

是啊，還有好幾年呢。

而且她今天還得到了喜歡的老師的誇獎，他也因此和她單獨說了句話。

好像也沒那麼糟糕。

南城冬季嚴寒，高一所處的又是沒有暖氣的老教學大樓，因而一進入冬天後，二班教室門窗緊閉就成了常態。

不知道是因為這個原因，還是因為前段時間，所有來跟陳洛白告白的女生都被他拒絕了，在二班門口流連的女生逐漸變少，所以高一上學期的最後一段時間，過得格外平靜。

周安然從小畏寒，這還是她第一次喜歡上冬天。

教室緊閉的門窗密封出一小方天地，她和暗戀的男生困於其中，埋頭為各自的將來奮鬥。雖然還不知道將來等待他們的是什麼，但總歸是充滿希望的吧。

期末考結束那天，離校前，周安然藉著看嚴星茜和董辰打鬧的掩護，偷偷觀察著後排的動靜。

陳洛白和同學聊天，她收拾東西的動作就放緩；聽見祝燃催他回去，她就匆匆忙忙地把桌上的東西一股腦塞進書包裡，最後終於得以跟在他身後一起離校。

路上看到一些人過來和他打招呼。

或許是因為常去打球，他看起來和不少其他班、甚至是高年級的人都有些熟絡。有過來約他寒假去打球的，也有過來跟他說聲「新年快樂」或「下學期見」的。

值得慶幸的是，這些人幾乎都是男生。

他身邊至今沒有出現過關係特別親近的女生，他對女生的態度好像會更禮貌疏遠一些。倒是有幾個班上的女生會大膽地找他問問題，大部分的時候他都不會拒絕。

但就和那兩次幫她一樣，會讓人覺得，他幫你只是出於教養，並非因為你對他來說是特別的。

出了東門，周安然和嚴星茜要往左走，陳洛白和祝燃他們往右走。

有時候他家裡有人開車來接，有時候他跟祝燃會一起搭公車，有時會自己叫車，但都是往右。

都是和她相反的方向。

會有一個多月見不到面。

分道後，周安然忍不住又回頭看了一眼，看著男生走遠的背影，在心裡悄悄和他說了句「下學期見」。

頓了頓，又多加了一句「新年快樂」。

寒假的前半段日子，南城的天氣冷得厲害，周安然跟嚴星茜只約出去逛一次街，就再也沒出過門。

除夕前一天，她和爸媽慣例一起回鄉下老家陪爺爺奶奶過年。

兩位老人家身體都還硬朗，和往年一樣，回家的第一頓飯，總不肯讓他們插手幫忙，周安然跟爸爸媽媽被奶奶拉走，一起去廚房跟爺爺打了聲招呼。

再出來時，周顯鴻被住隔壁的堂叔拉去打牌，周安然則跟著媽媽去客廳看電視。

沒過多久，外面有車聲響起，隨後是伯父伯母和人打招呼的聲音。

和周顯鴻一樣，伯父周顯濟一打完招呼也被拉去打牌，伯母賈鳳華踩著高跟鞋走進客廳，在她們身旁坐下。

何嘉怡悄悄拿手肘撞了撞周安然。

周安然有些不情願地開口打招呼：「伯母。」

賈鳳華衝她笑了下，又把手上的包包拿起來，在何嘉怡面前晃了晃：「我前幾天剛買的包包，妳覺得怎麼樣？」

何嘉怡看了一眼：「滿好看的。」

賈鳳華把包包放到一旁，故作隨意道：「也不是很貴，十幾萬而已。就是得再配個十幾萬的貨才能拿到，這些奢侈品店就是麻煩。」

何嘉怡清楚她這位大嫂的德行，懶得接話，把水果盤往她面前推了推：「這橘子挺甜的。」

賈鳳華嘴角的笑容淡了淡，隨手拿了顆橘子，又偏頭去看周安然：「然然，這次期末考成績怎麼樣啊？」

周安然抿著唇，不用想也知道這位伯母不會說出什麼好聽的話。

何嘉怡偷偷掐她一下，幫她接下話題：「還行，班排第八名。」

賈鳳華嘴角的弧度瞬間明顯了一些，察覺到後，她往下壓了壓，一副關心的語氣：「然然這是退步了吧？我記得她國中不都是班上的前三名嗎？女孩子越往後面讀，會越不如男孩子的。」

何嘉怡淡聲道：「她在實驗班，這次年級排名第五十五名，妳也知道的，二中的升學率百分之九十以上，名次只要保持在九百八十五名以內就沒問題。」

賈鳳華嘴角的弧度僵了下：「確實挺厲害的，不過怎麼還是不愛說話？只會死讀書，性格這麼內向是不行的。妳們也知道她伯父的學歷吧？能把生意做得這麼大，靠得是靈活的腦子和那張嘴。不過沒關係，我們家就這麼一個女孩，不管以後如何，都還是可以跟她爸一樣，過來幫她伯父打工嘛。」

周安然其實不太在乎這位伯母說她什麼，但亂說她爸媽就不行，她垂著眼，看見何嘉怡垂在一側的手微微收緊。

「伯母。」她不太習慣罵人，垂在一側的手也緊了緊，這才輕聲開口，「堂哥今年是不回來過年了嗎？」

賈鳳華又笑了起來：「是啊，他課業重，國外又沒春節，我就讓他別跑來跑去了。」

周安然伸手拿了一顆砂糖橘，慢吞吞地剝著：「哦，那他還會和你們隔壁那個叫吳德的哥哥一起玩嗎？」

賈鳳華有些莫名：「會啊，怎麼了？」

周安然把剝好的砂糖橘遞給何嘉怡，抬眸看向賈鳳華：「那您還是勸堂哥別和他玩了，我前幾天看到吳德在網路上PO出大麻的照片。」

賈鳳華的臉色倏然一變：「妳這話可不能亂說。」

周安然把手上的細絲拍乾淨：「是不是亂說，您自己去看看就知道了。」

何嘉怡接過橘子，心裡莫名覺得熨貼，她推推坐在旁邊的女兒：「妳不是還沒寫完寒假作業嗎？先去把作業做完吧。」

周安然看她一眼。

何嘉怡拍拍她：「去吧。」

周安然點點頭，剛踏出門，就聽見賈鳳華的聲音在後面響起，「我去看看她大伯打牌，就不陪妳看電視了。」

周安然輕輕吐了口氣，回到爺爺奶奶單獨留給她的房間。

坐下後，她攤開數學試卷，卻又沉不下心。

周安然不喜歡她這位伯母，並不在乎她如何說她。

剛才實在忍不住反擊，是因為她那樣說她爸爸，因為她讓她媽媽不開心，也因為她堂哥雖然混了點，但對她還算可以，她不希望他走上歧途。

但周安然知道，不說其他，伯母那個「性格這麼內向是不行的」觀點，何女士心裡應該也是贊同的，畢竟她平時在家就說過她好幾次。

她本以為性格只有「這種」和「那種」的差別，但在家長們的眼裡，好像變成了好與壞、對與錯。

外向就是好的、對的；內向就是壞的、錯的。

也不是沒有嘗試改變，只是身體裡好像有個電量表，看書、寫作業或者和喜歡的人聊天打交道，電量可以支撐很久。但是強迫自己變得外向，試圖跟所有喜歡、不喜歡的人社交，電量就會迅速耗盡，即便睡一覺也沒辦法恢復。

一醒來看到藍天都覺得是灰暗的，最後都以失敗告終。

他呢？

周安然的腦中閃過一張熟悉又帥氣的臉。

他應該是喜歡那種開朗又大方的女生吧。

不知是因為憂心遠在國外的兒子，還是因為在伯父面前多少會收斂一些，接下來的幾天，賈鳳華都沒再陰陽怪氣地說些有的沒有。

這個年過得也不是太糟糕。

正月初四，周安然和父母回到家中。第二天就被拿了不少壓歲錢的嚴星茜拉出去外面吃飯逛街，一路上嚴星茜都在和她吐槽，昨天和董辰在網路上吵架的事情。

周安然聽得發笑，笑完又莫名沮喪。

她和陳洛白的社交圈暫時沒有任何重疊，完全不知道他寒假過得如何，周安然頭一次盼望早點開學。

但她沒想到這次開學後，陳洛白身邊會多出一個女生。

開學要換座位。

過了元宵節，南城的天氣還沒回暖。

開學那天不用早自習，周安然為了早點到學校，一大早就從溫暖的被窩中鑽出，卻因為嚴星茜沒能成功早起，她們到達教室的時候，已經快要七點半。

進門前，嚴星茜正挽著她的手和她聊換座位的事情：「我媽之前不是說想請妳幫我補數學跟理化嗎？她還真的打電話給老高。所以我們兩個的座位大概不會換，但不知道曉雯和賀明宇會換到哪裡。」

周安然笑著接話：「妳不關心董辰嗎？」

嚴星茜輕嗤一聲：「我關心他做什麼？他離我越遠越好。」

伴隨她最後一個尾音落下，周安然抬腳踏進後門，一時忘了他很可能也換了座位，目光習慣性地先往原本的位置看過去。

下一秒，她的腳步倏然停住。

陳洛白還坐在原來的位子上，一個寒假過去，男生的頭髮剪短不少，清爽又帥氣。

但周安然的注意力全不在此，因為陳洛白的旁邊，那個不知道是否還屬於祝燃的位子上，坐著一個陌生的女生。

女生綁了一個高高的馬尾，樣貌明豔又奪目。

她側身面向陳洛白，聽不清在和他說什麼，但眼裡全是明亮的笑意。

男生同樣側坐，背對著後門。

周安然看不見他的表情，但不知為何，明明他的聲音不算高，混雜在吵鬧的教室中，卻輕易就被她的耳朵捕捉到。

「是嗎？」懶懶的，帶著一點笑意的語調。

外面有冷風吹進來，周安然突然感受到一陣冰涼。

嚴星茜跟在她身後，一進門就看見了這一幕，輕輕「哇」了聲。

她小聲湊到周安然耳邊八卦：「從來都沒有女生坐過陳洛白旁邊的位子，難不成我們校草這一個寒假過去，就多了個女朋友？」

周安然不敢去猜想的可能被她一語道破，心裡瞬間湧上一陣澀意。她收回視線，不敢再看：「先去看座位吧。」

那天是怎麼換座位的，周安然已經想不起來了。

只記得換座位的時候，偶爾不經意或不由自主往那邊瞥過去一眼時，都能看見他笑著在和那個漂亮的女生聊天。

一直等到座位換好，周安然才發現坐在她前面的是婁亦琪和張舒嫻。

張舒嫻是她們換好位子後才進來的，在此之前，婁亦琪一直低著頭不知在寫些什麼。

周安然沒有在第一時間坐下。

桌椅在教室中閒置了一個月，上面全是灰塵，張舒嫻過來的時候，她正在用紙巾擦桌子。

因為離得近，即便張舒嫻稍稍壓低聲音，前方的談話也不可避免地傳了過來。

「什麼情況？」張舒嫻八卦的語氣和剛才的嚴星茜一樣，「陳洛白是交女朋友了嗎？」

周安然沒控制好擦桌子的力道，紙巾一路滑過桌子邊線，手在桌角上磕碰了下，有尖銳的疼痛傳來。

「別亂說。」婁亦琪的語氣聽起來有些生硬，「那不是他女朋友。」

張舒嫻好奇：「妳怎麼知道不是他女朋友？這女生一看就不是我們學校的，她長得這麼漂亮，我之前不可能沒注意到，那只能是陳洛白帶來的。都帶來學校了，不是他女朋友是什麼？」

婁亦琪頭也沒抬：「不是他帶來的。」

張舒嫻故作不滿道：「什麼情況啊？妳知道就趕快說，不要我問一句妳回一句。」

婁亦琪終於停下筆，像是回頭看了一眼，表情很淡：「那個女生是宗凱的青梅竹馬，轉學生，跟宗凱同班。我來的時候，宗凱和祝燃都在後排坐著，他們四個人湊在一起聊天，後來那個女生撒嬌說想吃霜淇淋，宗凱就跑下樓去幫她買了，祝燃也想買東西，就跟著一起下去了。」

張舒嫻：「原來是這樣啊，我還以為我們學校大半的女生要失戀了呢。」

不知是擦桌子費了點力氣，還是聽見了前面的對話，周安然感覺手腳開始慢慢回溫。

像是為了印證婁亦琪的話，周安然才剛擦完桌子，就聽見祝燃的聲音從後面響起，「阿洛，接著。」

周安然藉著擦椅子作掩護，轉過頭去，看見祝燃站在後門，朝陳洛白的方向扔了一瓶可樂。

男生伸手穩穩接住，他靠在椅背上，對門口的人笑罵：「你有什麼毛病？好好拿進來會死嗎？」

祝燃拎著袋子，晃晃悠悠地走進來：「不覺得這樣比較帥嗎？」

陳洛白隨手將可樂往桌上一放：「砸傷人賠醫藥費更帥。」

「你怎麼不喝啊？把錢還給你之後，我就沒剩多少零用錢，即便這樣我還記得多買一瓶給你，這情誼夠感天動地了吧？」祝燃說著說著就自己上手，「我來幫你開吧。」

陳洛白笑著伸腳去踹他：「你他媽當我是傻子啊？」

祝燃急忙跳開。

宗凱在後面搖搖頭，沒摻和到這兩人之間，只是走到陳洛白旁邊的位子，把手上的霜淇淋遞給那個女生。

女生笑著接過，又像是往旁邊瞥了一眼：「你怎麼只買了一個啊？」

宗凱揉了揉她的腦袋：「妳以為誰都像妳一樣，在大冬天吵著要吃霜淇淋？」

女生衝他皺了皺臉：「就是要在冬天吃霜淇淋才對味啊。」

宗凱抬手看了手錶一眼：「快上課了，我們得回去了。」

女生「哦」了聲，慢吞吞地打開霜淇淋的蓋子，又往旁邊瞥了一眼：「那……再見，陳洛白。」

祝燃站在她後面，不滿道：「妳就和陳洛白說再見啊？我這麼大個人站在這裡妳看不到？」

女生吃了一口霜淇淋，又像是覺得凍手，把盒子塞到宗凱的手裡：「你太吵了，還是不要再見了吧。」

祝燃：「當我多稀罕似的。」

周安然把椅子擦了又擦，等女生跟在宗凱身後離開，她才轉身把弄髒的紙巾塞進一旁的小垃圾袋裡，一起拿去丟掉。

心裡卻還是高興不起來。

陳洛白和祝燃這次的位子不知為何都沒換，仍在第二組最後一排。

她和嚴星茜也換到了第二組，坐在第三排，她在靠裡的第四列，他在更靠門外的第三列。

周安然跟他相隔的距離比之前近了不少，但想回頭看他，反而不如之前那樣方便。

開學的頭一天總是鬧哄哄的，但二班畢竟是實驗班，在老高和各科老師輪番告誡下，第二天就迅速靜下心，完全進入了學習狀態。

所有同學和上學期一樣開始埋頭奮鬥，但周安然卻知道明顯有什麼地方不一樣了。

她回頭時，不再像上學期那樣輕易就能看到他，而他身邊也從上學期比較固定的三人組合，變成了四個人，多了一個女生。

學校是個各類消息流傳最快的地方。沒過多久，周安然就知道宗凱的青梅竹馬叫殷宜真，據說家裡也很有錢，頭上隨便戴的一個小髮夾都值好幾萬，還拿過鋼琴比賽的獎項。

她似乎迅速成了二中不少男生心目中的新女神。

但不知道是不是周安然的錯覺，她覺得殷宜真對陳洛白的關注，好像大過於和她一起長大的宗凱。

下課路上，四人一起出去吃飯時，周安然每每都看見她雖然站在宗凱旁邊，目光卻總是偏向陳洛白那一邊。

宗凱每次來他們班找陳洛白時，殷宜真往往也會跟著一起。

祝燃跟她不太對盤，她就經常站在陳洛白身後，或是坐在陳洛白前排男生的位子上，被腕間精緻的手鏈襯得雪白漂亮的手，搭在男生亂堆在一起的書上。

好在陳洛白從沒單獨和她相處過，更沒主動去三班找過她，因而在這些紛亂的消息中，跟她和陳洛白有關的，暫時還沒有帶著曖昧氣息。

開學第一週轉瞬就過完了。

到了這學期第二週，南城的天氣終於大幅回升，氣溫從凍得人瑟瑟發抖、徘徊在只有幾度的低溫，毫無過渡地一下就漲到了二十幾度的高溫。

週三下午，周安然陪嚴星茜去東門外吃午餐。

在吃完回教室的路上，嚴星茜拉開外套拉鍊，以手作扇在身前搧風：「然然，我覺得我快要中暑了，班上的一些人都換上夏天制服了，我媽說什麼春捂秋凍，只允許我換春季制服就算了，還非要讓我穿保暖褲，不行了，我等一下要去廁所換下來，妳要不要陪我去？」

周安然怕冷，不敢直接換上夏季制服，也跟嚴星茜一樣穿著春季制服外套。

好在何女士沒逼她穿保暖褲，她也還沒怕冷到那種程度。

周安然伸手幫她搧了兩下，又勸她：「晚上的溫度還是滿低的，今天就忍一忍吧，一下熱一下冷容易感冒，明天溫度還會再升，妳明天就別穿了。」

嚴星茜指指自己：「不行，妳看看。」

周安然轉頭，看見她滿頭都是汗，不由有點同情：「我請妳喝汽水吧，如果喝完之後妳還是忍不住再換。」

嚴星茜嘴上喊熱，卻又親暱地挽住她的手：「妳說的哦，那我們趕快去福利社。」

兩人往福利社的方向走去。

路過籃球場時，嚴星茜腳步一停：「哎，然然，妳看那邊是不是有人在打架？」

剛才還沒到籃球場時，周安然就往那邊瞥了數眼，確認陳洛白不在球場上後，她就沒繼續注意。

也不知道是不是開學換座位的壞運氣一直延續了下來，這學期以來，她在教室外能碰上他的機率大大降低了。

就和他們的座位一樣，像兩條不會有任何交匯的平行線。

嚴星茜向來喜歡湊熱鬧，此刻連保暖褲和汽水都顧不上了，拉著她跑到籃球場邊。

周安然剛才遠遠看著，感覺像是一群人在打架，近看才發現是一群人圍著一個男生。

被包圍的男生還很眼熟，是他們班的體育股長湯建銳。

嚴星茜顯然也認出來了，臉色微變，問她：「中間那個是不是湯建銳啊？」

周安然點頭，剛想說要不要去找老師過來，就看見祝燃從她旁邊跑過去，像顆小砲彈一樣衝進了球場。

「靠！你們他媽的是在幹什麼！」

周安然心裡重重一跳，下意識回過頭。

果然一眼就看見陳洛白站在她身後不遠處。

男生這週也換上了夏季制服，不知是因為熱，還是因為匆匆趕過來，露在外面的手臂上有細細的汗珠。

他平時挺愛笑的，這還是周安然第一次看到他臉色這般冷漠。

陳洛白的目光絲毫沒落在她身上，抬腳從她旁邊跨過，大步進了球場，聲音也有些冷淡，「祝燃，住手。」

場上，祝燃早已揪住了一個男生的衣領，像是沒聽見他的話。

反倒是圍著湯建銳、不知是哪個班的那群男生中，有好幾個略往後拉開了一點距離。

陳洛白又沉沉地喊了聲：「祝燃。」

祝燃終於鬆開手，回頭看他：「你攔我幹什麼？難道要白白讓他們欺負我們班的人嗎？」

陳洛白沒直接接話，他彎腰撿起地上的籃球，走到人群中間，將祝燃和湯建銳半擋在身後。

周安然那天回教室後，才從班上的其他人口中得知事情的起因。

湯建銳下午拿了籃球在球場等陳洛白他們過來打球，但天氣轉暖轉晴，其他幾個球場都被人占滿，所以十班的幾個同學就趁著湯建銳撿球的功夫，連聲招呼都沒打就搶了那個球場。

湯建銳過去找他們討說法，雙方起了衝突。

而此刻，宗凱護著殷宜真站在場邊沒過去。

陳洛白獨自擋在祝燃和湯建銳身前，一個人和十班的七八個男生對峙，氣勢卻絲毫沒輸。

周安然站在不遠處，看見他回頭望了湯建銳和祝燃一眼。

「當然不能白被欺負。」陳洛白拿著橙紅色的籃球隨手顛了顛，又緩緩轉回去，語氣冷淡，「既然是球場上的衝突，那就拿球說話。」

夕陽下，穿著制服的高大男生俊臉微冷，朝十班領頭的那位揚了揚下巴：「比一場？」

十班領頭的人叫胡琨，是二中籃球校隊的一員，他平時在隊裡訓練的時間很長，連班上的人都不認得，更別提二班的人。

帶人去搶球場的時候，他並不知道湯建銳是在幫陳洛白占場地。

二中幾乎沒人不知道陳洛白，他也不例外。

不止因為陳洛白是學校的風雲人物，也因為他們教練常在他們面前提到陳洛白是個絕佳的人選，一再感嘆校長不肯給人，陳洛白本人也不願意進校隊。

他本來覺得，如果要跟陳洛白打架，不管是衝著對方的成績還是家世，他都可能會有所遲疑。

但他沒想到陳洛白會直接拿球說話。

胡琨也早就想看看，天天罵他們的教練一再誇獎的這位好學生，水準究竟如何。

「單挑還是打全場五對五？」

陳洛白回頭看了湯建銳一眼：「你應該更想親自上場找回場子吧？」

湯建銳點頭：「當然。」

祝燃在一旁舉手：「我我我，我也要打！」

陳洛白又轉回來：「那就打全場。輸了的話，你們所有人都要當著全校的面念悔過書，跟湯建銳道歉。」

胡琨：「那要是你們輸了呢？」

「我們？」陳洛白的眉梢輕輕一揚，語氣極為囂張，「我們不可能會輸。」

胡琨被他這張狂的語氣哽了下，慢了半拍才反應過來，這場對峙的節奏全被對方帶著走。

「要是你們輸了，我也不為難其他人，你當著全校人的面承認你球打得爛，是根本進不了校隊的水準就行。」

因為兩邊沒再打架，周安然早就被嚴星茜拉到旁邊來看熱鬧，此刻的她離陳洛白僅有一公尺的距離。

她看見男生又笑了下，但因為臉上的冷意還沒完全退去，這個笑容就顯得又猖狂又挑釁。

「可以啊，只要你有這個本事。」

胡琨像是被他氣笑了：「時間呢？」

陳洛白歪頭想了下：「這週我有事，下週五吧。」

周安然和嚴星茜回到教室的時候，陳洛白和十班男生約了球賽的消息，已經迅速傳回了班上。

得知她們剛才圍觀了第一現場，已經搬到第一組的盛曉雯直接跑到第二組，拉著周安然擠到她的椅子上，要聽她們說八卦。

「我聽說十班領頭的那位是籃球校隊的？」盛曉雯問。

十班的那群男生，周安然一個都不認識。

校隊有專用的室內訓練場，外面露天的球場通常都是老師和學生打著玩，校隊的球員並不會來。

而且高中籃球聯賽是賽會制，二中這次不是承辦校之一，聯賽關注度也不高，沒有較大的直播平臺跟進，他們這批剛入學的高一生，連一場校隊的球賽都還沒看過，周安然自然也不認得校隊的人。

不過領頭的那位確實挺高的，陳洛白目前一百八十二公分，他比陳洛白略高出一些，身材也更精實，但對峙的時候，氣勢卻明顯被陳洛白壓了一頭。

「應該是吧，還挺高的。」

張舒嫻向來也愛聊八卦，聞言後起身反坐到椅子上，搭話道：「我知道十班的那個人，好像叫胡琨。今年剛加入校隊，應該不算主力，聽說我們學校的主力通常都是高二和高三的，不過能進我們校隊，應該也不會太差，陳洛白居然敢跟他下戰帖。」

婁亦琪也轉過身：「陳洛白打球也很厲害，有什麼好不敢的？」

「那倒也是。」張舒嫻又好奇地問，「我還聽說如果十班那些人輸了，陳洛白讓他們當著全校的面念悔過書道歉，是不是真的啊？」

周安然趴在桌上，腦中回想著男生剛剛和人對峙的模樣，心跳悄然快了幾拍。

她小幅度點點頭。

盛曉雯靠在她肩上笑：「我總算知道我們教務主任為什麼那麼喜歡陳洛白了，平時見他遲到或缺席活動，也都是睜一隻眼閉一隻眼。如果他今天沒趕來，兩個班的這場架可能無法避免，但他這一來，都把老師們該做的事一併做了，多省心啊。對了，他們是被老師叫走了嗎？」

「確實被老師叫走了，不過沒有真的打起來應該沒事。」張舒嫻插話，「我聽說陳洛白從小就經常跟他媽媽一起去律師事務所，大概是受法律薰陶長大的，連架都還沒打，可能就先談到賠償金的問題了。」她露出一臉遺憾的神情，「唉，我今天怎麼就沒能在現場圍觀呢？」

婁亦琪伸手掐她一下，語氣嗔怪：「妳還好意思說？我今天說要去東門外吃午餐，妳非要留在學生餐廳吃。」

「我那不是沒錢——」

張舒嫻話還沒說完，外面突然有一道男聲傳進來。

「胡琨挺厲害的，洛哥，我們真的有機會贏過他們嗎？」

張舒嫻話鋒一轉：「是湯建銳的聲音吧，他們是不是回來了？」

湯建銳嗓門大，班上不少人都聽到了這個聲音，齊齊轉過頭去，有男生更是從座位上起身往後面走去。

周安然跟著盛曉雯和嚴星茜一起轉過頭，看見陳洛白被一群男孩子簇擁著走進教室。

不知是不是去哪裡洗了把臉，男生額間的碎髮微溼，脖頸間有細小的水珠從凸起的喉結上滑過，全身都散發出了蓬勃的青春氣息。

他臉上早已沒了冷意，笑容中帶著慣有的散漫感：「胡琨和他們班的人不熟，十班也沒幾個會打籃球的。」

「他敢約全場，肯定就是有把握。」祝燃隨口接話，又偏頭問陳洛白，「不過你這週有什麼事啊，我怎麼沒聽你說過？」

陳洛白拉開椅子坐下，背抵著椅背：「我能有什麼事？這不是幫你們爭取一點訓練時間嗎？」

祝燃一邊拉開自己的椅子，一邊衝著湯建銳道：「我早就說過你不用著急，洛哥的心黑得很，胡琨那種頭腦簡單、四肢發達的體育生，根本玩不過他。」

湯建銳反駁道：「不許這麼說我洛哥，我們洛哥哪是心黑，這叫聰明。」

陳洛白笑著踹了一下祝燃的椅子：「聽聽。」

祝燃差一點被他踹得沒坐穩，乾脆直接跳起來，勾住湯建銳的脖子：「銳銳，你這就不厚道了，剛才明明是我衝在最前面的。」

兩個人在後面打鬧起來。

班上有男生走到陳洛白面前：「洛哥，你們定好名單了嗎？如果還沒定好，我能報名嗎？我早看十班那些人不爽很久了。」

「還有我，還有我，我也想打。」

陳洛白抬手往旁邊一指：「要報名的去找湯建銳。」

這次換成湯建銳和祝燃被一群男生圍住。

宗凱走到陳洛白面前：「要我幫你們一起打嗎？」

周安然懷揣著不為人知的心思隱藏在班裡，跟大家一起大大方方地看著他。

男生像是用腳抵住了課桌橫桿，翹起椅腳，前後搖晃了幾下。

明知他肯定不會摔倒，周安然的心還是揪了一下，直到他椅腳又落回來，她懸著的心才跟著放下。

陳洛白：「不用了，現在算是我們兩班之間的恩怨。」

宗凱點點頭：「好，那你們小心一點，胡琨打球的小動作有點多。」

小動作很多嗎？

周安然的心又悄悄揪緊了下。

陳洛白一臉淡定，只是隨意點了下頭。

「那我們就先回教室了。」宗凱說完，拉了拉殷宜真的手臂。

殷宜真跟著他走了兩步，又回頭：「我到時候去幫你加油啊。」

陳洛白的眉梢輕輕揚了下，不知是因為剛才在和朋友說話打鬧，還是因為她這句話，男生臉上帶著明顯的笑意。

明顯得讓周安然覺得有些刺眼，心裡像是有半顆切開的檸檬，被一隻無形的手輕輕掐了下，有酸澀的汁水溢出。

「哎哎哎。」張舒嫻突然「哎」了幾聲。

嚴星茜和盛曉雯轉過頭看向她。周安然也跟著轉回來。

張舒嫻壓著聲音道：「妳們有沒有覺得……殷宜真似乎對陳洛白有那麼一點意思？」

神經大條的嚴星茜茫然接話：「她跟宗凱不是青梅竹馬嗎？」

張舒嫻垂著眼沒說話。

盛曉雯還趴在周安然的肩膀上笑：「我不知道殷宜真對陳洛白有沒有意思，但我知道我們班有好幾個男生，肯定對殷宜真有意思，每次她一過來，他們的眼睛都挪不開。」

嚴星茜八卦地往後看了一眼，正好看到董辰像是在回頭看殷宜真的背影。

她立刻轉回來，興奮地看向盛曉雯：「妳說的那些人裡面，是不是還包括董辰啊？」

盛曉雯：「……」

周安然：「……」

張舒嫻顯然對剛才的話題更感興趣，又自顧自地拉回來：「不過要是殷宜真真對陳洛白有意思，倒是比其他女生更有優勢啊。我也沒聽說過祝燃有什麼青梅竹馬，也就只有她一個人能仗著是陳洛白好友的青梅竹馬的身分，天天光明正大地跟著他們，都說『近水樓臺先得月』，妳們覺得她能追到陳洛白嗎？」

周安然心裡那半顆檸檬，又被輕輕掐了下。

婁亦琪抬眸往後看了一眼，淡著神色轉回身：「老高來了，晚自習要開始了。」

張舒嫻火速轉回去，盛曉雯也回到了自己的座位。

接下來的一小段時間裡，周安然就更難有機會在教室外碰上陳洛白。

聽說他在學校附近找了一間室內籃球場，給班上男生當作練習用的祕密基地。一到下課時間，一大群男生都已經不見蹤影。

能跟過去的女生，也只有殷宜真一人。

周安然對此並不意外。

令她意外的是，幾天後就有另一個女生加入了這個群體中。

那天是週二，離約定好的比賽日只剩三天。

陳洛白那群人在還沒接近上課的時候，都不會回學校，周安然也就沒再妄想能在教室以外的地方碰上他。

下午她和嚴星茜、盛曉雯一起去外面吃完晚餐後，就徑直回到了教室。

回座位時，張舒嫻正在前排一邊記英文單字，一邊低頭吃三明治。

嚴星茜順口問了一句：「妳怎麼一個人在這裡吃三明治啊，妻亦琪呢？」

張舒嫻頭也沒抬：「她跟殷宜真一起去看陳洛白訓練了，哪還記得跟我約好要一起去吃飯。」

周安然拉椅子的動作停頓了下，盛曉雯和嚴星茜都是一臉驚訝。

「和誰？」嚴星茜還以為自己聽錯了。

盛曉雯也同時問道：「她和殷宜真？什麼情況？她怎麼跟殷宜真玩在一起了？」

張舒嫻還是沒抬頭，只是嗤笑了聲，情緒明顯不好：「我哪知道。」

英文老師說過第二天會抽查單字，其他老師也留了一些作業，嚴星茜和盛曉雯就沒多問，各自回到自己的座位上。

周安然慢吞吞地坐下，把數學作業拿出來。

臨近晚自習時間，婁亦琪才回到座位。

幾乎是同一時間，周安然聽見祝燃在後面喊累，也聽見陳洛白嘲笑著說「你行不行啊，這就累了？」，還在後排一片桌椅拖拽聲中，用餘光瞥見婁亦琪臉上難掩的興奮。

婁亦琪把一小盒硬糖遞到張舒嫻面前：「吃嗎？陳洛白請的。」

周安然握著筆的指尖緊了一瞬。

「陳洛白、陳洛白、陳洛白。」張舒嫻抬起頭，語氣很差，「妳腦子裡只有陳洛白，是吧？」

因為那一大群男孩子剛回來，教室裡頓時鬧鬨得厲害，幾乎要把自習時間的鐘聲都壓下去。

張舒嫻說這句話的聲音其實很小聲，離得不近根本聽不見，但婁亦琪還是緊張地轉了下頭。

周安然半低著頭，婁亦琪的聲音又傳進她的耳裡。

「妳有什麼毛病？不吃就不吃，亂說什麼呢。」

自習時間的鐘聲在此刻響起，教室前排和後排的吵鬧聲都在這一瞬停下。

嚴星茜從旁邊把筆記本推過來，上面寫著一句：『她們吵架了？』

周安然微微抬頭，看見婁亦琪擺在桌上的那盒硬糖，她垂下眼，在本子上回：『不知道，妳好好背單字。』

嚴星茜在本子上畫了個鬼臉。周安然忍不住笑了下，笑完又覺得心裡莫名泛起一團苦味。

她低頭繼續背單字，把沒什麼規律、容易把字母順序記混的單字，反覆抄寫在本子上。

思緒卻不自覺又開始發飄。

什麼叫「陳洛白請的」？

回過神時，周安然發現那一排的英文單字下，不知何時多了個顯眼的國字——「陳」。

周安然的心重重一跳，她趕緊捂住筆記本，抬頭看了一眼，發現大家都在認真自習，根本沒人注意到她，迅速加快的心跳這才平緩下來。

周安然用手半擋著，拿筆一點點劃掉那個字，像是將差點暴露出來的祕密死死壓回心底。

前排的氣氛就這樣冰冷了下來，兩個人誰也不和誰說話。

直到第二天上午的課結束，物理老師離開教室後，周安然收拾了下桌上的書，打算和嚴星茜出去吃飯，就看見張舒嫻猶豫地瞥了婁亦琪一眼。

「我——」

也不知道婁亦琪有沒有聽見，她重重地把手上的筆往桌上一扔，張舒嫻沒說完的話就這麼被打斷。

後面有甜美的女聲傳過來，「亦琪，妳今天還要跟我們一起去嗎？」

周安然不自覺地轉過頭，看見殷宜真靠在他們教室的後門，陳洛白也正好要從後門出去。

乍看之下，男生的手臂似乎擦過女孩的肩膀。

周安然的眼睛像是被灼了下，她迅速收回視線。

「要，妳等我一下。」婁亦琪高聲回了一句，匆匆從桌裡拿了手機塞進口袋，快步往後門走去。

張舒嫺低頭趴到了桌上。

嚴星茜拉了拉周安然的手臂：「然然，我們走吧，我餓了。」

「等一下。」周安然輕聲說道，又指了指前排的張舒嫺。

嚴星茜往前看了一眼，這才發現張舒嫺的肩膀似乎在抖動，她轉向周安然，無聲問：「她哭啦？」

周安然也用嘴型回她：「好像是。」

說完她從課桌裡拿出一包紙巾，抽了幾張出來，走到前面，輕輕塞進張舒嫺的手裡。

張舒嫺的肩膀停了下。

周安然輕聲問她：「妳中午想吃什麼？我和茜茜幫妳帶。」

張舒嫺沒接話，只是搖了搖頭。

班上已經有人好奇地朝這邊望過來，周安然覺得要是自己在哭，肯定也不想被圍觀。

她抿抿唇，低聲道：「那我們先走啦。」

去外面吃完飯，周安然順路去便利商店裡買三明治，想起剛才趴在桌上哭的張舒嫺，她的手頓了頓。

張舒嫻昨天還分了糖果給她們，應該更喜歡吃甜食。

周安然又順手拿了一盒蛋糕。

兩人回到教室時，張舒嫻正低頭坐在位子上，像是在寫作業。

周安然在她旁邊停了停：「舒嫻，妳吃過了嗎？我多買了一塊蛋糕，妳要不要吃？」

張舒嫻抬起頭，眼睛還是紅的：「好，多少錢？我給妳。」

「不用。」周安然搖頭，「妳昨天不是還帶糖果給我們嗎？」

張舒嫻也沒客氣，從她手上接過蛋糕：「那我明天早上幫妳帶早餐。」

周安然坐回座位上，仔細講解了上午最後一節課嚴星茜沒搞懂的物理重點。

張舒嫻吃完蛋糕，回過頭跟她們吐槽：「其實昨天是我生日，本來說好要一起去吃飯的，結果她昨天下午爽約。她不道歉就算了，我先服軟，她還發脾氣。」

周安然一下也不知道該怎麼接話，只道：「祝妳生日快樂呀，雖然晚了一點，蛋糕就算我送妳的，妳明天不用幫我帶早餐。」

嚴星茜也跟著說了一句：「生日快樂啊，舒嫻。」

好在張舒嫻也只是隨口吐槽一句，並沒有想多聊她和妻亦琪吵架的事情，便順著她們的話換了個話題：「謝謝，那我下午能跟妳們一起去吃飯嗎？我不想一個人。」

周安然點點頭：「可以啊，不過我們今天下午會去學生餐廳吃。」

「正好我也快沒錢了。」張舒嫻停了下，聲音低著，後半句話更像是自言自語，「省了那麼多天，本來打算請她出去吃飯的。」

婁亦琪又是臨近上課才回來。這次她手上拿了一瓶牛奶，不知道是自己買的，還是別人請的。

下午的課結束後，婁亦琪的那瓶牛奶還沒動，她把書闔上，偏頭問張舒嫻：「今天下午要去哪裡吃飯？」

張舒嫻：「我和然然她們一起吃，怎麼，殷宜真不約妳，妳又想到我了？」

婁亦琪的臉色又冷下來：「妳愛跟誰吃就跟誰吃。」

前排兩人的關係僵持不下，一直到球賽當天也沒能破冰。

這期間，婁亦琪又和殷宜真一起去看了一次陳洛白他們的訓練。她回來的時候，手上拿了一瓶優酪乳。

周安然有時候很羨慕嚴星茜的性格。

神經大條一點也好，完全注意不到一些小細節，就不會在心裡胡亂猜來猜去，連自己都控制不住。

週五當天，全班都很躁動。

到了下午最後一節班會課，就連老高都有點壓不住。

「安靜一點。」高國華拍了拍講臺，「知道你們等一下要看球賽，但現在還在上課呢，都先給我收起心思。尤其是祝燃，這已經是我第三次看見你找陳洛白講話了。」

祝燃在後面笑著接話：「高老師，我完全沒辦法收心啊，我現在滿心都充滿著對勝利的渴望，以及為我們班爭取榮譽的嚮往。」

高國華被他氣笑了，拿起一支粉筆朝他扔過去：「爭取榮譽的嚮往？你就這麼肯定等一下一定能贏？」

班上的人都笑著回過頭圍觀。

周安然也跟著回頭，祝燃現在就坐在她這排最後一個，她回頭其實也看不到他。

但多少能看到祝燃旁邊的那個人，她也只想看他。

男生靠在椅背上，坐姿不太端正，他偏了偏頭，避開被高國華扔歪的粉筆，嘴角勾著一點笑意：「高老師，我們是三軍的話，您就是我們的將領，在戰前這樣打擊我們的士氣不好吧？」

高國華知道上次兩個班的男生差點打起來，就是他攔下的，也沒捨得拿粉筆扔他，只是隔空拿粉筆點了點他：「你也要跟著搗亂嗎？等一下提前五分鐘下課，算不算幫各位提升士氣？」

祝燃從座位上跳起來：「老高萬歲！」

「坐下，別吵。」高國華又拍了拍桌子，「我特意跟你們年級主任申請的，當作是你們考了年級第一的獎勵。但我有個要求，你們得安安靜靜地下樓，但凡有個人吵到其他班的同學上課，就全部給我滾回來，知道嗎？」

周安然隔著一小段距離，看見後排的男生抬手比了個標準的敬禮姿勢，笑容卻很散漫：「遵命。」

高國華說話算話，果真提前五分鐘讓他們下課。

陳洛白他們要先去廁所換球衣，周安然被嚴星茜拉著跑去操場占位子。

下樓梯的時候，班上的同學有跑在她們前面的，也有走在她們後面，所有人都聽話地沒有發出太大的聲響，臉上也都掛著掩不住的興奮與笑容。

比賽的地點是陳洛白選的，他說不是什麼太正式的比賽，就不跟學校申請室內體育館了，既然衝突是發生在第一排第三個球場，那就在那裡解決。

上半場比賽，二班靠近路的那邊，二班的學生大多數都圍在那裡。

周安然跟嚴星茜站在靠近第一排第二個球場那邊的邊線外，盛曉雯和張舒嫻本來想跟她們站在一起，卻被董辰搶了位子，董辰還順手勾著賀明宇的肩膀，把他拉了過來。

盛曉雯翻了個大大的白眼，沒說什麼。

倒是嚴星茜嫌棄地看了他一眼：「你站在我旁邊幹什麼？」

董辰像是剛發現她似的，露出一臉嫌棄的表情：「這地方是妳家的？」

嚴星茜懶得理他，往周安然旁邊靠近了一些，周安然不由笑了笑。

這邊離教學大樓已經有點距離，能提前下課且馬上有球賽可看的興奮再也壓抑不住，整個場地鬧哄哄的。

有男生搬了兩箱水過來。

婁亦琪自然而然地走過去：「說好今天讓我和宜真幫忙發水的。」

周安然臉上的笑意又淡了一些。

「跟誰說好了？」祝燃的聲音插進來，「不是妳們兩個自告奮勇的嗎？」

婁亦琪開箱的動作微不可察地停了下，又抬起頭，臉上還是帶著笑：「你們當時又沒反對。」

有其他男生插話問祝燃：「怎麼就只有你？洛哥他們呢？」

祝燃剛才似乎也只是隨口一說，聞言一邊隨便活動著手腳，一邊跟著轉了話題：「在後面磨蹭呢。」

不知是誰叫了一句：「來了來了。」

周安然回過頭。

夕陽將落未落，遠處的天空是漸變的紅。

男生和同伴一起走進第一排第一個球場，俊朗的眉眼被火紅的球衣襯得越發深邃。

不知旁邊的人和他說了什麼，他偏頭笑了下，張揚又奪目。

四顆檸檬　為你伸張正義

周安然覺得自己還是低估了陳洛白在學校的人氣，或者說低估了同學對這場比賽的關注度。

週五最後一節課的下課鐘聲一響，往日直奔校門的學生幾乎擠到了球場上，被紅白線條切割出來的籃球場頓時被擠得水泄不通。

連十班參加比賽的幾個球員都是費力擠進來的，十班的學生更是被人潮擠得四散，不像他們班一樣，占了早到的優勢，團團圍在一起，

離得近的教學大樓走廊上也擠了不少觀眾。

雙方球員一到齊，比賽就準備開始。

正規籃球賽最多可以有十二位選手參加，但二班的成績好，不代表體育也強，而且也不是所有人都對籃球感興趣，像董辰和賀明宇就更喜歡足球和乒乓球。因而雖然那天湯建銳差點被欺負，導致二班男生群情激憤，紛紛踴躍報名，但最後有跟著陳洛白他們三個人去訓練的，也就只有五個人。

此刻比賽開始，陳洛白、祝燃、湯建銳帶著班上另外兩個分別叫包坤和邵子林的男生率先上場，剩下三個則留在場邊當替補。

三人不知從哪裡弄來了三張折疊小板凳，其中一個叫黃書傑的男生就坐在周安然前面。

因為是學生私下約的比賽，學校並未參與舉辦，和正規球賽相比，眼前這場比賽簡陋得不行。不但沒有計時器，也沒有顯示球員名單與資料的LED螢幕，而且裁判還是體育老師友情客串。

但這絲毫不影響場下觀眾的熱情，兩邊球員一上場，場邊就響起了歡呼聲和加油聲，十班學生因為來得晚，站得很是分散，音浪被二班完全蓋過。

胡琨站在中線邊，臉色微沉地看向還在活動手腕的陳洛白：「別說我欺負你們，讓你們一顆球，跳球我不上。」

周安然就站在靠近前場三分線外的位置，她把場內的對話聽得一清二楚。

她看見中線附近的陳洛白停下轉手腕的動作，和球衣顏色相同的護腕遮住了那顆棕色小痣，聞言後像是輕抬了下眉梢，語氣還是張狂得厲害，「讓球就不必了，免得你們輸得太難看。」

胡琨：「……」

陳洛白沒再搭理胡琨，他自己也沒去跳球，只抬了抬下巴，「湯建銳，你去跳球。」

和湯建銳一起跳球的，是穿著十號球衣的一個高個子。

湯建銳是二班的體育股長，本來體育就不差，心裡又憋著一口氣，當體育老師一把球拋起，他就高高起跳，搶先將球拍向己方球員。

球剛好飛向祝燃那邊，祝燃跳起後撈到球。

周安然站在邊線旁，慢吞吞地將手伸進制服外套的口袋裡。

二中平常是不會讓學生帶手機進學校的，但高一管得不算太嚴，陽奉陰違的學生數不勝數，就連他們班偷偷帶手機的都不在少數。

周安然很少帶。

她自知不算什麼天賦型的學生，能在二中實驗班維持現在的成績，全靠努力和還算可以的自制力。

但今天是例外。

到底是違反學校規定，此刻大家也都一心在看球，暫時還沒有人把手機拿出來拍照或錄影，她又有點猶豫。

遲疑間，胡琨已經逼近祝燃。

祝燃反應飛快地將球扔給陳洛白。

周安然還是第一次看他打正式的比賽，見球到了他手上，也顧不上拿不拿手機了，目光直接望向場中，指尖揪緊手機殼，莫名替他感到緊張。

胡琨畢竟是專業的，反應極快。陳洛白還沒來得及帶球進三分線，他已經迅速擋在陳洛白身前。

他們兩人的交手是這場球賽的最大看點。

全場觀眾的目光都緊盯場中，盯向三分線附近的那兩個人。

周安然也看著那邊。

她看見陳洛白不緊不慢地進行胯下運球，動作如行雲流水般流暢，隨即突然一個加速，像是要往右衝進內線，但胡琨反應也快，又及時攔住了他。

隨後陳洛白又嘗試了兩次突破，但都沒有成功。

周安然的心高高懸起，另一側的手指也慢慢收緊。

胡琨和陳洛白在三分線另一側四十五度角的位置，正好斜對著她這邊。

即便沒能成功突破，周安然也沒從穿著球衣的男生臉上，看出任何懊惱的表情，只是神色比平常認真許多，側臉線條也顯得更加鋒利。

周安然抿著唇，看見身穿紅色球衣的男生突然提前變向，肩膀微微下壓，像是想再次嘗試突進內線，而胡琨也像是再次判斷出了他的路線。

下一秒，場中的男生卻突然抬頭衝胡琨笑了下。和約比賽的那天一樣，他的笑容猖狂又挑釁。

突破只是假動作。

陳洛白臉上還帶著笑，他頭也沒回，用右手將球往後重重一拍。

球砸到地上後反彈出去，被祝燃穩穩地接住了。

場上絕大部分人的目光都落在胡琨和陳洛白這邊，沒人注意到祝燃什麼時候跑到了陳洛白的斜後側，也沒人注意到湯建銳已經守在籃框下。

祝燃接到陳洛白的擊地傳球後，立刻將球扔向湯建銳，沒人防守的湯建銳便輕輕鬆鬆地上籃成功。

從陳洛白跟胡琨在三分線對峙，到祝燃接到傳球，湯建銳上籃成功，不過也只是瞬息間的事。

全場安靜了片刻，而後響起震耳欲聾的歡呼聲和尖叫聲，二班的學生更是完全沸騰了起來。

坐在周安然前面的黃書傑雙手搭在嘴邊，衝著場中高聲大喊：「銳銳幹得好！」

周安然覺得耳朵都快要被他們叫聾了。

但不知怎麼的，又好像還能聽見自己快得厲害的心跳聲。

她記得他說過，籃球不是個人賽。

場上球權交換。十班準備從底線發球時，祝燃笑嘻嘻地跑過去找陳洛白擊掌。

男生一臉嫌棄地笑罵：「才進一顆球而已，擊什麼掌，快回防。」說著卻還是往祝燃伸出的手掌上輕輕一拍。

擊掌聲淹沒在球場的沸騰喧鬧聲中。

十班發球後，球傳到胡琨手裡。

胡琨帶球一過半場，就被陳洛白和祝燃兩人一同包夾在三分線外，湯建銳還在一旁不遠處等著。

胡琨的路線被擋得死死的，只好把球傳給十班那個十號的高個子。

高個子立刻被包坤防守，湯建銳也過去協防，他一個普通學生面對夾擊束手無策，下意識將球往回傳。

場上有些亂，周安然不知道十班這個球員是沒傳好，還是腦袋當機，居然直接把球扔進陳洛白的懷裡。

陳洛白接過籃球，笑到不行：「謝啦，兄弟。」

十班的十號球員：「……」

全場觀眾：「？」

胡琨難以置信地愣了下。

等陳洛白一秒沒停、迅速將球帶到前場的時候，他才倏然反應過來：「你們他媽的到底會不會打球？」胡琨邊跑邊吼，「發什麼呆？回防啊，白痴！」

陳洛白明顯是想打快攻。剛過半場，就把球扔給離籃框更近的湯建銳。

但湯建銳這次投籃沒進，胡琨已經及時回防。

湯建銳拿到籃板後，又把球扔給三分線附近的陳洛白。

胡琨再次迅速地擋在陳洛白面前，兩人好像又回到了前一回合的對峙局面。

周安然站在場邊，看著男生像上一回合那樣嘗試了兩次突破，路線仍被阻擋。

直到祝燃不知怎麼破開十班的防守，溜到了陳洛白的斜後側。

陳洛白左手上的籃球由背後運至右手，肩膀下壓，幾乎和剛才一模一樣，像是要往裡突破的動作。

但前一回合的前車之鑑還歷歷在目，胡琨這次注意到了祝燃。

幾乎就在同一時間，陳洛白右手的球突然回拉到左手。

不是突破，也不是傳球，陳洛白藉機往後一撤，拉開跟胡琨的距離，隨後直接在三分線外起跳。

橙紅色的籃球在半空劃過一道長長的弧線，穩穩落入框中。

全場再次沸騰。

周安然前面的黃書傑更是激動得直接從小板凳上跳起來，興奮得像是個沖天炮：「我靠！後撤步三分！洛哥太強啦！」

在全場的歡呼聲中，周安然看見場中央身穿紅色球衣的男生，高高將手朝天舉起，比了個三分的手勢。

少年的眉眼間滿是張揚的笑意，耀眼得彷彿會發光。

二班在開局就拿下了五分，胡琨的面色是肉眼可見的難看。

雖然他暫時還不是主力，但到底是校隊的專業球員，做過針對性的身體訓練，明顯比陳洛白他們壯上不少，真要對抗起來，陳洛白和祝燃一起上都防不住他。

同樣的，陳洛白打控球後衛的位置，他和上場的幾個男生關係都還行，節奏控制得相當不錯，大家默契地配合，胡琨一個人也防不了五個人。

開局過後，兩班的戰況變得膠著。

但因為二班開局拿下了領先優勢，第一節結束的時候，二班還是領先了六分。

兩邊的球員各自下場休息。

周安然跟大家一起偏過頭，看見早站在礦泉水箱前的殷宜真，露出一個燦爛的笑容。

她在下課後被宗凱護著擠進來，混在他們班的人群中看比賽，不但沒有絲毫不自在，眼下更是大大方方地從箱子裡抽出一瓶水，朝陳洛白遞過去，語氣也甜，「你比我想像中的還要厲害啊。」

陳洛白伸手接過她手上的礦泉水。

周安然捏緊了制服口袋裡的手機。

旁邊不遠處，陳洛白的臉上沒什麼表情，只是把手上的礦泉水往後一拋，扔到祝燃手上，漫不經心問：「妳怎麼會在我們班這裡？」

他一邊說，一邊彎腰另外拿了一瓶水。

殷宜真臉上的笑容沒了，撇了撇嘴，像是不太高興：「我那天不是都跟你說了嗎？要過來幫你們發水。」

陳洛白已經隨手擰開瓶蓋，他也沒再接話，仰著頭大口喝水，鋒利的喉結隨著吞咽的動作上下滾動。

之前說要幫忙發水的婁亦琪倒是全程沒開口，低頭幫湯建銳幾人拿了水。

周安然收回視線。

十班的球員不知怎麼突然吵起來了。

爭吵聲傳過來，但因為站在斜對面，隔了一點距離，聽不太清楚爭吵的內容，只能看見幾個人面色都不太好看。

第二節比賽很快開始。

不知是不是因為在休息時間吵了一架，十班的幾個球員本來就和胡琨沒什麼默契，這一節開始後，情況不僅沒有好轉，反而變成了各打各的，像一團散沙。

饒是胡琨依舊在得分，半節過後，二班的分數直接擴大到了二位數。

祝燃和湯建銳還先後下場休息了一段時間。

臨近第二節結束時，陳洛白也選擇下場休息。

不是正式比賽，換人當然也沒那麼正式，陳洛白跟裁判比了個換人的手勢後，就自己走下場了。

周安然站在邊線外，看著男生一步步朝她這邊走近，最後停在她面前。

或者說，停在了黃書傑面前。

他幾乎快要打完整個上半場，黑髮溼潤，露在外面的脖頸、手臂和小腿都汗涔涔的，隔著一點距離，都有熱騰騰的氣息撲面而來。

周安然不敢看他的臉，卻又不知道要把目光放在哪裡，最後只能低垂著，正好看見他伸腳踢了踢黃書傑。

「你上去。」

「我上嗎？」黃書傑從板凳上站起來，「好啊，不過要是我能保持領先優勢，你能不能教我剛才那個後撤步三分？」

陳洛白又笑著踢了他一下：「還在比賽呢，先上去再說。」

他在黃書傑的小板凳上坐下。

折疊的小板凳很矮，男生那雙大長腿委屈地縮起來。

不用他開口，旁邊另一個替補的男孩子主動將一瓶水遞給他。

有風吹過來。

他身上的球衣微微鼓起，有那麼一秒，似乎在她的制服褲輕輕貼了貼。

周安然不敢盯著他看，依舊把目光投向球場。但第二節最後那幾分鐘打成什麼樣，她什麼也沒能看進去。

中場休息時，陳洛白也沒起來。

二班幾個球員全圍到他旁邊，沒有小板凳的就直接坐在地板上。

「下半場我們要怎麼打？」湯建銳問。

祝燃撩起衣服擦了把汗：「我們都領先十五分了，下半場隨便打打都能贏。」

陳洛白拿喝空了的礦泉水瓶扔他：「別囂張。」

祝燃笑嘻嘻地接過：「我這叫『自信』好嗎？」

「下半場胡琨的體力肯定會下降，十班的其他人只會打得比現在更亂。」陳洛白又接著說，「我們照著上半場的節奏打就行。」

湯建銳往後瞥了一眼：「能不亂嗎？胡琨張口閉口就是白痴，他當他是誰呢，十班那群人的心裡大概也憋著火，不過大家還是要注意一點，我怕胡琨會來陰的。」

聊完下半場的戰術，祝燃又說：「對了，打完都別急著走，晚上一起去青庭吃飯啊。」

黃書傑朝他擠眉弄眼：「你請啊？」

祝燃：「我很窮，洛哥請。」

「不要吧，這幾天訓練買的飲料和零食都是洛哥付錢的。」湯建銳接話，「不然我們今晚各付各的。」

祝燃搭上陳洛白的肩膀：「你洛哥有的是錢，放心，不會吃垮他。」

「滾吧。」陳洛白笑著把他的手拍下去，「其他人我請，你那份你自己付。」

下半場開始時，周安然發現場上已經有少數人拿起手機拍攝，就連她旁邊的嚴星茜都舉著手機。

可能是因為週五最後一節課結束，已經算是放假時間，被陳洛白他們請來當裁判的幾位體育老師就全當作沒看見，一心只管著球賽。

周安然放在制服口袋裡的手指動了動，最後也把手機拿了出來。

她心裡揣著一個不為人知的祕密，總是沒辦法坦然。開始拍攝後，鏡頭先故意一一掃過其他人，最後才對準了唯一想拍的那個人。

哪怕以後被何女士或其他人從手機裡翻到這支影片，應該也不會暴露太多。

可比賽一開始，周安然就發現自己的目光，或者說是鏡頭，經常忘了從他身上挪開。

直到一次對抗中，胡琨的動作明顯有點大，差點都直接拖拽他的手了。

但可能只是因為她的目光沒離開過陳洛白才會覺得大，因為體育老師們明顯沒有注意到。

周安然看著胡琨陰沉的臉色，想起宗凱和湯建銳都說過他打球很髒，眉頭微不可察地皺了皺。

十班的其他球員正如他們所料，下半場開始後打得越來越亂，跟胡琨幾乎零交流，一看就知道有矛盾，有一兩個甚至都像是要放棄比賽了，打得非常敷衍。

兩班的比分進一步擴大。

球權又一次到二班這邊的時候，湯建銳和祝燃輕鬆跑開防守，幫被胡琨防守的陳洛白爭取到了一個空位。

陳洛白當然沒錯過這個機會，迅速起跳。

球從男生手中飛出去，又一次穩穩落入框中。

只是陳洛白從半空中落地時，胡琨像是趕過來防他，只是晚了一步，他左腳不知有意無意，剛好踩在陳洛白落點的位置。

周安然還沒反應過來，就從鏡頭中看見身穿紅色球衣的男生失去重心，摔倒在地上。

她心裡倏然一緊。

班上幾個替補球員也立刻從板凳上站起來。

不知是剛才他們好幾個人擠在一起，還是胡琨角度抓得好，體育老師還是沒注意到這個犯規，所以暫時沒有吹哨。

祝燃沉著臉將陳洛白拉起來。

陳洛白起身活動了下腳踝，看起來像是沒什麼大礙。

周安然大大地鬆了口氣。

不知道祝燃剛才是不是看到了什麼，一鬆開陳洛白的手腕，就直接朝胡琨衝過去。

周安然還是第一次見祝燃氣成這樣。

下半場的時候，兩班互換了場地，二班現在的前場換到了另一邊，隔了一小段距離，祝燃充滿怒氣的聲音仍清晰地傳過來，「我操你媽的，這種廢人的動作，你他媽也敢當著老子的面做？」

胡琨看起來倒是比他還要淡定，臉色依舊是陰沉的：「什麼廢人的動作？沒憑沒據的，就想把這一大盆髒水往我身上潑？」

周安然剛才光顧著擔心，聽到這句話，拿著手機的指尖才動了動。

她不自覺地往前踏了一步，殷宜真的聲音卻恰巧在這時從不遠處傳過來，「發生什麼事了？我去看看。」

殷宜真說著就要往場內衝，但她還沒走兩步，就被神情複雜的宗凱拉回來。

周安然沒聽清楚宗凱說了什麼，只看見殷宜真抿抿唇，又把腳收了回來。

時間緊急，她好像一下想了很多東西，又好像什麼都沒想，只是微微側身，把手上的手機塞到嚴星茜的制服口袋裡，側頭靠近她耳邊。

場上的情況依舊亂成一團。

祝燃聽見胡琨的這句話，整個人都快氣炸了，立刻舉起拳頭：「老子的眼睛就是證據！」還沒揮出去，就被一旁的陳洛白攔住了。

其中一個體育老師也剛好趕了過來：「這是在幹什麼！打球還是打架啊？要打架的話，我看你們這球也別打了。」

陳洛白將祝燃拉到身後：「怎麼會打架呢？趙老師，我們這是在友好交流。」

趙老師：「……」

趙老師是二班的體育老師，平時跟他們就算熟，知道他是什麼樣的性格，但也差點被他這睜眼說瞎話的本事氣笑了。

祝燃也不好當著老師的面打架，勉強壓下怒氣：「趙老師，他剛才墊陳洛白的腳了。」

趙老師皺了皺眉，他們剛才確實沒看到什麼犯規動作。

胡琨反駁道：「趙老師，我剛才根本沒碰到他，落地沒站穩是很正常的事，但是祝燃剛才當著這麼多人的面罵我，還想衝上來打我，趙老師，這就算不取消比賽資格，再怎麼樣也該判個技術犯規吧？」

祝燃才剛壓下去的那股氣又爆漲上來：「你他媽——」

「祝燃。」陳洛白打斷他，「別衝動，他就是在故意激怒你。」

趙老師瞥了祝燃一眼。

胡琨說的確實是實情，即便他是二班的體育老師，平日也很喜歡祝燃，卻也不好在這時候偏私。

趙老師把胸前的哨子拿起來放到嘴中，打算判祝燃技術犯規，但他還沒來得及吹哨，就聽見一個尖銳的哨聲從另一個地方傳來。

場中幾人齊齊看向哨聲響起的方向。

吹哨的是十班的體育老師，他站在邊線旁，高抬雙手比了個手勢：「十班，四號，技術犯規。」

十班的四號就是胡琨。

胡琨一愣：「李老師，我什麼都沒做，怎麼就犯規了？」

李老師把雙手放下，皺眉看著他：「有同學拍到你剛才墊腳了。」

胡琨又是一愣。

他剛才做的動作非常隱蔽，自認應該沒人發現，雖然有少數人拿著手機，但幾乎全是女生，應該都是衝著陳洛白那張臉，真懂球的大概一個都沒有，而且要拍也不會對著腳下的動作拍，所以他才有恃無恐。

事情突然峰迴路轉，就連陳洛白都愣了下。

祝燃更是覺得胸中那股惡氣瞬間消散，看了神色難看的胡琨一眼，樂道：「是哪位英雄拍到的啊？」

湯建銳幾人剛才也早早趕到他們這邊來勸架，聞言往李老師那邊看過去：「站在李老師旁邊的女生好像是我們班的，叫『嚴星茜』吧？」

「嚴女俠，謝啦。」祝燃衝著場邊喊了聲，隨後轉向趙老師，「您看，我真的沒冤枉他，墊腳這種動作有多危險您也知道，阿洛今天沒受傷，已經算是走了大運。」

趙老師把嘴裡的哨子拿下來後看向胡琨，沉聲道：「學生打球就是鍛煉身體、圖個放鬆，別把不該有的東西帶到場上來。」

胡琨的臉色變了變，又緩回來：「趙老師，我剛才真的沒注意到，您也知道，球場上的對抗和衝突都是難免的，可能是我剛才防守的時候沒注意，不好意思啊，陳洛白。」

陳洛白笑著瞥他一眼：「沒事。」

祝燃聽胡琨這麼一說，本來又冒出一肚子的氣，但看到旁邊這位少爺這麼一笑，他又覺得胡琨等一下不會太好過。

但祝燃還沒等到陳洛白讓胡琨難過，就先聽到他們班那個叫嚴星茜的女生，突然大聲問旁邊的李老師，「李老師，所有對人不對球的動作，是不是都算技術犯規啊？球員如果在一場球賽中技術犯規兩次，是不是就要被趕下場？」

李老師點點頭。

嚴星茜看向場中，聲音再次加大，像是故意說給誰聽：「好，那您放心，我們會繼續幫您盯著場中的動靜，誰要是再做這種小動作，我們會立刻告訴您。」

祝燃瞅了面色已經難看到極點的胡琨一眼，樂得不行：「我們班的女生很可以啊。」

陳洛白往場邊看了一眼，又緩緩收回目光。

嚴星茜說完那句話，就趁著場上的比賽還在暫停，趕緊跑回了原位。

董辰一臉狐疑地看著她：「嚴星茜，妳居然懂什麼是技術犯規啊？妳什麼時候開始關注籃球比賽了？」

嚴星茜張了張嘴。

周安然趕緊將她拉過來：「比賽要開始了，別站在邊線裡面。」

她太清楚嚴星茜這大大咧咧的性格，暗示般地捏了捏她的手腕。

嚴星茜反應過來，在自己的位子上站好，看都不看董辰：「你管我懂不懂！」

董辰：「……」

場上，趙老師的視線緩緩掃過面前的學生，在胡琨的身上停了停：「剛才都聽見了吧？旁邊的學生都看著呢，有小動作的都給我收一收，更別提打架或吵架，再有第二次，你們這比賽也別打了。好了，繼續吧。」

祝燃搭上陳洛白的肩膀，小聲問：「你剛才那句『沒事』是什麼意思啊？你是打算等等也搞一下胡琨嗎？」

陳洛白把他的手扒拉開：「一手的汗，離我遠一點。我搞他做什麼？就算要贏，也要贏得堂堂正正。」

「你不也是一手的汗？」祝燃翻了個白眼，「你說要贏得堂堂正正，這我倒是相信；但說不搞他，我可不信。我他媽平時吵到你睡覺，都要被你整一下，你今天會這麼大方？」

陳洛白活動了下腳踝。

今天沒受傷，確實算他運氣好。

他當然沒這麼大方，「打人要打痛一點，知道吧？」

祝燃還想問他這句話的意思，李老師已經在喊陳洛白接球。

剛才胡琨被判技術犯規了，二班這邊獲得了一次罰球和擲球入界的機會，陳洛白接了球後就去罰球線。

祝燃也沒再問。

但沒過多久，他就知道了答案。

十班在場上鬧了內部矛盾，剩下幾個人和胡琨各打各的，本來就已經落後二班不少。現在胡琨被他們班的女生盯死加當場警告，完全不敢再做任何小動作，甚至連普通的進攻防守都變得束手束腳，他這個點一出現問題，就等於十班全面崩盤。

剛進入第四節沒多久，二班就領先了超過三十分。

陳洛白跟裁判比了個換人手勢後走到場邊，朝他們偏了偏頭。

「祝燃，銳銳，你們也下來。」

祝燃和湯建銳跟著他一起走到場邊，就見他開口問：「你們誰想上去打？」

黃書傑不太明白他的話，從板凳上站起來問：「你們三個都下來了，那我們三個不是都得上嗎？」

「沒問你。」陳洛白笑著衝他身後抬抬下巴，「我是問班上的其他男生，反正現在都已經是垃圾時間了，怎麼樣，有沒有興趣跟我們校隊的球員交交手？」

祝燃立刻明白了他所謂的「打人要打痛一點」是什麼意思。

胡琨是更怕和他們打架，還是更怕輸了比賽？

答案當然是後者。

他可是校隊的，要是輸給他們就太丟臉了。

更何況分數差距這麼大，大到連陳洛白都放心讓除了板凳球員的其他學生上場。

這完完全全就是把他的臉往地上踩，簡直是殺完人之後還要誅心！

平心而論，胡琨這場打得不差，十班的分數起碼有百分之九十以上都是他拿的。

但籃球比賽確實不是個人賽。

祝燃回頭看了胡琨一眼，他的臉色果然沉得都能滴出水來。

祝燃看著可太開心了，他轉回來，看熱鬧不嫌事大地高聲起鬨：「機會難得啊，想打的就趕快上去，反正比分被追上一點也沒事，你們洛哥還能再贏回來。」

「砰」一聲重響從身後傳過來，二班這邊同時有議論聲響起。

「靠，胡琨居然砸球了。」

「嘖嘖嘖，墊腳的時候那麼不要臉，這時候怎麼又要臉了？」

陳洛白的眉梢輕輕一挑，回過頭。

祝燃也跟著回頭看戲。

橙紅色的籃球砸在地上後，又朝他們這邊反彈過來，陳洛白順手接住，看見胡琨頭也不回地朝場邊走去，擠開人群，像是要離開。

祝燃長長地「喲」了聲：「胡琨，你這是不打了嗎？要棄權也可以啊，記得在下週一當著全校的面念悔過書道歉就行。」

即便隔了一點距離，祝燃都看見那個背影明顯僵了下。他直接笑趴在陳洛白的肩膀上，被陳洛白嫌棄地推開後，又笑趴在湯建銳的肩膀上。

胡琨這一走，比賽相當於提前結束。

陳洛白推了推祝燃：「別笑了，去拿一瓶水給李老師，再問問他要不要跟我們一起去青庭吃晚餐。」

這場比賽贏得很痛快，祝燃也樂得幫他跑腿。

等他送完水回來後，場外的觀眾已經散了大半，他的目光不經意掃過不遠處的一張側臉。

「嚴女俠。」

對方沒反應。

祝燃跟前排那群女生完全不熟，回想了下她的名字：「嚴星茜。」

正挽著周安然的手往外走的嚴星茜微微一愣，回過頭：「你叫我？」

「是啊。」祝燃的手上還拿著多出來的礦泉水，笑咪咪地看向她，「我們晚上要去青庭吃飯，妳要不要一起去？」

嚴星茜：「不了，我晚上還有事。」

祝燃看她說完，就重新轉過身，頭也不回地挽著旁邊的女生繼續往前走，眉梢不由揚了揚。

他走回陳洛白身邊，笑道：「我還以為那位嚴女俠對你有意思呢，不然怎麼會注意到胡琨墊腳的這種小細節？結果人家不止沒興趣跟你一起吃飯，甚至連看都不看你一眼。」

陳洛白一臉無語：「你當我是錢啊？」

祝燃：「在部分女生的眼中，你比錢金貴多了。」

陳洛白懶得理他，換了個話題：「李老師不來？」

「他只拿了水，說吃飯就不用了。」說起吃飯，祝燃也顧不上跟他聊女生了，「趙老師也不去吧？那我們趕緊過去，我都快要餓死了。」

嚴星茜又走了一小段路，這才慢半拍地反應過來，「剛才祝燃找我一起去吃飯，是不是因為胡琨犯規的事情啊？」

她說有事並不是撒謊，今天她爸媽都不在家，早就說好今晚讓她去周安然家住一天。

今晚八點半，她偶像有一場表演，剛才她就在和周安然聊這個活動的事，滿腦子都是即將見到新鮮偶像的激動，所以祝燃一問，她想都沒想就拒絕了。

「他們其實是想請妳吃飯吧？我剛才都沒反應過來。然然，妳想不想去吃？不然我們再回去和他們說一聲？」

周安然稍稍回過頭。

她看見陳洛白他們像是收拾好了球場，一大群人正朝著校外的方向走，殷宜真和婁亦琪也在他們一群人之中。

周安然收回視線：「不用了，我媽媽說她留了一大桌子的菜給我們，還做了一大碗虎皮雞爪。」

嚴星茜立刻加快腳步：「那我們快點回家吧。」

周安然被她拽著，只能跟著加快腳步，跟身後那一大群人離得越來越遠。

「對了，然然。」嚴星茜像是想起了什麼，「妳怎麼突然這麼了解籃球規則啊？」

周安然的心跳隨著腳步加快，輕聲道：「因為我爸爸喜歡看球賽，所以就在家陪他看了幾場，覺得挺有趣的。」

「難怪。不過妳怎麼不自己過去啊？」嚴星茜早就想問她這個問題了，但剛才球場上的人太多，周安然明顯不想要她多問，她就沒開口。

周安然抿了抿唇。

為什麼不自己過去呢？

其實她已經想不起來，自己在做出決定的那瞬間想了什麼，也可能什麼都沒想。

也可能是因為看見殷宜真跨出去的那一大步。

下意識的反應太容易出賣一個人內心的真實情緒，她怕自己沒藏好。

他連她的名字都記不住，壓在心底的那個祕密一旦曝光，等著她的只會是尷尬，她不想給他造成任何困擾。

「妳知道的，我有點害怕跟老師打交道。」周安然低聲說，「而且要當著這麼多人的面說話，我也有點不好意思。」

嚴星茜被她一提醒，又問道：「那妳交待我的最後那幾句話，我沒說錯吧？」

周安然：「沒有。」

「那就好，要是當著這麼多人的面說錯規則，那就太丟臉了。」嚴星茜頓了頓，語氣更加興奮了一些，「不過看到胡琨當時那個臉色，真的很爽。」

周安然淺淺地笑了下：「是吧。」

她稍稍回過頭。

男生的身形和樣貌，已經被距離和悄然降臨的暮色澈底模糊。

週末結束後，南城的氣溫突然降回了十度出頭，週一早上返校的時候，周安然還被何女士叮囑著多加了一件衣服。

到了教學大樓後，周安然和嚴星茜照例挽著手，從教室後門進去。

一進門，周安然的目光習慣性地先往第二組第六排掃一眼，聽見後排有不相熟的男生開口跟嚴星茜打招呼。

「嚴星茜，妳滿厲害的啊，上週五的那個影片和那幾句話真是太解氣了，沒想到妳挺懂籃球的。」

嚴星茜擺擺手：「沒有沒有，只是前幾天陪我爸看球賽的時候剛好看到的，我其實不太懂。」

「這樣都能記住？還在關鍵時刻派上用場，那也挺厲害了。」

回到座位，嚴星茜稍稍吐了口氣：「還好妳猜到有人會說這件事，提前幫我準備好臺詞，不然我真的擔心會穿幫。」

周安然沒有立刻坐下，從書包裡拿出紙巾來擦桌子。

嚴星茜壓著聲，又繼續說：「其實他們真正該誇的人是妳，真的不告訴大家影片其實是妳拍的，那些話也是妳告訴我的嗎？」

周安然擦桌子的動作停了停。

她週五只是想幫他的忙而已，並沒有想要得到誰的誇讚。

而且她也不想因此受到太多關注，會讓她有種好好藏著的祕密，即將要無所遁形的感覺。

「不用了。」周安然小聲回道，「他們過幾天就會忘了這件事，而且現在才說的話，總有種邀功的感覺，不是多大的事情，我也不太會應付這種情況，妳就再幫幫我吧，晚上我請妳喝奶茶。」

「好，不過今天太熱了，我晚上想喝凍檸茶。」嚴星茜打了個哈欠，說著就想往桌上一趴。

周安然扯住她：「等一下再趴，我先幫妳擦擦。」

幫嚴星茜把桌子擦好後，周安然走到後面把紙巾丟掉，又出去洗了個手。

回來時，她看到婁亦琪剛好在座位上坐下。

周安然在自己的位子上坐好。

婁亦琪斜轉過身，看向嚴星茜的目光像是有一絲打量之意：「嚴星茜，妳什麼時候對籃球規則這麼了解了？」

嚴星茜抬起頭：「不了解啊，只是前幾天陪我爸看的那場比賽裡有球員墊腳，他說了下這方面的規則，我剛好記下了。」

「這樣啊。」婁亦琪頓了頓，「而妳又碰巧拍到了陳洛白被墊腳，這樣看來，我們班的運氣挺好的。」

嚴星茜：「球在他手上，我又沒盯著他的臉拍，拍到腳下動作也正常啊。」

婁亦琪的手往周安然桌上一搭：「也是，不過祝燃週五叫妳一起去青庭吃飯，妳怎麼沒去啊？我當時還想著要是妳去了，我還有個伴。」

這個話題就不在周安然提前跟她對臺詞的範圍裡了。

但沒涉及到籃球，嚴星茜就不怕穿幫，她莫名其妙地看了婁亦琪一眼：「妳不是和殷宜真一起的嗎？」

婁亦琪沉默了下。

「也就只有我和她兩個女生而已，其他都是男生。」她又把話題拉回來，「所以妳為什麼不去啊？」

嚴星茜還是一臉莫名其妙：「我為什麼要去啊？我和他們又不熟，而且那天我偶像有活動呢。」

「就為了這個啊？」婁亦琪明顯有些驚訝。

嚴星茜：「什麼叫『就為了這個』？我偶像都多久沒活動了，天塌下來也沒他重要。」

婁亦琪：「好吧。」她說完後轉過身子。

周安然坐在旁邊聽完全程，心裡稍稍鬆了口氣。

嚴星茜對陳洛白毫無興趣，才可以這樣大方坦蕩。剛才換做是她的話，她可能做不到。

周安然把筆拿出來，打算記一些單字，但可能是因為心不在焉，筆帽揭開時，不小心甩了出去。

她彎腰撿起，抬頭時，看見換到旁邊、跟她隔著一條走道的賀明宇像是在看她。

也不知道他剛才是不是聽到了什麼。

週五那天場上衝突驟起，大家的目光都看向陳洛白那邊，她把手機塞到嚴星茜口袋裡的動作做得很隱蔽，她們兩個的手機和手機殼又是同款。

即便賀明宇站在她們旁邊，應該也不會發現什麼吧？

「怎麼了？」周安然問他。

賀明宇搖搖頭：「沒事，本來想問妳一道題目，我自己已經弄懂了。」

周安然沒再說什麼，把筆帽蓋好，低下頭記單字。

嚴星茜在旁邊用手肘推推她：「我再偷看一遍我偶像上週五的活動，然然，妳幫我注意一下老師啊。」

周安然沒答應：「宋阿姨請我盯著妳背單字。」

「我就看五分鐘。」嚴星茜跟她撒嬌，「然然，我不是都幫妳——」

周安然輕聲打斷她：「就五分鐘。」

嚴星茜對她比了個ＯＫ的手勢，然後鬼鬼祟祟地低下頭。

周安然翻了翻英文課本，時不時回頭往後看一眼。

看班導有沒有悄悄從後面進來，看他是不是已經到學校了。

五分鐘快到的時候，董辰從後門走到嚴星茜旁邊，突然在她桌邊敲了下。

嚴星茜被嚇了一跳，抬起頭看見是他，把耳機一摘：「董辰你有病啊！你沒事敲我桌子幹什麼？嚇我一跳。」

董辰的語氣有些欠扁：「收數學作業啊，不好好讀書，鬼鬼祟祟的還怪我嚇妳。」

嚴星茜沒好氣地瞪他一眼：「誰鬼鬼祟祟了？時間還那麼早，收什麼數學作業。」

她說著，從課桌裡抽出一張試卷，往桌上重重一拍。

董辰：「我想什麼時候收就什麼時候收。」

嚴星茜懶得再理他，重新戴上耳機。

董辰摸了摸鼻子：「周安然，妳的呢？」

周安然把試卷遞給他，又輕聲補了一句：「你別老是嚇她，她經不起嚇。」

董辰沉默了下，撇開視線：「誰老是嚇她了。」

周安然沒接話，又去抽掉嚴星茜的耳機：「五分鐘到了，快背單字。」

嚴星茜：「嗚嗚嗚，我媽媽給了妳什麼好處，我給妳十倍。」

「給一百倍也沒用。」周安然把她的英文課本拿出來，「快點背單字，等一下默寫沒寫出來，妳別跟我哭。」

盛曉雯和張舒嫻一起進了教室，這兩人在上週五最後跟她們擠散了，所以到教室後，又八卦地找她們聊了上週五的球賽。

臨近自習開始時間，周安然還是沒能聽見那道熟悉的聲音。她趁著後排往前傳作業的時候，又回頭往後看了一眼，那個位子仍然空著。

怎麼還沒來啊。

周安然接過後排的作業，又緩緩轉回來，然後一眼看見想見的那個人出現在教室前門。

氣溫降低，男生也重新穿回春季制服，外套拉鍊沒拉，鬆鬆垮垮地套在身上，書包掛在單側肩膀上，身形頎長又挺拔。

手上像是拎著一個透明袋子，不知道裡面裝的是什麼。

他側著頭，正在和被他擋了半個身子的祝燃說話。

不知是不是因為祝燃說了什麼，陳洛白突然轉頭朝她這邊看過來。

周安然慌忙地移開視線，但餘光還是能看見他那邊的情況。

她看見他和祝燃一起踏進教室，看見他走進第一組和第二組之間的走道。

看見他停在她們這一排。

周安然的呼吸像是跟著停了一拍。她忍不住稍稍抬了下頭，還是不敢直接去看他的正臉，但視角比剛才還要清晰。

周安然清楚看見他抬起手，腕骨上那顆小痣撞進她的視線中，也看清他手上提的是學校福利社的袋子，裡面似乎裝了一堆零食，還看見他把那袋零食放到嚴星茜的桌上。

男生熟悉又清朗的聲音在很近的地方響起：「上週五的事，謝了。」

祝燃順著他的話補充：「這是我們幾個人一起請妳的。嚴女俠妳不錯啊，上週五要不是有妳那支影片和那幾句話，雖然我們還是會贏，但肯定沒辦法贏得這麼輕鬆。」

嚴星茜愣了下。

這一齣也不在周安然跟她對臺詞的範圍內。

嚴星茜稍稍偏頭，只看見周安然低垂著腦袋，她眨了眨眼睛，只好自己胡亂瞎扯：「不用謝啦，就是碰巧拍到，又剛好知道那個規則而已，你不是說你們是在幫班上爭取榮譽嗎？換做是班上其他人，肯定也會這麼做，真的不用謝我。」

「好，不過零食妳還是留著，也沒多少東西。」祝燃沒囉嗦太多，「反正妳以後有什麼事需要幫忙，就跟我們說一聲。」

旁邊兩個又高又大的男生走後，嚴星茜才悄悄鬆了口氣。

她把桌上的零食放到腿上，本來想問問周安然要怎麼處理這些東西，一側頭，就看見周安然不知什麼時候趴到了桌上。

「然然。」嚴星茜忙問，「妳怎麼啦？」

周安然的聲音聽起來悶悶的：「沒事，就是肚子有點痛。」
嚴星茜：「怎麼啦，要不要陪妳去給校醫看看？」
「不用。」周安然說，「應該是生理期要來了。」
嚴星茜瞬間放下心：「那妳先趴著休息一下啊，老師來了我幫妳說一聲。」
周安然「嗯」了聲，聲音輕得連自己都快聽不見。
她把整張臉埋在手臂中，感覺有股酸意在一點一點地往鼻間竄。
但這又有什麼好難過的呢？
週五選擇把手機放到嚴星茜的制服口袋時，她就應該要預知到這一幕才對。
可能是因為，她可以不在乎其他人的誇獎與關注，卻無法不在乎他的一舉一動。
這一句客套的感謝，她本來有機會聽他親口跟她說，是她自己拱手讓出了。
可能是因為，她心裡清楚那所謂的怕尷尬、怕祕密無所遁形，都是她為自己找的藉口。
實際上，她就是一個不敢主動靠近他的膽小鬼。
那天上午的下課時間，胡琨等人當著全校的面向湯建銳道了歉。
而當天不管走到哪裡，周安然都能聽見有人在討論上週五的那場球賽，討論陳洛白那個後撤步三分和不看人的擊地傳球。
但因為他早上那句客套的道謝，周安然一整個上午都有些提不起精神，中午趴在教室午休都不太安穩。

半夢半醒間，她聽見有人在前排說話，聲音格外甜美，像是殷宜真。

她說：「妳說，我這週末要不要單獨約陳洛白出去玩啊？」

「妳確定？」接話的是婁亦琪。

殷宜真輕輕「嗯」了聲。

「那宗凱呢？」婁亦琪又問。

殷宜真沉默了下：「他跟我一起長大，就像我哥哥一樣。」

「但我總覺得他不止是把妳當妹妹。」婁亦琪說。

殷宜真說：「他當然也把我當妹妹啊，妳別多想。別提他了，妳覺得我這週要不要約陳洛白啊？」

婁亦琪也沉默了下：「我覺得妳暫時別約他比較好。」

「為什麼啊？」殷宜真問。

婁亦琪說：「我們出去說吧。」

拖拽椅子的聲音響起。

等腳步聲逐漸遠去後，教室裡又重歸於靜。

周安然卻怎麼樣都無法再入睡。

嚴星茜沒要那袋零食，周安然那天上完晚自習後，把那些東西拎回家。

她單獨空了個抽屜出來，把裡面的東西一一放進去。

也不知道是不是他挑的，或者說算不上挑，大概是因為沒怎麼和嚴星茜打過交道，袋子裡的零食看起來像是在福利社隨便拿的，裡面有軟糖、硬糖、餅乾、巧克力、汽水和牛奶等各式各樣的東西，幾乎塞滿了一個大抽屜。

可惜沒一樣是能久放的。

周安然盯著塞滿的抽屜看了片刻，最後一點一點地闔上，就像是把心裡那些紛亂的心情全關進去。

然後她從書包抽出帶回來的物理試卷，把它攤開在書桌上。

這學期的第一次月考馬上就要到來，她沒辦法像其他女生一樣勇敢大方地主動接近她，起碼也該做好一個學生的本份。

雖然事實證明，靠單科成績超越他來引起他的注意，是一個爛透的主意，但她努力學習也不全是為了他，也是為了考上理想的大學。

只是等週四、週五兩天月考考完，壓力一下降回來，這幾天一直被壓在心裡的情緒像觸底的彈簧一樣，驟然來勢洶洶地全反彈了回來。

一整個週末，周安然都在想殷宜真到底有沒有去約他，如果約了，他會不會答應，答應的話，他們又會去哪裡。

但猜上一萬遍，也不可能有答案。

她沒地方可以打聽，也不敢打聽。

心裡像是被細線纏得緊緊的，悶得有些喘不過氣，周安然最後索性找了一些事情給自己做。

她吃了一些抽屜的糖果，把糖紙拿出來清洗好，將其折成花朵，試圖將唯一和他有關聯的東西長久保存下來。

但她其實也不太能吃甜食。

這種不太需要動腦的純手工藝，也無法阻止她繼續亂想。

於是過於膩人的糖果在嘴裡化開後，不知怎麼的，好像綿延出了一點苦味。

週一早上去學校時，連嚴星茜都察覺出她的不對勁。

「然然，妳怎麼啦？」嚴星茜偏頭打量她，「週末悶在家裡不肯出來，今天一大早也一副沒什麼精神的樣子。」

周安然抿抿唇：「沒事，就是有點擔心成績。」

嚴星茜一臉不解：「妳上週五不是說考得還可以嗎？要擔心的人應該是我才對。」

周安然心裡有祕密瞞著她，本來就已經有些愧疚，也不希望她因此再替自己擔心，她勉強揚了揚嘴角，裝作是開玩笑的樣子：「就是擔心妳的成績啊。」

「好啊，妳居然取笑我！」嚴星茜伸手去撓她癢。

兩人打打鬧鬧到了公車站。

到學校後，周安然剛擦好桌椅落坐，張舒嫻就風風火火地進到教室，她將書包隨便往倚子上一放，轉身趴在嚴星茜的課桌上。

「我有消息要跟妳們分享。」

周安然的心裡重重一跳。

關於陳洛白的消息永遠是傳得最快的。

嚴星茜一副大感興趣的模樣，也趴在課桌上，眼睛亮晶晶的：「快說快說，什麼消息？」

張舒嫻賣起關子：「妳們先猜猜看。」

「這怎麼猜得出來啊？」嚴星茜說，「妳就別吊胃口了。」

「那我說了啊——」張舒嫻故意拖長調子。

周安然垂在一側的指尖緊了緊，生怕接下來會從她口中聽到平日最想聽的那個名字。

張舒嫻吊足了胃口，才接著說：「聽說上週五有高三的學姐和學長，放學後在學校那個……」

周安然悄悄鬆了口氣。

「哪個？」嚴星茜好奇地問。

張舒嫻瞥瞥旁邊，看其他男生都沒注意到她們這邊，才壓低聲道：「接吻。」

嚴星茜一臉失望：「接吻有什麼啊？我還以為是那個呢。」

張舒嫻：「妳別急啊，我還沒說完呢。接吻確實沒什麼，但他們接吻的時候，好像被幾個學生和教務主任撞個正著，聽說請了家長，兩個人都被記過了，今天好像還要跟上級機關通報。」

「這麼嚴重啊？」嚴星茜驚訝道。

張舒嫻嘆了口氣：「殺雞儆猴吧，不然會有樣學樣，畢竟我們學校對這方面管得嚴。」

周安然心裡還惦記著另一件事，抿了抿唇，小聲問：「還有別的嗎？」

「別的？」張舒嫻愣了下才反應過來，「妳是問還有沒有別的消息嗎？然然，妳什麼時候也開始好奇這些八卦了啊？」她一臉驚訝，甚至伸手捏了捏周安然的臉，「然然，妳的臉好軟啊。」

周安然：「……」

張舒嫻趴在嚴星茜的課桌上看著她：「然然，我發現妳滿漂亮的耶。」

周安然捂了捂被捏的臉頰，莫名覺得臉有點熱。

一直坐在她前面、沒參與話題的婁亦琪，回頭看了她一眼，又轉了回去。

嚴星茜翻了個白眼：「妳現在才發現？」

「我平時只會看帥哥啊，沒事盯著女同學看做什麼？」張舒嫻理直氣壯，「而且然然平時太低調了，之前沒跟妳們坐在一起的時候，我真的沒怎麼注意到她。」

張舒嫻其實想說，主要是他們班上剛好有個長得還可以，會悄悄打扮，又討人喜歡的婁亦琪，還有個能把其他人的光環掩蓋掉的超級大校草。周安然這種過於安靜的女孩，確實容易被人忽略。

張舒嫻趴在嚴星茜的課桌上，繼續盯著周安然看，越看越覺得好看。是清純又耐看的那種好看。皮膚白，眼睛大，笑起來還有兩個小梨渦，就是臉上有點嬰兒肥。

「然然，我中午還跟妳們一起吃飯啊。」

前排突然傳來一點聲響，婁亦琪重重地把書丟在了課桌上。

嚴星茜眨了眨眼睛。

張舒嫻倒像是沒事一樣：「可以嗎？」

周安然點點頭：「可以啊，不過妳別再盯著我看了。」

「不要。」張舒嫻笑著說，「多看美女有益身心健康。」

周安然：「……」

陳洛白是臨近自習開始前才進教室的。

周安然看見他身後依舊只跟著祝燃，心裡悄悄鬆了口氣。

之後的那一上午，她仍半懸著心，生怕看到殷宜真單獨來找他，或是聽到什麼風聲傳來。偶爾又會想，要是他對殷宜真也有好感，讓她早點知道也好，這樣她大概也能早點死心。

但後者都是一閃而過的短念頭，「生怕」的情緒明顯占了上風。

直到中午意外在學生餐廳撞見他。

他們那群人比她們還要早到，張舒嫻占的位子正好在他們的後面，他和祝燃背對著她們，殷宜真和宗凱坐在他們對面。

她們幾人和臨時加入的盛曉雯都和他們不熟，沒人過去打招呼，各自低頭吃飯。

中途，宗凱的聲音傳過來，「你們兩個這週末怎麼突然去D市了啊？」

周安然夾排骨的動作停了一瞬。

接話的是祝燃：「阿洛的親戚給他幾張籃球比賽的門票，本來想找你一起去，結果還沒開口，你就說週末要陪殷宜真去逛街，我們就沒叫你了。」

「怎麼不叫我們啊。」殷宜真嗔道。

祝燃：「就只有三張門票，而且我們幾個兄弟出去玩，帶個女生多麻煩。」

「又沒讓你帶。」殷宜真說。

「票是阿洛的，他也覺得帶女生麻煩。」祝燃用手肘撞了撞陳洛白，「是不是啊，阿洛？」

男生低聲笑了下：「確實很麻煩。」

殷宜真拉著宗凱的手晃了晃：「宗凱，他們欺負我。」

宗凱揉了揉她的腦袋：「祝燃說的倒是真的，要是阿洛不嫌女生麻煩，也不至於到現在都沒有女朋友。」

張舒嫻把手上的鴨骨頭丟掉，拿紙巾擦了擦手，壓低聲音，語氣十分八卦：「我們校草哪是嫌女生麻煩？大概是還沒碰上喜歡的吧。」

嚴星茜點頭：「我也這麼覺得。」

「哎——」張舒嫻繼續八卦，「妳們覺得陳大校草會喜歡什麼樣的女生啊？之前那些跟他告白的漂亮女生他不喜歡，但他對殷宜真這種又甜又會撒嬌的女生，好像也沒什麼興趣。」

盛曉雯：「那我就不知道了，比起女生，我覺得他對籃球和讀書更有興趣。」

「如果我是他的話——」張舒嫻撐著下巴想了想，目光轉向周安然，「應該會喜歡然然這種長相清純、性格溫柔的女孩。」

即便周安然知道她在瞎說，心跳還是禁不住快了一拍。

嚴星茜往對面看了一眼，像是想起什麼，突然轉了話題：「咦，婁亦琪沒跟他們一起啊？」

張舒嫻臉上的笑容淺下來：「殷宜真也不是每次都會叫她。」

盛曉雯：「妳們兩個還沒和好啊？」

「和好？」張舒嫻撇撇嘴，「殷宜真一叫她，我就得往後面排。」

第二天，月考成績和排名出爐。

周安然這次的年級排名沒變，和上學期的期末考一樣。

名次沒能再進步，周安然也沒有太失望，畢竟二中是市內最好的高中之一，年級排名的前幾名，都是資優生中的資優生，名次越往前，就越難前進。

不過嚴星茜這次又把數學考砸了，名次也掉了幾名。好在她向來心寬又樂觀，並沒有為此太過難過。

只是這天晚上，周安然才剛回到家沒多久，家門就被敲響。何女士過去開門，到訪的是嚴星茜和她媽媽宋秋。

周安然還沒進臥室，就聽見宋秋說有朋友送了一些櫻桃，所以想送一箱給他們。

何女士跟她有著幾十年的交情，也不客氣，直接接過東西，又說：「怎麼還自己跑一趟？剛才讓然然順路帶過來就好了，要不要進來坐一下？」

周安然從客廳過來跟宋秋打招呼：「宋阿姨。」

宋秋進門換了拖鞋，笑著點點頭：「剛好來找然然拿點東西。」

何嘉怡好奇道：「拿什麼東西？」

嚴星茜也不解：「妳要找然然拿什麼東西？」

宋秋瞥她一眼：「妳以為我不知道，妳把一堆ＣＤ和周邊藏在然然這裡嗎？給我老老實實地交出來，我就不罵妳。」

周安然：「……」

嚴星茜：「媽——」

嚴星茜剛想撒嬌，就被宋秋打斷了，「別討價還價，妳看看妳成績退步成什麼樣子了？小心我連妳手機也沒收。」

嚴星茜不敢說話了。

「宋阿姨。」周安然看嚴星茜一臉不高興，想幫她求情，「我——」

宋秋也打斷她：「然然，這次妳求情也沒用了，妳要是真的想幫忙，就幫阿姨教教她數學，要是她的成績能比排名掉下來之前還要進步，我自然會把東西還給她。」

周安然點點頭。

嚴星茜連忙補充：「妳說的啊。」

宋秋沒好氣道：「妳先把掉下來的排名漲回去再說吧，期中考過後要開家長會，妳好歹給我留點面子。」

這次宋秋沒給嚴星茜任何可乘之機，親手收了周安然幫她收好的所有東西，連一張小貼紙都沒讓她留下。

周安然看嚴星茜一臉生無可戀的表情，小聲問她：「妳今晚要不要住我家？」

嚴星茜剛好有一肚子苦水想吐，猛點了點頭。

周顯鴻在公司加班還沒回來，宋秋收了東西也沒立刻走，留在客廳跟何嘉怡聊天。

周安然陪嚴星茜回對面拿書包和換洗的衣服。在門口換鞋的時候，她聽見何女士安慰宋秋：「孩子還小，現在才高一呢，也別逼得太緊了。」
「高一馬上就要結束了，兩年很快就會過去。」宋秋嘆了口氣，「還是你們家然然省心。」
何女士：「然然還是內向了一點，要是她像你們家茜茜那樣活潑就好了。」
嚴星茜拉開門，出去後，她翻了個白眼：「她們兩個每次一聊到我們，都是這套說詞，她們沒說膩，我都聽膩了，大人可真虛偽。」
周安然把門帶上，挽住她的手，有些心不在焉。
內向真的是缺點嗎？
可是好難改，比讀書難太多、太多了。
想著想著，不知怎麼又轉回了今天張舒嫻問的那個問題上——
他到底會喜歡什麼樣的女生？
這天晚上，嚴星茜跟她吐了一整晚的苦水，第二天一早，又迅速恢復了精神。
一到學校，嚴星茜就埋頭趴在課桌上寫起企劃書，她把企劃書命名為「拯救偶像大作戰」，還抄了一份給周安然，請周安然幫忙監督她。
早自習前的教室總是有些鬧哄哄。讀書的、走動的、聊天的，各種聲響都有。
後座往前傳作業的時候，周安然又趁機往後面看了一眼，正好看見陳洛白從後面走進來。
上週那波春寒過去後，南城的天氣重新回暖。
男生穿著寬鬆的夏季制服，書包拎在手上，臉上沒了平日那股散漫的笑意，流暢的下頜線繃得死緊，看起來很不高興。

後排男生的聲音突然響起：「周安然，我的試卷是有什麼問題嗎？」

周安然回過神，不敢再繼續看下去：「沒有，只是以為有一題的答案和你不一樣，結果看錯了。」

她轉過身，把自己的試卷拿出來，一起遞給前面的婁亦琪，滿心只被一個問題占據——

他怎麼了？

周安然還是頭一次見到他不高興的樣子。

她不由有些擔心，雖然自己並沒有資格為他擔心，卻還是忍不住。

但她現在坐的位置，實在不方便看他。

離早自習開始還有一小段時間，周安然想了想，乾脆一口氣喝光杯子裡剩下的豆漿，這樣就能以洗杯子裝水為由，大大方方地經過他身邊，再從後門出去。

當周安然拿著空杯子轉過身時，卻發現他已經趴到了課桌上。

教室裡有些鬧騰，但在路過他身邊的時候，周安然還是放輕了腳步，她瞥見男生頭上的幾根黑髮不聽話地翹起，但是看不見他的臉，自然也沒辦法再分析他的心情如何。

之前好像在不經意間聽見祝燃說過，他睡不好就會有起床氣，每每這時候，心情和脾氣都會變差。

是因為這個原因嗎？

周安然裝完水回來，男生依舊趴在桌上睡覺。

後排往前面傳其他作業，周安然趁機回頭再看過去的時候，他還是在睡。

等重新見到他抬起頭的時候，早自習已經結束，她假借去洗手間為由，再次從後門出去。

男生微歪著頭，側臉線條流暢，不知祝燃跟他說了什麼，他眉梢輕輕一揚。

是和平常相仿的模樣，看不出有什麼不開心的。

再回到教室，從他身邊路過的時候，他已經低頭去看書了，臉上表情淺淡，嘴角卻不像之前那樣緊抿著。

之後周安然又偷偷找機會觀察了他幾次，並沒有再看見他有任何不高興的跡象，這才放下心來。

只是心裡的某個地方，仍像是被看不見的細線高高吊起。

殷宜真這週沒有單獨約他，不代表以後不會。

無論如何，殷宜真都是目前與他距離最近的女生。

但不知道是不是因為週一升旗時，被學校對高三學長姐的嚴厲批評震懾到了，接下來的一個月過得格外平淡，沒再聽說有誰半路攔下陳洛白跟他表白，就連偷偷塞到他課桌裡的情書和禮物，好像都變少了。

張舒嫻還是熱衷於打聽學校的各類八卦，但暫時還沒有哪一個和他有關係，也沒有人傳出殷宜真和他曖昧的謠言。

嚴星茜這一個月倒是拿出了十萬分的努力，「拯救偶像大作戰」的計畫執行得分外到位，甚至都不用周安然監督她。

期中考到來的前一天，嚴星茜仍在辛苦地跟數學奮戰，額前的瀏海都被抓亂了。

「人類為什麼要學這種反人類的東西！」嚴星茜把桌上的書往周安然桌前遞過去：「然然，妳再幫我看看這題要怎麼解？」

董辰剛好從她旁邊經過，停下腳步，語氣像是帶著不經意：「哪一題？妳怎麼不問我？」

嚴星茜不解地抬頭：「問你做什麼？」

董辰撇開視線，語氣淡下來：「要不要問隨便妳。」

「莫名其妙。」嚴星茜奇怪地看他一眼，又重新低下頭，「然然，妳快教教我。」

周安然：「……」

剛才那段對話過於簡短，又沒提到重要的關鍵字，所以沒引起任何人的注意。

但周安然清楚記得，上學期因為某個人，學校還曾掀起過一小陣「問數學題目」的告白風潮。

雖然一個多學期過去，熱度早就降了，但其間的曖昧含義卻無法抹滅。

周安然看嚴星茜一副沒開竅的樣子，有點想提醒她，又怕自己猜錯，到時候給她和董辰造成困擾。

到底也沒說什麼，只是接過她手中的筆，開始講解題目。

五顆檸檬　如果再勇敢一點

期中考安排在週四和週五，考完後便是週六，周安然一早就跟父母去表姐家做客，慶祝表姐女兒的三歲生日。

才剛進門，周安然還沒來得及跟人打招呼，表姐的女兒就撲了過來。

表姐女兒的小名叫團團，小朋友抱住她的腿，仰起小腦袋，聲音也奶聲奶氣的，就是口齒不太清晰。

「小姨，禮物。」

「小姨都還沒進來坐呢，妳就攔著她要禮物！」表姐哭笑不得地跟過來，先捏了捏女兒的小臉，又笑著看向周安然，「上次妳答應她生日的時候，會帶她去大賣場挑個禮物，她惦記到現在，一早起來就在問小姨怎麼還沒來。」

表姐是周安然大阿姨的女兒，跟他們一家的關係很親近。

周安然經常來做客，絲毫沒有不自在，她牽起團團的手：「那我就不換鞋了，先帶團團去大賣場逛一下。表姐，妳有要買什麼嗎？」

表姐搖了搖頭，蹲下身幫女兒換鞋，順口叮囑她：「乖乖聽小姨的話，只能挑一個禮物，不准多要，知道嗎？」

團團牽著周安然的手沒放：「幾道啦！」

社區外面就有個大賣場，周安然向來也不是跳脫的性格，大人們一向放心她，就沒有跟著去，只有在出門前，何嘉怡低聲問了句：「有帶錢嗎？」

周安然點點頭。

她帶著團團去了大賣場，在一樓挑好禮物後，小女孩又拉著她往另一個方向走：「小姨，超四。」

「是超市。」周安然糾正她的發音。

團團跟著學：「敲市。」

周安然不禁莞爾。

小女孩都還認不得幾個字，倒是把超市賣糖果的地方記得一清二楚，一進去，就直接拉著她去了那個貨架，小手一指，「糖糖。」

周安然順著她指的方向，幫她買了好幾包不同類型的糖果。

出了超市，團團就催促她拆開。

周安然拆了其中一包給她：「今天上午只能吃兩顆，不能吃太多，知道嗎？」

團團乖乖地從袋子裡拿出兩顆糖果，歪著腦袋想了想，將其中一顆遞給周安然：「給妳。」

周安然以為她是要她幫忙拆開，撕開糖紙，半蹲下身餵給她，又叮囑：「不能直接吞下去哦。」

團團點點腦袋，又把手上的另一顆糖果遞給她：「小姨也七。」

周安然對糖果的興趣不大，但看到小女孩眼巴巴的眼神，還是拆開來吃進嘴裡。

口感出乎意料得好。

像檸檬汽水，有小小的氣泡在口中炸開，檸檬的微酸中和了糖果的甜。

想著嚴星茜應該也會喜歡這種口味，她牽著團團折返超市，照著包裝多買了兩包。

第二天，何嘉怡和周顯鴻都要加班。

中午周安然去嚴星茜家吃飯的時候，順便帶上了前天買的那兩包糖果。

吃完飯，嚴星茜留她在家看電影。

期中考剛過，宋秋也沒太管著她們。

只是一場電影還沒看完，周安然帶過來的那兩包糖果，就被嚴星茜吃完了。

電影臨近尾聲，嚴星茜伸手往袋子裡一摸：「怎麼就沒了，妳是在哪裡買的？」

周安然：「我表姐那邊。」

「我們等等去附近的超市找找看吧。」嚴星茜抱著她的手。

看完電影，兩人出門去逛附近的超市，卻沒找到包裝一樣的糖果。

「我記得包裝上面寫的是日文吧？妳買的時候有沒有看糖果的品牌？」嚴星茜問。

這款糖果在那家超市內，被擺在很顯眼的位置。

周安然搖搖頭：「沒注意。」

嚴星茜的臉微微垮下：「早知道剛才就不把包裝袋扔掉了。」

「沒事。」周安然安慰她，「我之後還會去表姐那邊，到時候再買給妳吃。」

期中考成績是在週二出來的，周安然依舊正常發揮，名次比之前前進了一名，倒是嚴星茜不知是不是潛能被完全逼出，辛苦奮戰一個月後，班排一下前進了六名。

周安然終於鬆了口氣。

進步這麼多，應該可以過宋阿姨那關。

或許是因為下週一就要開家長會，沒人敢在這時候額外生出事端，這一週也過得格外平淡。

週五早上，周安然在家吃完早餐後，何嘉怡像是突然想起什麼似的，對她說：「對了，我上週六洗衣服的時候，從妳外套口袋裡翻出了幾顆糖果，我把那些糖果放到妳插著糖紙花的汽水罐裡了。」

「糖果？」周安然不解地抬頭，「什麼糖果？」

何嘉怡覺得好笑：「妳自己放在口袋裡的東西，怎麼還問我？」

周安然放下筷子：「我去看看。」

回到臥室後，周安然小心翼翼地把糖紙花拿出來，將汽水罐倒轉，裡面的東西掉落在桌面上。

居然是四顆汽水糖。

但她上次明明連包裝都沒拆，就直接拿去嚴星茜家裡了啊。

何嘉怡直接從外面推門進來：「找到了嗎？」

「找到了。」周安然想起上週六回表姐家的時候，團團一直黏在她身邊，忍不住笑起來，「可能是團團塞進去的。」

何嘉怡瞥了她的桌面一眼，也笑道：「別人想從團團手上拿一顆糖果都難，她對妳倒是大方。」

周安然把四顆糖果拿起來塞進口袋裡，背上書包：「媽媽，那我去上學啦。」

下樓跟嚴星茜會合後，周安然從口袋裡拿出兩顆糖果給她，攤開手心才看見是葡萄和橘子口味的。

那她口袋裡剩下的兩顆，應該都是檸檬口味的。

嚴星茜驚喜地接過：「哪來的啊？」

周安然不由笑了下，頰邊的小梨渦若隱若現：「我外甥女偷偷塞在我口袋裡的。」

去學校的路上，嚴星茜都在吃糖果，跟她說話都含含糊糊的。

到了教室，周安然照慣例先把桌椅擦了擦，去後面丟完紙巾，打算從後門出去洗手時，卻正好看見陳洛白走到門口。

男生的書包掛在右肩上，下頜線繃得比上次還要緊，深邃的眉眼間滿是明顯的躁意。

周安然沒想到他今天會這麼早到學校，看他的目光應該比平時要明顯一些，但他全然沒發現。

在擦肩而過的時候，他像是根本沒注意到旁邊還有個人。

難得和他有離得這麼近的時候，周安然卻沒像平日一樣心跳加速，心裡又冒出那個疑惑——

他怎麼了？又沒睡好嗎？

可洗完手回來，再從後門進教室的時候，周安然卻沒見他像上次一樣趴在桌上補眠，而是低著頭，像是在寫作業，面向她這邊的下頜線仍繃得死緊。

周安然又悄悄觀察了他一天，幾乎能確定他今天是真的很不高興，就連平日話多到不行的祝燃，今天都分外安靜，像是不敢打擾他。

這天輪到周安然打掃教室，下課後她去後面拿掃把，看見陳洛白被高國華堵在教室後門。

「你爸媽下週一確定不來嗎？」高國華問。

陳洛白背倚著門邊，低垂著眼，看不出情緒：「不來。」

高國華又說：「那你下週一留下來幫我接待其他家長？」

「我留下來做什麼，讓其他家長看著羨慕忌妒恨嗎？」

周安然大膽地往後門那邊瞥過去，正好看見男生微微抬眸，衝高國華笑了下。

可不知怎麼的，周安然覺得他明明在笑，但那笑意卻未達眼底，看起來好像比早上進教室的時候還要更不高興。

高國華可能是被他這句話氣笑了，也沒注意到他的表情：「想偷懶就直說，亂找什麼藉口。」

「高老師，我先走了。」陳洛白站起身。

高國華一副眼不見為淨的模樣，擺擺手：「走走走，趕快走。」

陳洛白衝他揮了揮手，轉身大步下了樓梯。

高國華又笑著搖了搖頭：「臭小子。」

祝燃抓著書包從後門跑出去，大聲嚷嚷道：「陳洛白，你走這麼快做什麼，等等我！」

「有些班級還沒下課呢！」老高在後面氣急敗壞地教訓他，「祝燃，你喊那麼大聲做什麼！」

「高老師，我錯了，下週見。」祝燃敷衍的聲音遠遠傳來。

同學一個接著一個離開，教室很快安靜下來。

周安然心不在焉地掃著地，仍不自覺地揣摩他今天為什麼這麼不高興。

是因為父母不能參加家長會嗎？

可他父母上學期沒來參加家長會，那天也沒見他有絲毫不開心。

但是剛才班導和他提及家長會的時候，他的情緒確實比今天任何時候都要糟糕。

直到嚴星茜都打掃好了，周安然也沒揣摩出什麼結果，也不可能有結果。

「然然，妳還沒好嗎？要不要我幫妳？」嚴星茜出聲問她。

周安然回神：「不用，我馬上就好了。」

她靜下心來，快速把剩下的區域打掃完。

倒完垃圾，兩人又折回教室收拾好書包。

嚴星茜指指前面：「我鎖前門，妳鎖後門？」

周安然點頭。

走到他位子的旁邊時，周安然不禁回想起他那個不達眼底的笑。

不知道他為什麼不高興，她就幫不了他，不過就算知道原因，以他們近乎陌生人的關係，她應該也是沒辦法幫他的。

周安然這樣想著，攥在書包背帶上的手不由懊惱地垂落下來。在不經意觸碰到褲子口袋的時候，裡面傳來了一點聲響。

是那兩顆檸檬汽水糖。

今天一整天都在擔心他，她自己都忘了吃。

周安然把手伸進口袋，指尖觸碰到糖紙時，心裡不禁輕輕一動。

他平時也喝汽水，不知道會不會喜歡這種糖果？

那一瞬間，周安然也不知道自己在想什麼，或者說，不知道她哪來的膽子。

前門那邊有動靜傳來，應該是嚴星茜正在鎖門，周安然又往兩邊窗戶看了一眼，確認外面完全沒有其他人後，她快速地把兩顆糖果塞進他的課桌裡。

雖然只是個短短不到一秒的動作，但周安然從未做過這樣的事，手收回來的時候，掌心裡冒起了細汗，因為過於慌亂，手腕還在他的桌角磕碰了下。

一顆心更是快懸到嗓子眼，連呼吸都停了幾拍。

「然然——」嚴星茜突然叫她。

周安然已經懸到嗓子眼的心，差點直接跳出來，慌亂回過頭，看見嚴星茜站在外面的窗邊看著她。

「妳怎麼還沒出來？」

應該沒看到吧？

以嚴星茜的性格來看，要是她看見了，現在大概已經在問她了。

「鞋帶鬆了。」周安然連嗓子都有點緊，「馬上出來。」

出去前，周安然又瞥了他的課桌一眼。

桌上的書有些淩亂，和往日一樣。

但仍亂得厲害的心跳又在提醒著她，她剛剛竟然鬼使神差地往裡面塞了兩顆糖果。

她知道常常有女孩子往他課桌裡塞情書、或是精心準備的小禮物。也聽說他私下會請祝燃把有署名的東西退回去，沒署名的好像被他鎖進了家中的一個櫃子裡。

她把糖果塞給他，不是為了表白，更不是為了要得到他的回應。

她只是希望，如果他真的是因為父母不能來參加家長會而不高興的話，他週一來學校吃掉這兩顆有可能是他喜歡的口味的糖果，或許能稍微高興一點。

周安然收回目光，走出後門。

鎖門的時候，嚴星茜在旁邊好奇地問她：「妳剛才臉色好差，怎麼一副被嚇到的樣子？」

周安然剛才被撞的地方，後知後覺地傳來痛意，也不知道會不會瘀青。她垂著眼回道：「教室太安靜，妳又突然叫我。」

嚴星茜笑道：「妳的膽子也太小了。」

周安然不敢繼續跟她聊這個話題，她用還有些發汗的手將門鎖好，轉過身：「走吧。」

「走走走。」嚴星茜挽住她的手。

兩人邊聊邊慢吞吞地走出學校，周安然的心跳也慢慢平復下來。

但她不知道的是，她和嚴星茜一上公車沒多久，陳洛白和祝燃就一起回了學校。

祝燃低頭拿鑰匙開教室的門：「你怎麼突然要回學校，是忘了帶什麼東西嗎？」

陳洛白：「作業。」

「作業啊……」祝燃話音一頓，驚訝地回過頭，「你居然會忘記帶作業？」

一個因為看球在半夜被氣醒，不做別的消遣，還寫了幾張試卷的人，居然會忘記帶作業？

「別廢話了，先開門。」陳洛白說。

祝燃轉頭開了門，想著他從早上持續到現在的怒氣，不由回頭問他：「叔叔和阿姨這次吵得特別厲害？」

陳洛白沒接他的話，伸手推開門，側臉看起來格外冷淡。

祝燃心裡就有數了。

應該是吵得比他預想中的還要嚴重。

他難得沒再多話，跟在陳洛白身後進了教室。

陳洛白拉開椅子，把手伸進課桌裡找試卷，掌心卻意外碰到了某種東西。

祝燃看他動作突然停下，忍不住開口：「怎麼了？」

陳洛白把摸到的東西拿出來，攤開掌心後，發現是兩顆糖果。

「糖果？」祝燃一臉好奇，「你的桌子裡怎麼會有糖果？又是哪個女生塞給你的嗎？不對啊，那些女生塞給你的禮物，幾乎都包裝得漂漂亮亮的，恨不得連外面的蝴蝶結都繫得一絲不苟，怎麼會有人隨便塞兩顆糖果給你，會不會是誰不小心放錯了？」

陳洛白也是第一次碰見這種情況：「可能吧。」

「那給我吃吧，我正好餓了。」祝燃說著，就伸手想去拿他手裡的糖果。

陳洛白手指一收，避開伸過來的那隻爪子。

「你也太小氣了吧。」祝燃翻了個白眼，「就算方阿姨跟你說過，不喜歡也不能糟蹋別人的心意，但這明顯不是女生給你的啊，誰會跟你告白就往你課桌裡塞兩顆糖果？我看多半是誰放錯了，說不定是銳銳他們放的。」

陳洛白把手裡的東西隨手塞進褲子口袋裡：「下週問問。」

「我來看看我的抽屜裡有沒有。」祝燃走到自己的桌邊，摸了摸抽屜，「沒有啊，奇怪了。」

陳洛白已經把試卷拿出來了：「走吧。」

出了校門，陳洛白在路口攔了一輛計程車。

祝燃家離學校更近，車子就先停在他家的社區門口。

車門半開，祝燃又偏頭問了一句：「要不，你今晚來我家？」

「不用。」陳洛白大半張臉都藏在陰影裡，微抬了抬下巴，「快下去吧。」

祝燃下車後，計程車又行駛片刻，才在另一個社區門口停下。

陳洛白到家後，才發現家裡今天格外安靜，往日隨時在家的保姆阿姨不見人影，廚房裡一片空蕩。

他倚在廚房旁邊，拿出手機，打開通話記錄，指尖上下滑動幾下，又停住，雙眼微垂著，最終也沒有撥出任何一通電話。

陳洛白拎著書包進了書房，打開書桌上的檯燈，從書包裡抽出試卷攤開在桌上。

兩份試卷寫完後，外面的天色早已暗了下來。

落地窗外亮起的一盞盞燈彷彿夜空中的繁星，最底下的路面上車來車往，是一派川流不息的繁榮景象。

陳洛白把筆放下，後知後覺地感到飢餓。

他拿起一直都很安靜的手機，起身走去廚房，拉開冰箱門，裡面居然也是一片空蕩。

手機在此時突然響起。

瞥見螢幕上的名字後，陳洛白接電話的動作停了一拍。

隔了幾秒，他的指尖才滑向接通。

『你到家了吧。』女人的聲音在電話裡響起，『劉阿姨家裡出了一點事，今天臨時跟我請假，她來不及買點東西放進冰箱，媽媽一忙就忘記告訴你了，你吃飯了嗎？』

陳洛白靠著冰箱：「還沒。」

『怎麼還沒吃啊？』方瑾在電話裡問，『我幫你叫個外送？你想吃哪一家，律師事務所這邊新開了一家——』

陳洛白微垂著眼，打斷她：「媽。」

『怎麼了？』方瑾問他。

陳洛白倚著冰箱，沒再開口說話。

『洛白？』方瑾又叫了他一聲，『你還在聽嗎？』

陳洛白隔了幾秒才開口：「你們是打算離婚嗎？」

電話那頭沉默下來，過了片刻，方瑾才問：『你昨晚都聽見了啊？』

陳洛白低聲：「嗯。」

『抱歉啊，吵到你睡覺了，媽媽以後會注意的。』方瑾頓了頓，『離婚只是一時的氣話，但我和爸爸之間確實出了問題，你放心，不是我們哪一方犯了什麼不可饒恕的錯誤，就是性格磨合上的一些問題，你先給爸爸和媽媽一點時間，讓我們各自冷靜一下，我向你保證，如果真有可能走到離婚那一步，我們會先徵求你的意見，不會瞞著你做決定，好嗎？』

陳洛白握著手機的手緩緩放鬆：「好。」

『那你晚餐想吃什麼？』方瑾拉回之前的話題。

陳洛白聽見電話那頭像是有敲門聲響起：「妳先忙，我自己叫吧。」

掛了電話，陳洛白點進外送平臺，看了幾家常吃的店，配送時間基本上都超過半小時。

他又退出APP，空出來的左手垂下，不經意碰到長褲口袋，聽見裡面傳出一點聲響。

是那兩顆糖果。

陳洛白伸手拿出來，兩顆一模一樣的糖果靜靜地躺在手心上，糖紙上簡單印著幾個日文和一顆檸檬。

連個包裝都沒有，就這樣隨意地塞在他課桌的一角。

看起來確實不像是哪個女生會送她的禮物，大概就像祝燃猜的那樣，是湯建銳或者其他同學分零食的時候，往他課桌裡放的。

陳洛白餓得有些厲害，也懶得再想，隨手拆開一顆，遞進嘴裡時還以為會是甜膩的味道，沒想到口感卻比預想中好上不少。

像檸檬汽水。

說不上是因為方瑾的保證，還是嘴裡這股意外又清新的味道，在心底壓了一天的躁意好像瞬間散了大半。

陳洛白重新點開通訊錄，撥通祝燃的號碼：「出來吃東西？」

『吃什麼？』祝燃在電話裡問，『你請？』

陳洛白用舌尖將硬糖抵到一邊，反問：「不然你請？」

電話那頭，祝燃猶豫了兩秒，算了下這個月剩下的零錢，像是下了什麼重大的決定，語氣格外沉痛：『我請就我請吧。』

陳洛白笑了下：「我請，你自己搭車來我家樓下。」

周安然一回到家就後悔了。

哪有送人家東西只送兩顆糖果的，這也太不像樣了。

也不知道他看到後會怎麼想。

但她又沒膽現在去把糖果拿回來，萬一不小心碰上哪個同學，還有暴露的風險。

吃晚餐的時候，何嘉怡看她手上有一塊瘀青，還一副神遊太空的模樣，不由擔心地問道：「然然，是不是有人欺負妳？」

周安然回過神，連忙搖頭：「沒有啊。」

「真的？」何嘉怡跟她確認，「那妳的手是怎麼回事？」

周安然低頭，看了手上那片因為緊張、而在他桌上磕出來的青色一眼，心裡越發窘迫：「在打掃的時候不小心磕了下，我們班的同學都挺好的，茜茜也一直跟我在一起呢。」

何嘉怡這才放下心：「下次注意一點，我等等拿冰塊給妳敷一下。」

吃完飯，周安然不像以往那樣陪周顯鴻看籃球比賽，她找了個作業多的藉口，從何嘉怡手上接過冰塊，就躲回了房間裡。

但她在寫作業時也心不在焉，心裡想的是A，最後勾的卻是B。

周安然最後也沒再勉強自己，早早洗了澡躺上床。

關上燈，她扯著被子慢慢蓋住自己的臉，整個人躲在裡面，長長嘆了口氣。

一整個週末，周安然都在憂心忡忡與懊惱中度過，週一早上還難得睡晚了一些。

平日都是她等嚴星茜居多，但嚴星茜偶像的CD和周邊都還握在宋秋手中，她現在每天都比之前勤快許多，這天在家等了她十幾分鐘。

下樓會合後，嚴星茜還有些奇怪：「妳今天怎麼起得這麼晚啊？」

周安然挽著她往社區外走：「昨晚沒睡好。」

是真的沒睡好，她做了一個荒誕的夢。

她夢到陳洛白返校後就發現了課桌裡的糖果，還把那兩顆糖果拿出來擺在桌子上。

祝燃則站在他旁邊高聲起鬨：「是哪個女生送糖果給我們洛哥？」

坐在她旁邊的嚴星茜這時突然站起身，爬到椅子上，居高臨下地用手指著她：「就是她！」她大聲說，「就是周安然這個小氣鬼，只送他兩顆糖果！」

全班的人齊齊朝她看過來。

周安然回憶到這裡，幽怨地看了嚴星茜一眼。

嚴星茜察覺到她的眼神：「妳為什麼要這樣看著我？」

周安然：「……沒什麼，只是昨晚夢到妳罵我了。」

嚴星茜好奇問：「夢到我罵妳？我罵妳什麼了？」

「罵我小氣鬼。」周安然也覺得自己週五的行為，確實滿像一個小氣鬼的。

「夢都是相反的，我肯定不會罵妳是小氣鬼的。」嚴星茜抽出被她挽著的手，轉而搭到她的肩膀上，笑嘻嘻地看著她，「所以妳今天下午，肯定會大方地請我喝奶茶，對吧？」

周安然：「？」

平日上學，周安然總盼著能快一點到學校，這樣也能早點見到他，但今天還沒進校門，她心裡就莫名產生了一股抗拒的心理，等到了教學大樓樓下，這股抗拒的心理就越發明顯。

也不是不想見他，就是有點害怕他發現那兩顆糖果，更不敢想他發現後會是什麼反應。

大概是越害怕什麼，就越會發生。

周安然一進教室，就發現陳洛白已經來了。

男生側坐在椅子上，手搭著椅背，踢了踢斜前方湯建銳的桌腳：「銳銳，你上週五是不是塞了兩顆糖果到我抽屜裡？」

周安然感覺自己心跳都停了。

湯建銳茫然地轉過頭：「什麼糖果？」

坐在陳洛白旁邊的祝燃接話：「上週五有人往他課桌裡塞了兩顆糖果。」

「什麼？有人往他課桌裡塞糖果？」湯建銳明顯來了興趣，「那不應該是哪個女生塞的嗎，洛哥怎麼會問我？是在跟我炫耀嗎？」

祝燃說這句話的時候聲音不算小。

大概是嗅到了八卦氣息，不止是湯建銳，周安然看見前排的一些人都齊齊轉頭，朝他們這個方向看過來。

周安然只覺得心跳得比上週五還厲害，隨時都有可能跳出嗓子眼。

陳洛白又往湯建銳的椅腳踹了幾下，笑罵：「炫耀個屁。」

「那怎麼會問我？」湯建銳在八卦中摻雜了幾分不解，「我怎麼可能會往你課桌裡塞糖果？」

祝燃幫他解惑：「不是，只有兩顆。」

湯建銳沒聽懂：「什麼兩顆？」

祝燃指指陳洛白的課桌：「上週五有人往他課桌裡塞了兩顆糖果，沒包裝、沒禮盒的那種，就兩顆普通的糖果，隨便塞在他課桌裡。」

「啊？只有兩顆而已？」湯建銳瞬間喪失興趣，「那應該不是女生送的吧？那些女生送東西給洛哥，都恨不得包裝出一朵花。」

祝燃：「所以才會問是不是你們隨便塞給他的。」

「不是我。」湯建銳搖頭，「可能是誰不小心放錯了吧？」

其他等著聽八卦的人也是這麼想的，齊齊都把好奇的腦袋轉了回去。

周安然看見嚴星茜也是一臉失望的模樣。

陳洛白已經把腿收回去了，周安然忙拉著嚴星茜快步回到座位，連桌椅都忘了擦就直接坐下，還沒平復的心跳仍快得厲害。

有人往陳洛白課桌裡塞了兩顆糖果的這件事，很快傳遍了全班，但好像所有人都認可了湯建銳的猜測，就連盛曉雯和張舒嫻也不例外。

第二節課的時候，外面突然下起了雨。

張舒嫻反身趴在嚴星茜的桌上，盛曉雯跑過來擠在周安然身邊，找她們說悄悄話。

「妳們聽說了嗎？有人往陳洛白的抽屜裡塞糖果的事情。」張舒嫻壓著聲音。

嚴星茜點點頭：「他早上問湯建銳的時候，我正好聽見，不過我覺得不可能是哪個女生送的，誰沒事就送他兩顆糖果啊，大概是誰不小心塞錯了。」

周安然：「……」

盛曉雯接話：「我贊同，不過把糖果塞錯課桌是不是有點離譜啊？」

「不離譜。」張舒嫻說，「之前九班男生的那件事，妳們應該都聽過吧？」

嚴星茜立刻來了興趣：「沒聽過，什麼事啊？」

盛曉雯：「我也沒聽過。」

「是我們上學期剛開學時候的事了，九班有個男生某天中午跑去打球，下午回教室的時候，多爬了一層樓，剛好樓上那間教室坐他位子的同學當天請假，他就坐到別人的位子上開始睡覺。」

張舒嫻說到這裡，忍不住笑了起來，緩了緩才繼續：「然後樓上那個班的班導，看見有同學在上課時間睡覺，直接把粉筆丟過去，九班那個男生被砸醒，抬起頭，那個班導發現是個不認識的人，就問他『你是誰，怎麼會在我們班』，那個男生可能還沒睡醒，看到一個不認識的老師也覺得很疑惑，反問了一句『你又是誰，怎麼會在我們班』。」

嚴星茜的笑點低，在位子上哈哈大笑起來。

盛曉雯笑趴在周安然的肩膀上：「我想起來了，我聽過這件事。」

周安然也忍不住笑了起來。

張舒嫻看見她頰邊的小梨渦，不由伸手捏了捏她的臉：「然然今天怎麼都不說話，還一副沒精神的樣子？」

周安然說了和早上一樣的理由：「昨晚沒睡好。」

「難怪。」張舒嫻說。

嚴星茜擦了擦笑出來的眼淚：「這麼說，陳洛白課桌裡的糖果真的是有人塞錯的。」

周安然：「……」

沒像昨晚的夢境一樣「被拆穿」，她心裡鬆了一大口氣。

但是事情發展成這樣，也讓她有點出乎意料，又多少有些失落。

不知道那兩顆「被塞錯」的糖果，是不是被他扔掉了。

周安然趴在桌上聽她們說話，目光不經意瞥見殷宜真從他們教室的前門走進來。

女生綁了個蓬鬆的丸子頭，明豔又漂亮，進別班教室大方自然得像是進自己的教室，手上提著一把溼淋淋的雨傘，和一個沾了水珠的購物袋，似乎是剛從外面買東西回來。

殷宜真徑直走到他們這一排旁邊的走道，停在婁亦琪旁邊，她從購物袋裡拿出一瓶汽水放到婁亦琪的桌上：「給妳的。」

婁亦琪的語氣像是帶著笑：「謝謝。」

殷宜真又抬手往後面指了指：「我還幫陳洛白和祝燃買了一些飲料，就先過去找他們了，中午我們去老地方說話。」

婁亦琪：「好。」

殷宜真拎著東西走向後排。

周安然扯了扯制服外套的袖子，睫毛低低垂下。

是啊，像她這樣落落大方地跟人示好，才不會被誤解吧。

但她那天也並不是想跟他示好。

張舒嫻壓得更低的聲音響起：「哎，妳們看後面。」

她這句話給了周安然一個不引起他人懷疑的理由，她跟著盛曉雯和嚴星茜一起轉過頭。

殷宜真從她們這邊的通道走到後面，卻也沒直接在祝燃身邊停下，而是從祝燃他們身後繞過，停在陳洛白課桌一側的位置，才從袋子裡拿出飲料遞給他們。

陳洛白靠在椅背上，像是跟她說了句什麼，聲音消失在距離中，但臉上的笑容是可見的。

他像是在對她笑。

周安然又轉過頭。她在心裡安慰自己，起碼他今天看起來是高興的，不再像上週五那樣不開心。

雖然他高興的原因，和她不會有任何關係。

張舒嫻小聲八卦：「妳說，她是不是真的有那麼一點意思啊？」

一直沒跟她們說話的婁亦琪突然開口，她沒有回頭，但語氣明顯不太好：「妳管別人什麼意思。」

張舒嫻的臉色也沉下來：「妳當初跟我八卦她這麼多次，難道都忘了嗎？怎麼，跟人家成了好朋友，就不許別人聊她了？」

婁亦琪的背影像是僵了下：「我才懶得管妳們。」

張舒嫻確實很愛八卦，但周安然知道她並不帶半分惡意，之前不論是和她們聊起殷宜真，或是其他喜歡陳洛白的女生的時候，基本上都是帶著誇讚的語氣。

或許是因為當初和婁亦琪的關係很親近，張舒嫻沒再嗆回去，眼眶卻突然紅了一點。

周安然也不太會安慰人，上週五試圖安慰他，現在都快成了班上的笑話，還好沒人知道是她塞的。

她抿抿唇，笨拙地用轉移話題的方法：「我們今天中午去學生餐廳吃飯吧，下這麼大的雨也不好出去，而且聽說學生餐廳今天會有鴨架。」

張舒嫻最喜歡學生餐廳的鴨架，注意力果然被轉移了一點：「真的嗎？」

周安然點點頭：「嗯，早上來學校的時候，聽見學生餐廳的阿姨在聊天。」

「那我們下課後早點過去。」張舒嫻又高興起來。

這天下午的家長會召開得很順利。

或許是之前被期中考和家長會兩座大山壓得有點久，家長會一過去，被迫乖巧了一段時間的學生們又躁動了起來。

一週之內，周安然聽到了好幾個八卦消息。

先是從張舒嫻那裡得知，五班的班長在和他們班的學藝股長談戀愛，後來又聽說有兩個女生往陳洛白的課桌裡塞了禮物。

禮物是誰塞的不得而知，但陳洛白身邊並未因此出現過其他女生，想來那些禮物多半不是被悄悄退回，就是被他鎖進某個抽屜裡不見天日。

這週過完就迎來了小長假。

假期第一天，周安然又和父母去了表姐家，這次是表姐本人生日。

一進門，周安然就被團團拉著，坐到了客廳的沙發上陪她看卡通。

小女孩今天腦袋上綁了兩個小辮子，看著格外可愛，周安然從書包裡拿出前幾天在學校門口買的草莓髮夾，輕輕夾到她頭髮上，在心裡悄悄向她道歉。

對不起啊，小姨把妳偷偷塞給我的糖果送人了。

而且送出去的那兩顆糖果，多半被扔進了垃圾桶裡。

團團抬起腦袋：「小姨，妳在我頭向夾了森麼呀？」

周安然從書包裡拿出一面小鏡子給她照：「一個草莓髮夾。」

團團接過小鏡子，自己又照了幾下，然後從沙發上跳下來，邁著小短腿跑到表姐身邊，指著腦袋，一臉高興的模樣：「媽媽，夾幾。」

周安然被逗笑了。

表姐扶了團團一下：「哪來的髮夾？」

團團拿小手指著她：「小姨。」

表姐笑著朝她看過來：「妳自己都還是學生，怎麼又買東西給她？」

「剛好在學校門口看見的，也不貴。」周安然說。

表姐捏捏女兒的臉：「有沒有跟小姨說謝謝啊？快去陪小姨玩。」

團團又拿著鏡子跑回來：「謝謝小姨。」

周安然把她抱回沙發上坐著。

手機在這時候響了幾聲。

周安然把手機從口袋裡拿出來，看見是嚴星茜傳訊息給她。

茜茜：『記得幫我買糖果啊！』

周安然：「……」

雖然她那兩顆糖果，被誤以為是有人塞錯的，但他在扔掉之前，應該也會看見外包裝。

這款汽水糖在學校和他們家附近的超市中都很難找到，想來也不是多大眾的牌子，周安然也從沒在學校裡見其他人吃過，要是嚴星茜帶去學校吃，她還是會有暴露的風險。

但是買了的話，她又沒理由阻止嚴星茜帶去學校。

喜歡陳洛白這件事，她對誰都說不出口。

就算說出口，她和他也沒有可能。

倒不如讓這件事永遠成為一個誤會吧。

周安然低頭打字：『剛才去超市看過了，這邊也沒有在賣那款汽水糖了。』

茜茜：『那邊怎麼也沒有了啊（大哭.jpg）。』

隔著螢幕，周安然都能感覺到她的失望。

她抿了抿唇：『對不起啊。』

茜茜：『這又不是妳的錯，妳為什麼要道歉？』

周安然心裡愧疚，她想了想：『我表姐社區這邊有家滷味還不錯，我晚上帶一點回去，再買幾瓶汽水給妳，想喝什麼口味的？』

茜茜：『要橘子的！』

茜茜：『剛好我媽今晚要炸雞腿，我留一點給妳，妳晚上來我家一起寫作業吧。』

周安然：『好。』

小長假一過去，一年一度的升學考已經近在眼前。

高三的老師不敢再給準考生們施加太多壓力，叮囑他們要適當休息，但沒人敢在這時候放鬆下來。

高一和高二的老師則完全相反，一個個都在幫學生上緊發條，耳提面命地提醒他們不要以為升學考離他們很遠，一兩年很快就會過去。

於是整個五月就在這悄然蒙上的緊張情緒中迅速過去。

高三學長姐放假的前一天，下午最後一節課的鐘聲響起後，廣播室就開始播放起勵志的歌曲。

從「逆風的方向，更適合飛翔，我不怕千萬人阻擋，只怕自己投降」一直放到「奔跑吧，驕傲的少年」。

不知是因為晚上學校要召集他們幫高三的學長姐加油，還是被歌曲感染了情緒，周安然幾人回到教室後，也沒像往常一樣埋頭寫作業，而是聊起了未來。

話題是張舒嫻開啟的，她還是反坐著，趴在嚴星茜的桌子上，撐著下巴問：「對了，妳們將來想做什麼啊？我爸是消防員，有時候出任務難免受點傷，我想考醫學院，將來當醫生。」

盛曉雯毫不遲疑地回答：「妳們都知道的啊，我的第一志願就是進外交部當外交官。」

嚴星茜摸著下巴想了想：「我可能想學傳播類的，說不定以後有機會接觸到我偶像，嘿嘿嘿。」

「然然，妳呢？」張舒嫻看向周安然。

周安然也趴在桌子上，有個念頭從心底湧上來滾到舌尖，最後也不好意思說出口，她搖搖頭：「還沒想好。」

董辰剛好從旁邊經過，被盛曉雯叫住：「董辰，你將來想考什麼學校啊？」

「我啊。」董辰停下腳步，毫不猶豫地回答，「航空大學。」

盛曉雯「喲」了聲：「當飛行員嗎？挺酷的啊。」

嚴星茜抬頭瞥他一眼，難以置信地問：「你？當飛行員？」

「我當飛行員怎麼了？為什麼要用這種表情看著我？」董辰把手撐在她桌上，「要不要打個賭，如果我真的考上航空大學，妳就答應我一件事。」

嚴星茜：「賭就賭。」

周安然：「……」

嚴星茜這衝動的性格啊。

董辰都沒說是什麼事，她就答應了。

嚴星茜像是終於反應過來：「不過你要我答應你什麼事？」

「還沒想好。」董辰說，「總不會把妳賣了，妳也不值多少錢。」

嚴星茜被他氣到：「我還不信你能考上航空大學呢，要是你沒考上，你也要答應我一件事。」

「好啊。」董辰爽快答應。

嚴星茜看他一臉笑容，皺著眉：「你笑什麼？」

「沒什麼。」董辰又抬眸看向坐在前面的賀明宇，「明宇，你以後想考哪間學校啊？」

賀明宇抬頭，推了推眼鏡，也沒猶豫：「A大。」

可能是因為董辰說這句話的聲音很大，引起了其他人注意，最後不知怎麼的，在教室裡的所有同學都參與了這個話題。

「我想當建築師。」

「我啊，將來有點想當軍人。」

「我想學金融吧。」

周安然藉著聽後面同學說話的機會，回頭看了那個空著的座位一眼。

他呢？

不知道他將來想做什麼。

廣播室裡的歌聲還沒停止，清楚地傳到教室裡每一個人的耳中——

「所有青春無悔，煩惱與成長，所有奔向未來的理想與張揚……」

周安然聽著歌聲，趴在桌上聽著同學們講述著夢想，心中莫名生出一種激蕩的澎湃感。

「年輕」這個詞，似乎永遠都伴隨著許多憧憬。

因為他們還有無限未來，所以也擁有無限希望。

她希望自己能考到理想的學校，不辜負自己的夢想，也希望以後能大膽一點。

她還有點自私地希望在她變勇敢之前，他不要那麼快喜歡上別的女生。

但她忘了，希望有時候也是虛幻又易碎的。

升學考結束後，學校一下少了三分之一的人，瞬間變得空蕩。去學生餐廳或校外店鋪吃飯，都不再像以前那般擁擠。

進入六月中旬，南城的天氣已經分外炎熱，蟬鳴開始喧囂，路面被高溫烘烤得炙熱滾燙，晚上不開一整夜的冷氣根本睡不好覺。

但周安然晚上開空調睡覺的時候，不小心踢了被子，生了一場病，症狀一直到六月下旬才完全消失。

大熱天連食欲都受影響。

身體一康復，周安然就不用再強迫自己吃清淡的飯菜，這天下午跟嚴星茜她們一起去校外吃滷粉。

滷粉端上來後，周安然把調味料拌勻，先夾起一塊特意跟老闆額外要的豆卜，剛咬了一口，就聽見張舒嫻壓低聲說：「對了，我今天下午聽說殷宜真在他們教室公開說，她和宗凱就像是親兄妹一樣，叫大家以後不要再打趣他們了。她這是什麼意思啊？該不會是打算要開始追陳洛白了吧？以前也沒看過她這麼正經地闢謠。」

周安然心裡一緊，忘了豆卜一直泡在湯裡吸飽了湯汁，她一下被嗆個正著。

她急忙抽了幾張紙巾擋住嘴，一連咳了好幾下，就連眼淚都咳了出來。

嚴星茜連忙將凍檸茶遞給她：「怎麼這麼不小心。」

周安然含住吸管，喝了一大口凍檸茶，才勉強將喉間那股嗆人的辣意壓下去。

「難得見然然聽八卦聽得這麼認真，居然都嗆到了。」見她不再咳嗽，張舒嫻這才笑著打趣了一句。

周安然有點不知道該怎麼接這句話，只是握著杯子對她笑了下，然後又喝了兩口凍檸茶。

倒是盛曉雯好奇地問了一句：「妳今天中午跟我們一起吃飯，基本上一整天都待在教室，哪來的消息啊？」

張舒嫻眨眨眼：「去廁所的時候聽到的啊，三班有個女生是我國中同學。」

嚴星茜吃了一口滷粉，像是想起了什麼：「說起來，妳們有沒有發現，宗凱最近來我們班的次數好像變少了。」

張舒嫻猛點頭：「是啊，上學期他經常過來，這學期剛開始的時候，他也常常帶著殷宜真過來，最近反而是殷宜真自己過來的次數比較多，宗凱倒是沒怎麼過來了。」

盛曉雯失笑：「怎麼被妳說得像是什麼狗血三角戀一樣。」

「哈哈，而且還是青梅竹馬對上半路殺出的校草。」張舒嫻摸了摸下巴，「不過這三個人都好看，不管怎麼配我都可以。」

周安然默默吃著豆卜，沒插話，也不知道是不是豆卜在湯裡泡了太久，她吃出了一嘴澀味。

吃完滷粉，四人拿著沒喝完的飲料，一邊聊天一邊步行回學校。

剛進校門沒多久，盛曉雯突然感慨：「唉，高一居然這麼快就要過完了，不知道下學期還能不能再跟妳們一起吃飯。我和茜茜打算轉去文組，下學期不知道要被分到哪裡去了。」

嚴星茜垂頭喪氣道：「我們先別提這件事了，想到就好煩，但凡我理科成績好一點，我都不想去文組，嗚嗚嗚。」

周安然安慰她：「沒事，反正我們還是能一起上學呀。」

「是啊，妳和然然不會分開的，肯定還能一起吃飯。」張舒嫻也安慰道，「妳到時候下課過來找我們就好，又不是不在一間學校了，沒什麼不方便的。」

滷粉店在東門外，周安然聽著她說話，目光卻習慣性地瞥向籃球場。

還隔著一段距離，她依舊輕易在第一排第三個球場中，找到了一道熟悉的身影。

男生好像抄截了誰的球。

看起來有點像祝燃，周安然不是那麼確定。

怕被朋友們注意到，她偷偷看了他幾眼，又悄悄收回視線。

等到距離近了，張舒嫻才注意到球場上的人：「哎，妳們快看，陳洛白他們在打球耶，宗凱也在，殷宜真還在旁邊看著，哇，刺激！」

周安然這才大大方方地看過去，剛好看見他跳投了一顆三分球。

籃球框背對著她們，她看不到這顆球有沒有進，但她看見三分線外的男生，突然勾唇笑了起來。

少年的笑容滿是掩不住的意氣風發。

肯定投進了吧？

張舒嫻也感慨：「我們校草打球是真的帥，所以校草也是有可能贏過青梅竹馬的，我猜殷宜真這麼鄭重地澄清她和宗凱的關係後，說不定馬上就會傳出她跟陳洛白的緋聞了。」

周安然咬了咬吸管，感覺今天這杯凍檸茶特別酸。

一如張舒嫻所料，沒過幾天，學校就有人猜測起殷宜真和陳洛白的關係。

但可能是因為馬上就要期末考，接下來這段時間，殷宜真沒怎麼再來他們班上，就連張舒嫻都埋頭苦學、無心八卦，周安然偶爾去人多的地方，也只會聽見有人小聲議論幾句。

沒讓「緋聞」大肆傳播的另一個原因，大概是因為迄今為止，陳洛白都沒有單獨去三班找過殷宜真，也沒有在學校和她獨處過。

抱著這點安慰，周安然也埋頭鑽進了複習中。

期末考的前一天，周安然的生理期突然報到。

她生理期第一天總是特別不舒服，好在每到第二天就不會有太明顯的疼痛，應該不會影響這次的期末考。

只是不知為何，這次的第一天痛得格外厲害，讓她一整天的精神都不太好。

下午的課上完後，嚴星茜說會幫她帶飯回來，讓她留在教室好好休息。

周安然趴在課桌上，強撐著複習歷史重點。等到快要換衛生棉的時候，她才忍著疼痛，從椅子上起身。

這段時間，教學大樓總是特別安靜，周安然捂著腹部，慢吞吞地挪到廁所，換好衛生棉後，她剛站起身，就聽見有聲音突然傳來。

「教學大樓的洗手間每到這時候，都安靜得可怕，還好有妳陪我一起過來，不然我都不敢進來。」很甜的一道聲音，是殷宜真。

接話的是婁亦琪，她笑著說：「一些教室裡都還有人呢，而且妳只是進來洗個手而已，這有什麼好怕的。」

「我還是會怕嘛。」殷宜真對她撒嬌。

周安然正想開門，聽見這句話後，又怕突然開門會嚇到她，動作停了停，猶豫間，外面的說話聲繼續傳來，夾雜著一點水聲。

「對了，」殷宜真說，「我昨晚約陳洛白在期末考結束後單獨出去。」

周安然已經落到門把上的手驀然一僵。

婁亦琪的語氣聽起來像是有些不贊同：「妳怎麼還是約他了啊？我不是跟妳說過，先別讓他看出來妳喜歡他嗎？之前所有喜歡他的女生都被他——」

水聲停止，殷宜真打斷她的話。

「都被他拒絕了嘛，他還會刻意保持距離。但我還是忍不住了，我才不想每天在他面前裝作不喜歡他的樣子，而且——」女生頓了頓，話音裡是藏不住的欣喜與雀躍，「他答應我了耶。」

婁亦琪的聲音聽起來像是極其震驚，聲音比剛才大了好幾倍：「他答應妳了？」

「對啊，他答應我了。」殷宜真的聲音裡滿是笑意，「妳說過他甚至沒有單獨和哪個女生一起走在學校，那他答應單獨和我出去，應該是喜歡我的吧？」

安靜了幾秒後，婁亦琪的聲音才響起：「是吧。」

「我也覺得是。」殷宜真笑嘻嘻地說，「那妳說，那天我要主動跟他告白比較好，還是等他向我告白啊？我……」

後面的話，隨著腳步聲的遠去，逐漸消失在距離中。

洗手間重歸於安靜，靜得像是連空氣都停滯了一般。

又過了片刻，周安然才緩緩打開門。

一個從來都會跟女生保持距離的人，突然不再這麼做，除了喜歡她，周安然也想不出別的原因。

可能是因為肚子真的太痛了，才剛踏出洗手間，她的鼻子就倏然酸澀起來。

離教室越近，這股酸澀就越發明顯，她完全控制不住自己的情緒。

但她剛才從教室出來的時候，賀明宇還在教室裡，另外兩個同學也留在教室內複習。

周安然不想讓別人看到自己這副模樣。她轉身踏上教室旁邊的樓梯，但每走一步都會牽扯到腹部，疼痛感也變得更加明顯。

等到了空無一人的天臺，周安然不知是太累還是太痛，幾乎站不住似的，半蹲在門口附近。眨了眨雙眼，就有眼淚掉到地上。

教學大樓的天臺比剛才的洗手間還要安靜，這股安靜給周安然暫時放縱自己的勇氣。

她趴在膝蓋上，先是無聲無息地哭了一會兒，後來忍不住小聲抽泣起來。

被這股情緒和腹中疼痛左右，周安然完全沒注意到有腳步聲接近，直到聽見有聲音在她頭頂響起。

「同學，妳怎麼了？」

是再熟悉不過的一道聲音。

是不用她抬頭都能確定主人的一道聲音。

是明明沒和她說過幾句話，卻已經在腦中和心中迴響過無數次的那道聲音。

是陳洛白的聲音。

周安然覺得自己的運氣可能真的不太好。

偏偏在考試前一天來了生理期。偏偏在最狼狽、最不想遇見他的時候，恰巧單獨遇見了他。

周安然哭聲一停，連肩膀都變得僵硬。

周遭的動靜突然明顯起來，她聽見天臺的風聲，感受到夏天燥熱的氣息。

可能是因為她沒有答覆，她還聽見了他逐漸遠去的腳步聲，先是輕的，後面可能是因為快步下樓，又變得重了一些，隨後漸漸消失。

天臺再次安靜下來。

明明不想被他看見自己此刻糟糕的模樣，但確定他離開後，周安然又有一種說不出的失落。

她怕再有其他人上來，也不敢繼續放任自己，她花了片刻功夫，強迫自己收拾了下情緒，起身的時候腹部又是一疼，腳也麻了下。

周安然勉強站起身，卻在這時候又聽見了急快的腳步聲響起。

她心裡重重一跳，下意識抬頭朝門口望去——

身形頎長的少年從天臺門口跑進來，制服衣襬被風吹得微微鼓起，就像第一次見到他的那天一樣。

他停在她面前，或許是因為這次看清了她的臉，語氣明顯和剛才不同。

「是妳啊。」

不再是客套生疏的「同學妳怎麼了」。

「是妳啊」三個字明顯帶著幾分熟稔，是作為他同班同學才有的一點特殊待遇。

但也只能到此為止了。

周安然的視線重新模糊起來，她一點都不想在他面前哭，卻完全忍不住。

「怎麼又哭了啊。」男生的聲音難得有些無措，說著就朝她抬起手。

即便視線模糊，周安然依稀看清了他手上拿的是一包紙巾，這大概就是他去而復返的原因。

她早該猜到的，畢竟第一次見面就受過他的幫助。

他一直都是很有教養的人，會禮貌地跟所有女生保持距離，卻也會在別人需要幫助的時候，毫不猶豫地伸出援手。

她這輩子可能再也碰不到比他更好的男生了。

但也只能到此為止了。

因為現在出現了讓他不想再保持距離的女生，因為他有喜歡的人了。

陳洛白對眼前的女生其實沒什麼印象。

一方面，他受方瑾影響，自小目標明確，很清楚自己想要的是什麼，也清楚高中時期的自己該做什麼事。另一方面，這樣想可能有些自戀，但事實是他如果在學校過度關注某個女生，大概會當場被人起鬨，沒過兩天就會有亂七八糟的緋聞傳出來。

這還是他第一次看清她的臉。

其實挺漂亮的。

皮膚白，臉也小，眼睛尤其漂亮，哭得泛紅都不顯狼狽，反而顯得楚楚可憐。

陳洛白從沒碰過這種情況。

但畢竟是同班同學，她哭得這麼傷心，也不好放著不管，直接轉身就走。

「是家裡發生了什麼事嗎？」

周安然淚眼模糊地看著他。

或許是怕刺激到她的情緒，男生的聲音壓得有些低，聽起來有幾分溫柔的意味。

她以前總盼著能天降個契機，比如撿到他的學生證，或是座位剛好換到他的前方或旁邊，這樣就有機會能光明正大地和他說話。

但她沒想到最後等到的，會是這樣的契機。

不知道是老天愛捉弄人，還是在懲罰她不夠勇敢。

周安然知道他雖然表面上這麼問，其實是想知道她為什麼會哭，但她偏偏無法回答他。

他已經有了喜歡的人，而那個女生也喜歡他，或許他們很快就會在一起。

哪怕是看在他幫了她這麼多次的份上，她也不能再給他造成任何一點困擾。

但她心裡一團亂，也想不出什麼適合的原因，只能胡亂地搖了搖頭。

陳洛白有些頭大，他跟眼前的女孩完全不熟，根本沒辦法猜測原因。

不可能是失戀了吧？

如果真的是這樣，他也不好多問。

「那——」陳洛白頓了頓，「因為期末考壓力大？」

周安然咬著唇，猶豫了下，最後點了點頭。

就讓他這麼認為吧。

就讓周安然喜歡陳洛白這件事，和那兩顆檸檬汽水糖一樣，永遠成為一個無人知曉的祕密。

陳洛白鬆了口氣。

如果是因為課業，那就好辦了。

「我們都還沒升高二，妳也用不著這麼緊張，要是壓力太大的話，要不蹺掉晚上的自習——」

不知道是不是錯覺，陳洛白感覺他每多說一句話，眼前的女生眼淚就掉得越厲害。

他試圖回想了下，卻也只能勉強想起她在班上好像一直都很安靜，話不多，存在感也很低。

隱約感覺是一個挺乖的女生。

可能是太乖了，所以被他提出蹺課的建議嚇到了？

陳洛白輕咳了聲：「我是說……晚自習可以請個假，要是老高占了今天的晚自習講解題目，我之後再借妳筆記？」

有那麼一瞬間，周安然幾乎都要點頭了。

但她不能這麼做。

她不能在明知道他已經有喜歡的人的情況下，在他對她的心思毫不知情的情況下，卑劣地利用他的好心。

周安然垂在一側的手指緩緩收緊，指尖刺著掌心，尖銳的疼痛讓她勉強找回了對情緒的控制。

「不用。」她搖搖頭，哽咽地說，「我哭完發洩一下就好了。」

陳洛白：「真的？」

「真的。」周安然又點點頭，指尖又掐緊了一點，才說出後半句話，「你有事的話就先下去吧。」

「好。」陳洛白也很尷尬，他把手上的紙巾往前遞，「這個紙巾妳拿著吧。」

周安然這次沒再拒絕。

她從教室出來的時候，並沒有料到會在洗手間聽到那段對話，也沒有帶多餘的紙巾出來。

在接過紙巾的時候，她小心翼翼地避開，沒有碰到他的手。

陳洛白又仔細看了她一眼，見她確實沒再繼續哭，就朝門口抬了抬下巴：「那我先下去了。」

周安然捏著手裡的紙巾。

他下去以後，他們大概也不會再有更多交集。

有了喜歡的人，他只會更加注意和其他女生的距離。

鼻間的酸澀感再次湧上，周安然怕聲音滿是哭腔，沒再開口，只是勉強點了點頭。

男生沒再多說，轉身大步走向樓梯。

看見他抬腳踏入門口的那瞬間，周安然不知哪來的勇氣，突然叫了他一聲：「陳洛白。」

陳洛白轉過身。

女生站在不遠處看著他，個子不算太高，身形被寬鬆的制服襯得尤為纖細，眼睛還紅得厲害，像是下一秒又要哭出來一樣。

但她沒哭。

陳洛白看見她朝他擠出了一個有點難看的笑容。周安然看著他，像是想將男生的身影長長久久地刻在心底。

前兩次都錯過了，她總歸還欠他一聲謝謝。

周安然努力壓住聲音裡的哭腔：「謝謝你啊。」

陳洛白剛才只顧著看她哭，此刻才注意到女生的聲音輕軟，卻又夾雜著一點細微的顆粒感，是獨特又好聽的嗓音。

似乎是在記憶中的某個瞬間，他也曾聽過一道類似的聲音。

但陳洛白實在想不起來，除了今天以外，他和她還有過什麼交集。

好像有幫英文老師叫過她一次，但她那次也沒有開口說話。

大概是記錯了吧。

「沒事，走了。」陳洛白朝她擺擺手，轉身下樓。

男生頎長的身影消失在視線中。

周安然抓著他給的紙巾，緩緩蹲下身，重新將臉埋到手臂中。

如果當初的她能再勇敢一點，如果前兩次的她能像今天這樣，大膽地叫住他，跟他道謝的話，會不會能有個和今天不一樣的結局？

但這個問題永遠都不會有答案了。

六顆檸檬　大膽地靠近你

周安然收拾好情緒後，先去洗手間洗了把臉，等眼睛紅得沒那麼明顯後，才慢吞吞地折返回教室。

臨近後門時，她的腳步停了停，而後徑直走過去，從前門進了教室。

只是剛一進門，周安然的目光還是不自覺地往第二組第六排落了一瞬。

他的位子是空的，不知道是不是和殷宜真在一起。

想到這種可能性，周安然的腳步倏然停頓了下，而後撇開視線。

回到座位後，周安然才發現嚴星茜不在位子上，張舒嫻和盛曉雯倒是回來了。

見她進來，一個立刻轉身看過來，一個乾脆走過來坐到了嚴星茜的座位上。

張舒嫻反身，把手搭在她的桌上問：「然然，妳去哪裡了啊？」

「眼睛怎麼這麼紅？」盛曉雯也關心地問了一句。

周安然慶幸今天來了生理期，讓她能有現成的藉口可說：「肚子太痛了，去了一趟廁所。」

「這次怎麼這麼嚴重？」張舒嫻眉頭緊皺。

盛曉雯：「妳要不要跟老高請個假，今晚直接回去休息？」

周安然不能跟她們說實話，卻也不想讓她們為她擔心，她搖搖頭：「沒事，現在已經好多了，茜茜呢？」

「妳怕影響到班上的同學，不讓我們帶滷粉這些東西，茜茜怕妳單吃三明治會沒胃口，她剛才看到班上有同學帶了一碗粥過來，想起還能幫妳買粥，就去學生餐廳了，應該馬上就會回來。」盛曉雯指指她桌前的杯子，「舒嫻還幫妳泡了一杯紅糖薑茶，我剛才把蓋子打開，稍微放涼了一點，現在應該可以喝了。」

周安然的鼻子又酸了下，但這次不再是為了他。

「謝謝妳們。」

「客氣什麼呀，妳平時也會幫我們啊，我上次跟她吵架——」張舒嫻用下巴指了指婁亦琪的座位，「要不是妳塞了紙巾給我，又幫我帶晚餐，我還不知道會有多難過呢。」

周安然抿唇笑了下。

她端起杯子喝了一口薑茶，又甜又辣的味道一路暖到心底。

幸好她還有這麼多好朋友。

周安然慢吞吞地喝了幾口薑茶後，嚴星茜也拎著外帶的粥回來了。

盛曉雯讓出了空位給她。

明天就要考試了，周安然也不想耽誤她們的時間，一邊從嚴星茜手裡接過粥，一邊說：

「我真的沒事了，妳們先複習吧。」

張舒嫻這才轉過身，盛曉雯也回到了自己的座位上。

嚴星茜大概是被她眼眶泛紅的模樣嚇到了，等她吃完粥，嚴星茜連垃圾都沒讓她去扔。

距離晚自習時間只剩十分鐘的時候，張舒嫻忽然轉過身。她趴在嚴星茜的課桌上，聲音壓得極低，像是要講什麼天大的祕密：「我剛剛得知了一個超級大八卦。」

周安然正懨懨地趴在桌子上，強撐著繼續複習歷史重點，她實在沒什麼心情和力氣，只是勉強抬了下眼睛。

嚴星茜對這種事特別感興趣，瞬間把筆放下：「什麼八卦？」

張舒嫻湊近了一些：「聽說有人在上週五的時候，看見陳洛白和殷宜真單獨去了電子遊樂場，沒帶祝燃和宗凱，就只有他們兩個。」

周安然倏然抬起頭。

「我就說是超級大八卦吧？妳看，連我們的然然都嚇到了。」張舒嫻說著，目光突然往後，「哇，說曹操，曹操就到。」

周安然從天臺下來前，其實已經在心裡對自己承諾過，以後要忍住，不能再偷偷去看他。

但張舒嫻剛才的話令她太過驚訝，她全然忘了自己的承諾，下意識轉過頭去。

站在後門的男生穿著制服，額前黑髮微溼，左手臂間夾著一顆橙紅色的籃球，右手抓著一罐可樂，一邊仰頭喝了一口，一邊漫不經心地聽身後的人說話，笑容散漫。

還是一眼就能讓她無比心動的模樣，但他就快要成為別人的男朋友了。

周安然心裡一澀，連忙將視線轉回來。

只是教室此刻相對安靜，剛進來的那幾個人也沒刻意壓低說話聲，便毫無阻隔地傳到她這邊。

「我以後也是會後撤步三分的人了。」說話的是黃書傑。

祝燃語氣嫌棄：「你一顆球都沒投進，不是空心球，就是全打板了，也好意思叫後撤步三分？」

黃書傑辯解：「後撤步三分想要進球，需要核心的力量，你以為誰都像我洛哥一樣？我能學出個樣子來已經很不錯了，是吧，洛哥？」

他的聲音明顯帶著笑：「是還不錯。」頓了頓，笑意更明顯：「不過別跟其他人說是我教的，我怕丟臉。」

「洛哥！」黃書傑不滿地哀號。

男生像是依舊在忍笑：「好了，別吵了，大家趕緊複習吧。」

教室又重新安靜下來。

張舒嫻還趴在嚴星茜的桌上，小聲地八卦道：「如果這個消息是真的，那我們陳大校草還藏得挺好的。」

周安然的心裡亂成一團，卻仍明顯察覺出不對。

從下午聽到的那段對話不難推測出，殷宜真應該是第一次單獨約他出去，怎麼會有人在週五看見他們一起出現在電子遊樂場？

周安然忍不住輕聲問：「妳是從哪裡得知這個消息的？」

「一個在十班的國中同學告訴我的。」張舒嫻回她。

周安然：「她親眼看見的嗎？」

「不是。」張舒嫻搖搖頭，「她應該也是聽別人說的，妳也知道，但凡跟陳洛白有關的消息，總是傳得飛快。」

周安然心下仍覺得奇怪。

難道宗凱和祝燃當時也在場，只是沒被看見？

婁亦琪匆匆從外面走進來，拖拽椅子的動作有點重，椅腳摩擦地面的聲音打斷了她的思緒。

張舒嫻沒朝婁亦琪那邊看，大概是還記得上次因為殷宜真跟婁亦琪吵了兩句的事情，也沒繼續跟她們八卦，轉身在位子上坐好。

周安然重新低下頭複習歷史，但課本上的字又開始發飄。

她強迫自己靜下心。

不管是他上週五單獨和殷宜真一起出去，還是考完再和殷宜真一起出去，對她來說，結果都是一樣的。

不能再想他了。

不能再想他。

周安然努力調整了下情緒，過了片刻，終於沉浸進去。

沒等她多複習兩頁，祝燃的聲音突然從後面響起：「靠，大家怎麼都在傳，上週五有人看見阿洛跟殷宜真一起去電子遊樂場了？」

周安然思緒一停。

看來張舒嫻的那句話完全沒說錯，關於陳洛白的消息確實傳得飛快，尤其是這次的消息無異於一顆震撼彈，這才幾分鐘過去，居然直接傳到了祝燃這邊。

周安然強忍著沒讓自己回頭。

但不知是大家都還在埋頭複習，還是等著聽八卦，明明晚自習還沒開始，教室卻相對安靜。

湯建銳的說話聲清楚地傳過來：「老祝，你這麼大聲，不怕幫洛哥把老師給招來啊？」

祝燃的聲音有點氣急敗壞：「怕個屁，上週五和陳洛白一起去電子遊樂場的人是我！誰他媽眼瞎了，把我看成殷宜真。」

「我靠，哈哈哈哈……」湯建銳像是笑到忍不住拍桌子，「快讓我看看你哪裡像女生了，嗯，屁股確實挺翹的。」

祝燃：「滾！」

「我朋友也傳訊息過來問我情況了。」好像是黃書傑的聲音，聽起來像是在憋笑，「所以是假的，對吧？我們洛哥不喜歡殷宜真？」

祝燃還是沒好氣的語氣：「喜歡個屁，你洛哥一心只有讀書。」

張舒嫻應該也聽見這段對話了，忍不住轉過頭，找她們小聲討論：「哎，現在是什麼情況啊？我都糊塗了。」

嚴星茜：「我也不懂。」

周安然比她們多知道一點內情，此刻只比她們更糊塗。

下午的時候，殷宜真語氣中的欣喜和雀躍不似作假，陳洛白應該是真的答應了她的邀約。而且在殷宜真之前，他確實沒有單獨跟哪個女生有過曖昧，哪怕一點都沒有，更別提答應單獨和哪個女生出去玩了，所以她下午聽到那段對話時，心裡只得出了和殷宜真一樣的結論。

那祝燃這句話又是什麼意思？是因為他沒把對殷宜真的心思告訴祝燃？

但他剛才也沒出聲反駁……

周安然不敢繼續想下去。

希望澈底破滅的心情，她不想再體會第二遍。

張舒嫻突然推了推她手肘，「喂，殷宜真來了。」她回頭看了婁亦琪一眼，聲音壓得幾乎變成氣音，「是有人透露消息給她了嗎？」

不知是不是緋聞當事人齊聚，教室突然比剛才靜了幾分。所以殷宜真的聲音明明不大，卻清楚地傳到了前面。

「陳洛白，我想跟你聊聊。」

周安然看見一些坐在前排的人都轉過頭。

她到底沒忍住，也跟著轉頭看向後排。

殷宜真就站在後門口，天色早已黯淡，門外的光線有些不足，模糊了她臉上的表情。

陳洛白的表情和周安然想像中的有些不一樣。

準確地說，他此刻臉上沒什麼表情，他平時愛笑，不笑時就顯得有些冷淡。

男生往後門瞥了一眼，語氣也淡：「考完再說吧。」

殷宜真的臉仍隱在暗處：「我想現在就聊。」

陳洛白臉上的表情沒變，他轉動著手上的筆，沒說話。

周安然抓著書頁的一角，感覺時間好像突然被拉成長長的細線，纏繞在她心臟上，又感覺心臟好像變成了他手上的那支筆，全由那隻修長的手掌控。

然後陳洛白隨手將筆往桌上一丟，站起身：「那走吧。」

男生和女生的背影從後門口消失。

教室裡不少人開始交頭接耳，細小的交談聲四起，明顯不如剛才安靜。

坐在湯建銳旁邊的黃書傑，直接把腦袋從窗戶探出去，很快又收回來。

「洛哥好像跟著她下樓了，不知道是要去哪裡聊。」黃書傑說著，又轉頭看向祝燃，「老祝，這到底是什麼情況啊？」

祝燃這次倒沒再像剛才那樣直接否認：「要你管？這麼八卦幹什麼，明天就要考試了，好好看你的書吧。」

黃書傑低頭看了桌上的書一眼，一秒後，又重新抬起頭：「靠，誰他媽這時候還看得進書啊？老祝，你劇透一下啊？我洛哥就這樣跟她走了，是要答應還是拒絕啊？」

「透個屁。」祝燃說，「這麼好奇，等陳洛白回來後，你自己問他。」

黃書傑：「我不敢問，我還等著他繼續教我後撤步三分呢。」

祝燃瞥他一眼：「你不是說你已經學會了嗎？」

「你懂什麼，我這叫精益求精。」黃書傑說。

兩人居然開始聊起了籃球。

張舒嫻露出聽八卦聽到最精彩的地方、突然被轉臺的失望表情，小聲吐槽：「黃書傑怎麼不繼續問了？我沒聽完這個八卦，也沒心情看書啊。不行，我得讓我三班那個朋友幫我探探情況，你們幫我注意一下老師啊。」

她說著轉回身，悄悄用手機傳了一則訊息。

周安然也沒能再看進任何一個字。

她沒回頭，卻始終不由自主地注意著後排的動靜。

可是直到自習課的鐘聲響起，陳洛白也沒回來，倒是高國華慢悠悠地溜達進了教室。

周安然趕忙拿筆頭戳了戳張舒嫻的肩膀。

張舒嫻早就把手機收好了，悄悄對她比了個ＯＫ的手勢。

高國華走到講臺上，立刻就發現班上少了一個人，「陳洛白呢？」

祝燃在後面高聲說：「報告高老師，他去廁所了。」

高國華似乎也沒懷疑，直接收回視線：「趁著自習課的時間，我再仔細講解一次下午講過的題型。」

還真的被他猜中了，班導又占了自習的時間來講解題目。

周安然把桌上的社會課本收起來。

不知怎麼的，她莫名感覺到「一切皆有安排」的宿命感。

即便她下午真的利用了他的好心，他現在跟殷宜真在外面，最後也不會有筆記可以借給她。

周安然也慶幸高國華占了這節自習課。

高國華喜歡點人回答問題，她從來不敢在他的課上不專心。

一題講完的間歇，後面有熟悉的聲音傳來，「高老師。」

高國華往後瞧了一眼：「進來吧。」

但班上的人可能還惦記著之前的大八卦，陳洛白一回來，不少人就立刻就轉過頭去看他。

高國華滿臉不解：「轉頭看他做什麼，都當同學當了一年了，還沒看夠啊？」

那些腦袋又迅速地齊齊轉回來。

後座那道熟悉的聲音在這時懶洋洋地響起：「高老師，那您看夠了嗎？我下學期還在您的班上呢。」

高國華一臉「這臭小子，居然連老師都敢打趣」的表情，直接被他氣笑了，順手把手裡的粉筆扔過去：「知道下學期還在我班上，還不給我老實一點！」

不少人又轉頭去看熱鬧。

周安然還是沒忍住，悄悄回了下頭。

男生歪頭躲過老師的粉筆攻擊，眉梢和眼角都帶著懶洋洋的笑意。

這麼開心……是因為剛和她單獨聊完天嗎？

周安然心裡悶了下，又重新轉回來。

高國華敲了敲講桌：「好了，明天就要期末考了，你們下學期就要升高二，都給我收收心。」

大概是還記得他們明天就要期末考，高國華這次只占了第一節自習課，就連下課時間也沒拖延。鐘聲響起時他剛好講完，臨走前交待他們第二節課好好自習，別交頭接耳，他隨時會過來看看。

高國華一走，張舒嫻悄悄摸索著抽屜，然後又轉頭趴到嚴星茜的課桌上。

「老高終於走了……哎，我同學傳訊息給我了，她說——」張舒嫻頓了頓，瞥了婁亦琪的背影一眼，幾乎把聲音壓成氣音，「殷宜真沒回教室，不知道發生什麼事了。」

嚴星茜嘆氣：「這個八卦怎麼有種撲朔迷離的感覺。」

「哎哎哎——」張舒嫻像是看見了什麼，突然激動起來，都忘了壓低聲音，「陳洛白出去了，不過祝燃好像也跟著出去了。」

周安然的胸口還悶著，像是心臟仍被看不見的長線緊緊纏繞著，連呼吸都有些不順暢。

坐在她前面的婁亦琪這時一言不發地站起身，直接從前門出了教室。

張舒嫻看了她的背影一眼，又收回目光，隨口嘀咕一句：「她出去幹什麼？」

周安然的心裡悶得厲害：「我去一趟廁所。」

嚴星茜偏頭看她：「我陪妳去？」

「不用。」周安然搖搖頭，「妳不是還要拯救妳偶像的CD嗎？好好複習吧，我的肚子已經不痛了。」

周安然從前門出了教室，卻也沒去廁所。

她就是想出來透透氣，卻又不知道該怎麼跟嚴星茜她們解釋，就只能拿去廁所當藉口。

周安然一路走下樓，只是沒走多遠，小腹又一陣隱隱作痛。

剛好教學大樓前的小花壇裡的花開得燦爛，周安然就沒有繼續往前走，索性蹲在花壇前看花。

或許是因為夏季的晚風過於燥熱，吹了片刻，心裡的煩悶絲毫未減，手臂上倒是多了兩個蚊子包。

正當周安然想著要不要乾脆回教室，就聽見祝燃的聲音響起。

「你跟殷宜真到底是怎麼回事？」

周安然所在的位置剛好被灌木叢完全擋住，雖然看不見外面，但不用猜，她都能知道祝燃是在和誰說話。

也不知道她今天的運氣怎麼會差成這樣。

聽見殷宜真說他喜歡她還不夠，難道還要再聽他親口承認一遍嗎？

愣神兒間，男生熟悉的聲音響起，語氣有些淡：「我和她說清楚了。」

周安然倏然愣住。

如果他也喜歡殷宜真，那跟她聊過之後，他的回答可能是「我們在一起了」、「我們已經開始交往了」之類的說法，不該是「說清楚」才對。

「清楚」兩個字等於「明明白白」，等於「沒有曖昧」。

腳步聲逐漸接近，周安然現在再出去也來不及了。

大概會直接和他們正面碰上，那樣就太尷尬了。

好在這邊的光線暗，他們應該看不到她。

祝燃笑著說：「那倒要謝謝下午的那個傳言了，就是不知道到底是誰他媽的眼瞎，把我認成了殷宜真。」

陳洛白像是被他後一句話逗笑了，而後頓了一秒，才繼續說：「其實她昨晚就約我了。」

「她昨晚約你了？」祝燃語氣驚訝。

可能是正好走到了灌木叢附近，男生的聲音變得清晰許多，他「嗯」了聲：「約我考完後單獨見面，我正好想跟她說清楚，就答應了。」

祝燃問：「你怎麼不直接在手機上跟她說清楚？」

「畢竟馬上就要期末考了。」陳洛白說。

「你以為誰都跟你一樣，把學習放在前面啊？我看她完全沒把心思放在考試上，我們三個本來好好的，她自己跟宗凱的關係剪不斷理還亂，還把你牽扯進來，我之前就覺得她對你有意思，但又不敢確定，畢竟她跟宗凱……」

祝燃的聲音隨著距離拉遠，慢慢變小，直至完全聽不見。

周安然半蹲在花壇邊，還沒完全回過神。

她完全沒想到，同一件事從他口中說出來，會是一個截然相反的版本。

可能是夾雜了一點花香，這晚燥熱的晚風吹到後面，又像是多出了一絲甜味。

只是蚊子仍舊毒辣。手上被咬出第六個包的時候，周安然揉了揉發麻的膝蓋，起身回了教室。

周安然回到教室後，才剛坐到座位上，就看見嚴星茜朝她轉過頭來：「妳怎麼去個廁所去那麼久？」嚴星茜停頓了下，像是在打量她，「然然，妳是在廁所外面撿到錢了嗎？」

周安然沒明白：「啊？什麼撿錢？」

「沒撿錢的話，妳的嘴角怎麼翹得那麼高？」嚴星茜好奇地看著她。

周安然自己都沒察覺到，她斂下唇角的弧度：「有嗎？」

「不信的話，妳拿鏡子看看啊。」嚴星茜說。

周安然：「不用了……可能是因為肚子終於不痛了吧。」

「不痛就好，不過妳這次怎麼這麼嚴重啊？」嚴星茜問她，「都痛哭了，今天下午真的嚇到我了。」

周安然之前都沉浸在另一種情緒當中，此刻才後知後覺地窘迫起來。

她怎麼會因為聽到那段對話，就篤定他也喜歡殷宜真了呢？還在他面前哭成那副樣子。好丟臉，丟臉丟到家了。

「我也不知道。」

「下個月再觀察看看，如果還是痛成這樣，請何阿姨帶妳去醫院看看吧。」嚴星茜趴在桌上，「咦，然然，妳怎麼臉紅了？」

周安然覺得從脖子到臉都像在發燙，她心虛地找了個藉口：「太熱了。」

「確實很熱。」嚴星茜也沒多想，「那我繼續看書啦。」

周安然輕輕「嗯」了聲。

她把額頭抵在桌上，但夏天的溫度高，桌子也是熱的，起不到一絲緩解作用。

臉越來越燙。

也不知道他今天下午撞見她哭的時候，有什麼想法。

她肯定哭得很難看。

對了，還有他的筆記。她本來有機會可以借到他的筆記的。

周安然懊惱地閉上眼，搭在課桌上的手垂落下來，無意間碰到褲子口袋。

像是想起什麼似的，她把手伸進去，觸摸到了口袋裡的東西。

周安然緩緩吐了口氣。

還好她下午沒拒絕他遞過來的紙巾。

還好期末考的時候，兩人不在同一個考場。

期末考過後，就是接近兩個月長的暑假，等下學期再返校，無意間撞上女生在天臺偷哭這種小事，他應該早就忘了吧？畢竟她對他來說，和陌生人無異。

他應該還沒記住她的名字。

人在意外碰上熟人時，下意識叫出對方名字的可能性更大。

但是下午在天臺，他看清她的臉後，只有語氣熟稔的一句「是妳啊」。

不過……

至少是熟稔的，至少他還記得她。

最重要的是，他依舊沒有喜歡的女生。

希望下學期再見的時候，她能比現在更勇敢一點。

但周安然完全沒想到，她和他下一次的交集，會來得那麼快。

考試的時間總是過得比上課時間還要快。

最後一節考的是英文，陳洛白寫完考卷時，還剩四十多分鐘，他低頭檢查了一遍，確認無誤後，又抬手看了看手錶。

還剩三十分鐘。

下午四點，外頭陽光正烈。

陳洛白要等祝燃，所以沒有提前交卷。他直接把寫好的考卷和答案卡往旁邊挪，人往桌上一趴，開始閉眼睡覺。

一班的英文老師林涵恰巧是這個考場的監考老師之一。

當別的同學都在奮筆疾書的時候，第一排第一個那位趴著睡覺的同學，就顯得格外顯眼。

不用看臉，大家都知道坐在那個位子上的人是誰。

林涵從講臺上走下去，瞥了他手邊的考卷一眼，擺在外面那一頁上勾選的所有答案都是正確的。

林涵又回到了講臺。

考試結束時，另一個監考老師接到家中電話，說臨時有事，林涵就攬下收考卷的工作，讓對方先離開。

暑假在即，學生收東西的動作飛快，考場很快就空了一半。

第一排第一個的那位睡得正香。

林涵從後往前收考卷，收到最後一排的時候，坐在這個位子的學生抬頭問她：「林老師，要不要我幫您一起收啊？」

林涵抬頭，看見是二班的班長廖延波，她搖搖頭：「不用。」

收走他的試卷後，林涵像是想起什麼似的，又看了第一排一眼。

陳洛白還在睡。

林涵不由感到奇怪。

第一考場二班的學生不少，陳洛白平時人緣也挺好的，居然沒有任何人去叫他。

這些孩子就這麼急著回家嗎？

林涵抬手指了指第一排：「你去把陳洛白叫醒吧。」

廖延波往那邊看了一眼，語氣遲疑著，一邊說一邊撤退：「那個……洛哥有起床氣，我不敢叫，您還是自己叫吧，我先走了，老師再見。」

林涵：「……？」

陳洛白有起床氣，你不敢叫，就讓她這個老師去叫？忘了「尊師重道」這四個字了嗎？

廖延波已經飛快地跑走了，林涵被他氣得笑出了聲。

等到她走到陳洛白的座位旁，考場已經全空了。林涵抽走他的考卷，又抬手往他桌上敲了兩下。

沒反應。

林涵加重動作，多敲了幾聲。

趴在桌上的男生抬起頭，眉眼間滿是被吵醒後不耐煩的躁意，睜眼看到她愣了愣，躁意稍斂，「林老師。」

林涵：「……」

起碼這位還懂得尊師重道，雖然有脾氣，也沒衝老師發火。

「我出的英文題目就這麼簡單？」林涵抱著一疊考卷，一副興師問罪的模樣，「你考別科的時候，我都沒看見你在睡覺，怎麼考英文就睡了大半個小時？」

陳洛白揉了揉眼睛，語氣平淡：「不是考卷簡單，是我厲害。」

林涵又被氣笑了：「你就囂張吧，這張考卷要是除了作文之外，你被扣了任何一分，下學期我再一起跟你算帳。」

「那您可能沒這個機會了。」陳洛白站起身，「林老師再見。」

陳洛白走到後面拿起書包，從後門出去，徑直走向第三考場去找祝燃。

在經過第二考場的第二扇窗戶時，他目光不經意往裡瞥了一眼，腳步稍頓。

教室已經空了，只有靠著這扇窗戶的位子上還坐了個人。

女生慢吞吞地拉開書包拉鍊，抬手拿起桌上的鉛筆盒，齊肩的短髮夾在耳後，露出半張雪白的側臉，和那天滿臉是淚的模樣全然不同，她的唇角微微揚起，頰邊還有個淺淺的小梨渦。

原來她真心笑起來的樣子並不難看。

還挺甜的。

「考得還行？」

周安然考完這科的時候，不小心把很喜歡的那支筆的筆帽弄掉了。她為了找筆帽，所以耽擱了一點時間，就留到了現在。

旁邊的窗戶多出一片陰影的時候，她就有察覺到，還來不及側頭去看，就聽見了他的聲音。

周安然的心跳倏然快了兩拍。

他在第一考場，是會經過她這邊的。

他是在跟誰說話？

她記得祝燃應該在第三考場，湯建銳他們可能在更後面的考場。

難道是其他同學嗎？

周安然一邊拿起鉛筆盒往書包裡塞，一邊忍不住悄悄抬頭看過去。

下一秒，她的目光直直撞進男生略帶笑意的眼中。

下午的陽光略過扶手照進走廊，有一束剛好停留在男生制服的肩線上，但好像都沒有他臉上的笑容來得耀眼。

他旁邊沒有其他人。

那他……是在和她說話？

周安然完全愣住，手上的動作卻忘了停下。

但因為她目光移開了，鉛筆盒沒能準確落進書包裡，反而擦著書包滑落到地上。

周安然驀然回過神。

陳洛白看著她的表情先是呆了下，而後又多出一絲緊張，像是想去撿鉛筆盒，動作不知為何又突然停住。

他也沒想到自己隨口跟她搭話，她的反應會這麼大，他不由笑了聲：「嚇到了？」

周安然：「……」

怎麼每次單獨碰見他，她都表現得這麼糟糕啊。

好在剛才想彎腰去撿鉛筆盒的時候，撥到耳後的頭髮又掉了下來，剛好擋住略微發燙的耳朵。

她抓著鉛筆盒，強忍緊張，還是不太敢直視他帶著微笑的雙眼，只是搖搖頭，小聲回他：「……沒有。」

陳洛白的目光在她頰邊落了一秒，方才那個淺淺的小梨渦已經不見了。

有什麼念頭從腦中一閃而過，快得讓他抓不住。

祝燃的聲音突然在這時候響起：「陳洛白，你站在那裡做什麼？」

陳洛白轉過頭，看見祝燃拎著書包站在第三考場的門口。他沒再多想，朝窗戶裡的女生隨意擺了下手：「走了啊，下學期見。」

周安然再抬頭看過去的時候，男生的身影已經完全消失在窗外。

教室的空調早已關上，夏季燥熱的風從窗戶縫隙鑽進來。走廊上樹影搖曳，太陽的光線在窗邊跳躍，空氣裡有細細的塵埃在浮動。

周安然愣愣地坐在椅子上，覺得心跳聲比蟬鳴還要喧囂。

陳洛白走到祝燃旁邊：「走吧。」

祝燃一邊走，一邊把書包往肩上一掛，又回頭看了他剛才站的地方一眼：「你剛才在和誰說話啊？」

「班上的一個女生。」陳洛白回他。

「你？和班上的女生搭話？」祝燃腳步倏然停住，「誰啊，我去看看？」

「看什麼看。」陳洛白勾住他的脖子，把人繼續往前帶，「不是還要趕車嗎？」

祝燃還是好奇：「到底是哪個女生啊？」

「就是跟那個嚴什麼——」陳洛白停了下，想不起來對方的名字，「就是上次在球賽上幫我們的那個女生的隔壁同學。」

「嚴星茜的隔壁同學？」祝燃也想了下，「好像叫周安然。」

陳洛白終於把人和名字對上：「就是她。」

「不是，」祝燃這下更好奇了，「你連人家的名字都記不住，你找她搭什麼話？」

「考前剛好撞上她因為讀書壓力大，偷偷在天臺上哭，剛剛路過看到她——」陳洛白腦中閃過那個淺淺的小梨渦，「笑得挺開心的，就順口問她是不是考得還行，沒想到——」

祝燃順口接道：「沒想到人家根本不理你。」

陳洛白鬆開勒住他脖子的手，笑罵：「滾啦。」

祝燃理直氣壯地反駁：「但嚴星茜那群女生不怎麼搭理你吧？上次幫忙後，我叫她一起去吃飯她就沒去，當時周安然好像就在她旁邊，平時見到我們也從不打招呼。」

陳洛白眉梢一揚：「你天天跟在我屁股後面，為什麼不是她們不願意搭理你，怎麼還連累到我了？」

「行。」祝燃點頭，「那就是她們不願意搭理我們兩個。所以你剛才想說什麼？」

陳洛白想起剛才那女孩一系列的表情，頓了一秒：「沒想到她膽子那麼小。」

周安然從考場出來後，才重新想起他們離校前，還要再回班上開班會才對。

那他為什麼要跟她說「下學期見」？明明等一下回教室就能見到面。

下樓後，嚴星茜等人躲在一樓的陰涼處等她。一見她下來，嚴星茜就問：「然然，妳怎麼這麼慢啊？」

「是啊。」盛曉雯也說，「我從第二考場路過的時候都沒看見妳，還以為妳先走了，茜茜說妳肯定不會不跟我們說一聲就先走的。」

周安然走到她們旁邊，抿抿唇，最後還是沒好意思提陳洛白，只說：「筆帽掉了，我找了一會兒，可能妳經過的時候，我剛好蹲下了。」

盛曉雯：「難怪。」

嚴星茜拉住她：「那我們快回教室吧？好熱啊。」

考試結束，離放假只差一個班會。

班上比平時還要熱鬧。周安然跟著朋友們從後門進去後，下意識看向他的位子。

他不在座位上，桌上的書也都搬空了。

周安然心裡想著他那句「下學期見」，又想起那天下午他教她蹺課，心不由往上提了提。

他該不會蹺課了吧？可是這節要開班會，班導肯定會來的。

不過所有老師都很喜歡他，只要不是會影響學習或是極大的過錯，老師們都是睜一隻眼閉一隻眼，也不太會管他。

就算他真的蹺課了，應該也沒事吧？

不等周安然經過他的座位，倒是有人幫她解惑了。

班長廖延波站到他位子的旁邊，問湯建銳：「銳銳，洛哥還沒回來嗎？林老師該不會沒叫他吧？」

「什麼林老師？」湯建銳回頭。

廖延波：「他提早把考卷寫完後一直在睡覺，我走的時候還沒醒，我不敢叫他，就請林老師幫忙叫了。到現在都還沒回來，林老師該不會沒叫他吧？」

「應該不會吧。」湯建銳說，「就算林老師叫了，洛哥也不會回來的，他要跟祝燃出去玩，早就跟老高請假了。」

原來是這樣。周安然悄悄鬆了口氣。

班會課開始後，高國華站在講臺上絮絮叨叨講了一大堆，無非是一些「假期不要太放鬆」、「別把課業完全拋到腦後」、「出去玩也要注意安全」之類的話。

周安然一句也沒聽進去，滿腦子還是男生那句「下學期見」。

手肘被推了推，周安然看見嚴星茜推了個小本子過來，上面寫著：『妳又撿到錢了？怎麼笑得這麼開心？』

周安然：「……」

有嗎？

她偷偷瞥了嚴星茜一眼，有點想跟她分享，但筆落到紙上時，又沒好意思寫下關於他的字。

她最終還是放棄了。

周安然在本子上回她：『感覺考得還行，等一下請妳喝飲料。』

班會課結束後，盛曉雯和張舒嫻聽嚴星茜說她要請喝飲料，一左一右地挽住她的手。

「聽者有份吧？」

「不請我的話，我今天不放妳回去啊。」

周安然唇角彎了彎：「沒說不請啊。」

路過福利社的時候，四個人進去一人拿了一瓶汽水。

周安然不知出於什麼心思，拿了一瓶檸檬口味的，酸酸甜甜的小氣泡先在冰冰涼涼的汽水瓶裡沸騰，而後一路沸騰到心裡，再慢慢炸開。

那天的風和陽光都很熱烈，也很溫柔。

天氣太熱，張舒嫻把汽水瓶蓋蓋好，拿起沁著冰涼水珠的汽水瓶往臉上貼了貼，緩解熱氣。緩解完，她又躲到周安然的傘下，親暱地抱住周安然的手臂：「明明放假挺開心的，但想到兩個月見不到妳們，又沒那麼開心了，我今天跟妳們一起從東門離開好了。」

周安然的心情也稍稍降溫。

是啊，這兩個月都見不到朋友，也見不到他。

盛曉雯一手拿著遮陽傘，另一隻手當扇子在面前搧風：「我們幾個人的家好像都離國家圖書館不遠，要不我們暑假一起去圖書館看書好了，早上早點出門，也不會太熱。」

嚴星茜哀號：「妳們怎麼這麼努力啊？我本來還打算約妳們出去玩呢，結果妳們只想著讀書。」

周安然提醒她：「妳偶像的CD和周邊都還在宋阿姨的手裡呢。」

嚴星茜立刻握拳：「不就是去看書嗎？我去就是了！」

盛曉雯補充道：「也不是天天都要讀書，我們可以約出去玩啊。過幾天我生日，到時候請妳們去唱歌。」

「好。」張舒嫻說，「那就這麼說定了。」

出了校門，周安然和嚴星茜跟盛曉雯、張舒嫻在公車站上了不同班車。進了社區後，周安然又跟嚴星茜在樓下分開，各自進了自家大樓。

晚上吃飯的時候，何嘉怡忍不住問：「然然，妳今天怎麼了？」

周安然眨眨眼：「什麼怎麼了？」

何嘉怡指指她唇邊的小梨渦：「回家後一直在笑，今天發生什麼開心的事了？」

周安然：「……」

面對嚴星茜她們，她不是不知道怎麼開口，只是不好意思開口。但面對兩位家長，她是完全不敢讓他們知道半點心思。

周安然胡亂夾了一筷子菜，趁機找了個藉口：「就是感覺今天考得還行，然後茜茜在回家的路上，講了個笑話給我聽。」

「什麼笑話？」周顯鴻好奇地問，「也讓爸爸聽聽看。」

周安然回想了下嚴星茜前幾天跟她講的笑話：「為什麼多啦A夢的世界一片黑暗？」

周顯鴻：「為什麼？」

周安然的唇角又彎起來，頰邊的小梨渦若隱若現：「因為它伸手不見五指。」

何嘉怡：「……」

周顯鴻：「……」

暑假前一個月，周安然大部分的時間都跟朋友泡在圖書館裡讀書，偶爾碰上盛曉雯和張舒嫻都有事，她就和嚴星茜留在家裡一起寫作業。

周安然還從網路上買了個日曆，擺在書桌上的那罐糖紙花的旁邊。

每翻過一頁，就離見他的日子更近一些。

周安然還以為整個暑假都會如此平穩。

但她忘了生活並非一成不變，時而就會橫生出一點波瀾。

那天離開學已經剩下不到一個月，她照舊跟幾個朋友約好一起去圖書館看書，下午兩點時，圖書館那一片卻因為故障突然停電。

圖書館的自習室採光好，沒有燈也不影響光線。但夏天的午後，沒有空調和風扇的室內與蒸籠無異。

四個人連商量都沒有，便齊齊決定提早回家。

這天正好也是週末，周安然到家的時候還不到兩點半。

平日這個時間點，周顯鴻經常在家看著電視、就直接在客廳的沙發上睡著了，周安然怕吵到他睡覺，便刻意放輕了開門進屋的動作。

門打開，裡面有爆炸聲傳出，聽起來像是在看什麼歷史戰爭劇。

站在玄關看不到客廳，周安然不確定周顯鴻有沒有在睡覺，進門時的動作極輕。

剛打算關上門，就聽見了周顯鴻的說話聲：「我今天上午碰到銘盛的江董了，他說他們公司打算在蕪城開分公司，想讓我過去當總經理。」

周安然按在門把上的手一頓。

可能是剛才電視裡的爆炸聲掩蓋了開門的動靜，客廳裡的家長完全沒發現她已經回家。

周安然聽見何嘉怡的聲音響起：「你答應了？你這一去應該也不是一年半年，我跟然然怎麼辦？」

「還沒答應。」周顯鴻說，「江董說如果我要去的話，可以幫妳把工作安排到那邊，也能幫然然轉到蕪城一中。」

「那邊的一中怎麼樣啊？」何嘉怡問。

周顯鴻說：「不比二中差，去年的理科榜首就是他們學校的。」

「挺不錯的啊。」何嘉怡又問，「薪水呢？」

周顯鴻報了個數字。

「比你現在高了不少，銘盛又是全國有名的大公司，那你還猶豫什麼啊？」何嘉怡說，「我已經忍你大嫂好幾年了，開口閉口就是你幫你大哥打工，好像這些年公司越做越大，你完全沒有付出過辛勞一樣，我們就只是個要飯的。要不是你大哥這個人還不錯，我早就勸你別幹了。」

周顯鴻輕輕嘆了口氣：「但是然然馬上就要升高二了，突然換到別的城市和學校，我怕她不適應，她的性格又被動，肯定沒辦法那麼快融入新環境，萬一影響課業該怎麼辦？」

「也是。」何嘉怡也嘆了口氣，「那再考慮看看吧。」

兩人又聊起了別的事。

周安然趁著電視中又一次的爆炸聲響起，輕著腳步走出門，在重新開鎖的時候故意加大動作，佯裝成剛回家的樣子。

周安然踏進家門時，已經聽不見兩位家長的對話聲。

她換好鞋，繞出玄關，看見何嘉怡和周顯鴻並排坐在客廳沙發上。

「今天怎麼這麼早就回來了？」何嘉怡語氣關心。

周安然低下頭：「圖書館突然停電，我們就提前回來了。」

「冰箱裡有西瓜。」何嘉怡指指冰箱，像是想起什麼似的，乾脆站起身，「好像還沒切，妳把東西放下後去洗個手，我去切西瓜。」

周安然搖搖頭，忙說：「你們想吃的話就現在切，不想吃就等一下再切吧，我想先回房間把今天沒寫完的試卷完成。」

何嘉怡又坐下：「那等一下再切。」

周顯鴻看著她匆匆往房間走，忍不住多交待一句：「妳們正在放假呢，別太辛苦了，睡個午覺再做也不遲。」

周安然鼻子一酸，頭也不回地應了一句：「好的，爸爸。」

進到房間後，周安然打開空調，從書包裡拿出試卷攤在桌上，卻連一題都看不進去。

她低頭趴到書桌上。

周顯鴻和何嘉怡從來都不會主動告訴她工作或生活上的糟心事。

在她年紀更小的時候，他們講話不太會避著她，家裡的親戚聚會聊天時，也時常會提起。

周安然多少知道一些。

她的伯父周顯濟賺第一桶金的時候，靠的確實是他自己的眼光、膽識和運氣，但她伯父文憑不高，能把生意做這麼大，她爸爸在其間功不可沒。

她爸爸一開始並不想摻和到伯父的生意中，只是當初為了讓她能進更好的學校，想在這邊買學區房，又還差一點錢的時候，是伯父二話不說地主動借了一筆錢給他們。為此，她爸爸幫伯父做大生意後，都沒跟公司要分紅，只是照著職位拿自己應有的薪水。

就這樣，她伯母都覺得他們家占了她家天大的便宜似的。

公司步上正軌後，她爸爸其實有辭職過，但好像都被伯父勸下來了。

只是這兩年，她伯母越發變本加厲，見面總要刺上兩句，好彰顯她的優越感。

所以周安然剛才裝作什麼都沒聽見。

雖然她捨不得離開生活了十幾年的城市、捨不得這些朋友，也不希望再也見不到他，但她不能自私地去要求父母再因為她而委屈自己。

但她好不容易才跟他有了那麼一點交集，離開家鄉也確實比較難適應，她也做不到大方丟掉這一切，去跟父母說不管做什麼決定，都不用考慮她。

所以她只能裝作什麼都沒聽見，把決定權交給兩位家長。

是去是留，全由他們決定。

整個八月份，周安然都過得有些惴惴不安，每天都在擔心父母會突然跟她說「我們要換工作了，以後要搬去蕪城，妳以後也要換個學校上學」。

但一直到臨近開學時，她擔心的事情都沒有發生。

周安然隱隱猜到了什麼，又不敢相信。

懸著的心始終難受，開學前兩天，周安然忍不住試探了下家長的態度。

那天是週末，周顯鴻被叫回公司加班，只有何嘉怡在家。

下午，周安然心不在焉地看了一會兒書，心裡卻惦記著可能要轉學的事，就假裝出去吃水果，走到客廳貼著何嘉怡坐下。

她叉起一塊西瓜吃掉，裝作不經意地說：「媽媽，我們馬上就要開學了。」

「我知道妳要開學了啊。」何嘉怡瞥她一眼，「怎麼，覺得讀書累，想要休息幾天？」

「沒有。」周安然頓了頓，轉頭看向何女士，「我這次還是跟茜茜一起去學校嗎？」

何嘉怡好笑地看著她：「妳哪次不是跟茜茜一起去的？」

「二中今年開學的時間選得好奇怪。」周安然小聲說道，「開學上兩天的課，馬上就迎來週末了。」

何嘉怡笑道：「放假妳還不開心啊？正好可以跟我們一起去妳表姐那裡見團團。」

周安然有點笑不出來。

試探到這裡，她已經能確定父母的決定了。

她當然希望他們最終決定留下來，但爸爸又因為她放棄了一個大好機會，她心裡止不住地開始發酸。

「媽媽。」

何嘉怡：「突然叫我做什麼？」

周安然把臉埋到她肩上蹭了蹭。

她當初沒告訴他們，她意外聽到了那段對話，現在就不好向他們表示感謝。

而且越是親近的人、越是重大的事，她反而越是彆扭，不太會表達情感。

一句輕飄飄的感謝，好像也不足以表達她現在的心情。

我以後也會對你們很好、很好的。周安然在心裡默默地向媽媽承諾。

何嘉怡摸了摸她的頭髮，聲音帶著明顯的笑意：「今天怎麼突然跟媽媽撒嬌了呢？」

不知是因為心裡緊了近一個月的弦突然鬆下，還是因為晚上睡覺不小心踢了被子，周安然第二天就感冒了，喉嚨有些發炎，直到開學都還沒痊癒。

開學當天，周安然照舊挽著嚴星茜的手走進學校，兩人一邊聊天一邊往裡面走，一路走到教學大樓門口，才想起她們已經換了新的教學大樓。

眼前的教學大樓已經是高一新生的地盤了。

兩人笑著折返，去了高二所在的教學大樓。到教學大樓後，周安然就要和嚴星茜分開。

周安然的新教室在一樓，嚴星茜轉去文組，教室在六樓。

嚴星茜挽著她的手沒放：「嗚嗚嗚，我不想跟妳們分開，早知道我也硬著頭皮去理組了。」

要是一個月前沒聽到父母的那番話，周安然大概會跟她一樣不捨，但被有可能轉學的猜想折磨了近一個月後，她現在覺得還能跟嚴星茜待在同一間學校，已經是她的福分和幸運了。

「可是妳文科厲害呀，而且曉雯剛好和妳同班。」周安然安慰她，「我下課後都會等妳來叫我吃飯的，就只是上課分開一下。」

「說好了喔。」嚴星茜抱著她的手臂，又跟她多聊了幾句，才依依不捨地上樓。

周安然獨自進教室時，還是覺得有些不適應。

好在二班除了有幾人轉去文組之外全是熟面孔。周安然進門後，又下意識想往第二組第六排看過去，而後才想起新學期是要重新換座位的。

周安然背著書包，先上了講臺。她才剛低頭去看貼在上面的座位表，就聽見底下有人在叫她。

「然然。」張舒嫻坐在第一組第四排朝她揮手，「別看啦，妳坐我隔壁吧。」

周安然就不好再仔細去看。

她匆匆瞥了一眼，立刻就看見了那個名字。

還是在第二組第六排。

一兩次可能只是巧合，這都三次了，他還在同一個位置。

是他自己跟老師要求的嗎？

不過他身高腿長，坐在最後一排，不用被後座擠著，確實會比較舒服。

周安然趁著走下講臺的功夫，又往第二組第六排的位置看了一眼。

空的。

他還沒來嗎？

放假時，她總盼著開學。但現在真的開學了，她又有類似於近鄉情怯的情緒。

他那天最後一句話，多半只是隨口一說，並不是真的期盼這學期跟她再見面的意思。

或許兩個月過去，他會忘了那天和她有過那麼一點短暫的交流，他們會再次退回到和陌生人無異的狀態。

周安然在這種忐忑情緒的影響下，差點走過座位，還是張舒嫻及時出聲，她才堪堪停下。

「我幫妳把座位擦過了，可以直接坐。」張舒嫻笑著說。

周安然把書包放好，在位子上坐下：「謝謝啊。」

「謝什麼謝。」張舒嫻挽住她的手，「我們這學期的運氣還不錯啊，我跟妳的座位被分配在一起，曉雯和茜茜去了同一個班。」

周安然低頭笑了下：「是啊。」

能跟好朋友坐在一起，她那些忐忑不安的情緒好像緩解了不少。

而且，她這次的座位終於離他不算太遠了。

張舒嫻又靠過來一點，朝第二組抬了抬下巴，聲音壓得極低：「而且我終於不用跟那個人坐在一起了，也不是我對她有什麼意見，是我明顯感覺她對我挺有意見的。」

周安然順著那邊看了一眼。

婁亦琪的位子其實還是離她們滿近的，就在第二組第三排，跟她只隔著一條走道。

「我覺得她好像滿想跟妳和好的。」周安然小聲說。

張舒嫻不信：「怎麼可能，她上學期只要看到我，老是露出一副嫌惡的樣子，好像我欠了她幾萬塊錢似的。算了，不說她。我跟妳說，我打聽到我們陳大校草的八卦了。」

周安然的心跳漏了一拍：「什麼八卦？」

張舒嫻壓著聲：「他應該沒有答應殷宜真。」

周安然懸著的心落下了一點：「還有別的嗎？」

「你問陳洛白？」張舒嫻順口問了一句。

周安然點點頭，又怕被張舒嫻看穿心思，她到現在還是沒想好要怎麼和她們說。

但張舒嫻好像明顯覺得，大家好奇陳洛白的八卦是一件非常自然的事，自顧自地接道：「沒了，唉……陳大校草到底喜歡什麼樣的女生仍然是一個謎，不過我倒是有其他人的八卦，妳要聽嗎？」

周安然對其他人的八卦沒什麼興趣，但看到張舒嫻一臉興致勃勃的模樣，她也沒拒絕：「妳說吧。」

張舒嫻就和她聊起了其他的八卦。

張舒嫻說話時喜歡手舞足蹈，之前坐在斜前排，周安然感受還不深，此刻變成隔壁同學，聊著聊著，她感覺張舒嫻的手不小心碰到了她的胸口。

周安然：「……」

「哇——」張舒嫻動作一頓，絲毫沒有覺得不好意思，反而湊過來貼在她耳朵旁邊說，「然然，妳多大啊？」

周安然愣了下才反應過來，臉一下紅透：「我不和妳說了，我要去裝水！」

「要我陪妳去嗎？」張舒嫻打趣地看著她。

周安然急忙搖頭。

張舒嫻趴在桌上哈哈大笑。

周安然從書包裡抽出空瓶，往後門走的時候，不禁又瞥了第六排的空位一眼。

他怎麼還沒來啊。

周安然有些心不在焉，走到後門口的時候，差點和人撞上。

清爽的洗衣精香味鑽進鼻腔，周安然倏然抬起頭，看見一張朝思暮想的臉。但擦肩而過的時候，陳洛白卻像是完全沒有注意到她。

周安然也沒有預想中的低落。

因為男生此刻臉上的表情，幾乎和她偷偷塞給他糖果的那天一樣，她甚至能明顯感覺到，他的心情比那時還要糟糕。

周安然裝完水回來後，就看見男生趴在桌上睡覺，書包隨意掛在座椅的一邊。

又沒睡好了嗎？

周安然一邊放輕腳步，往自己的座位上走，一邊在心裡默默揣測。

但經過她的偷偷觀察後，發現他就算補完眠，情緒也沒有好轉的跡象，壞心情明顯到湯建銳等人都過去找他詢問狀況，不過全被祝燃擋回去了。

顯然是發生了什麼事情。

周安然有些擔心，卻又無計可施。

連平日跟他關係還不錯的朋友都沒辦法插手，她這種跟他完全不熟的普通同學，就更不知道能做什麼了。

總不能再像上次那樣，偷偷往他抽屜裡塞幾顆糖果，那已經被證明是一個糟糕透頂的決定。

這天的晚自習陳洛白沒參加，下午最後一節課結束，他就背著書包走出了教室。

祝燃也跟了出去，沒過多久又單獨回到教室。

周安然擔心他是蹺課，好在晚上高國華過來的時候，並沒有對他的缺席表現出任何意外。

高二開學的第一天，周安然完全在憂心忡忡的情緒中度過。

周安然想著他上學期就算心情不好，好像也沒有持續太久，還以為第二天再見到他的時候，他的情緒會有所好轉。

沒想到第二天，他的心情看起來更差，連一向聒噪的祝燃都安靜了一天，一副完全不敢開口吵他的模樣。

新學期第一週只需要上兩天的課。周安然什麼都做不了，只能盼著他放假後能遇到一些開心的事，又擔心放假沒了朋友在身邊，他的心情會變得更糟糕。

沉浸在這股情緒中，下午最後一節班會課上完後，她在收東西的時候都有些心不在焉。

等晚上回家吃完飯、洗完澡，打算回房間寫作業時，周安然就發現她忘了把數學作業帶回家。

周安然懊惱地鼓了鼓臉頰，把身上的睡衣換下，隨便找了一件白色的T恤和裙子穿上，拎起名牌和空下來的書包走出房間，對客廳裡的何嘉怡說：「媽媽，我把數學作業忘在教室了，我回學校一趟啊。」

「怎麼這麼不小心。」何嘉怡看她匆匆忙忙地往外走，又忍不住補了一句，「叫茜茜陪妳一起去吧。」

「茜茜這週要跟她爸媽回鄉下看外婆，妳忘了嗎？」周安然身上的T恤和裙子都沒有口袋，她邊走邊把名牌塞進書包裡，聲音還有些沙啞，「沒事，天還沒黑呢，學校裡還有好多人。」

回到學校後，周安然先去女生宿舍那邊跟副班長借了教室鑰匙。等從教室拿完數學作業出來後，外面的天色已有六七分暗。

周安然沒跟何嘉怡撒謊。

週五晚上的學校依舊有不少人在，高三的學長姐週五也要留下來上晚自習，競賽班的學生會留下來補課，體育生有時也會留校加訓，沒回家的住宿生偶爾也會在學校的操場上散步。

但畢竟高一和高二的學生全都放假了，整棟教學大樓靜得落針可聞，現在天色一暗下來，周安然還是有些害怕。

她匆匆鎖好門，快步跑出教學大樓。

才剛踏出去，周安然就看見不遠處一道高高瘦瘦的身影。

她腳步倏然一停，原本因為跑動而加快的心跳，瞬間又加速了幾分。

他怎麼也回學校了？

不遠處的男生穿著沒有任何花紋的白色T恤和黑色運動短褲，顯得格外清爽，他左手臂夾著一顆籃球，右手拿著手機，正低頭單手打字。

光線不算太暗，周安然看見他抬起的右手手肘上有一片刺眼的鮮紅，像是擦傷了。

平緩下來的心臟輕輕揪了下。

怎麼受傷了？是打球不小心摔傷了嗎？

周安然把手伸向書包側邊的口袋。

何女士幫她備了不少優碘棉棒和OK繃。

她從裡面拿了兩根優碘棉棒和兩個OK繃出來，想送過去給他。

但這個念頭一冒出來，腳就變得像是有幾千斤重，抬都抬不起來，稍微緩和下來的心跳再次加快，像是要跳出嗓子眼，捏著棉棒的手心也開始冒汗。

周安然深深吸了口氣，在心裡悄悄幫自己打氣。

不是跟自己說好，這學期要努力變得大膽嗎？

他都幫了妳這麼多次，妳幫他忙也是應該的。

而且就算現在站在不遠處的不是他，是班上的其他男生，妳也不會袖手旁觀吧？為什麼對象變成他，妳反而膽怯了呢？

陳洛白回覆完祝燃的訊息後，低頭把手機收回口袋，餘光瞥見左腳鞋帶鬆了大半。

他半蹲下身，將籃球放到一旁。重新把鞋帶繫好後，陳洛白剛打算起身，就看見一隻纖細漂亮的手伸到了面前，指甲修剪得乾乾淨淨，手上像是拿著兩根棉棒。

頭頂同時有聲音響起，說話的人好像感冒了，嗓音有些沙啞，還帶著明顯的鼻音，語氣倒是怯怯的：「棉、棉棒裡面有優碘，可以消毒，折一下就能用。」

陳洛白沒立刻接過，他微微抬眸，想看對方是誰，可視線卻先撞入了一雙筆直修長的腿，皮膚在黑色短裙的映襯下，白得近乎晃眼，於是大腿內側那一顆黑色的小痣也格外顯眼。

猝不及防的景象，陳洛白瞬間撇開視線。

這時身後又有聲音傳來。

「阿洛。」聽起來像是宗凱的聲音。

陳洛白回過頭，幾乎是同一時間，手上多了一抹柔軟溫熱的觸感，有什麼東西被塞進了他的手裡。

他重新轉過頭，只看見一個纖瘦的背影跑進了教學大樓，黑色裙襬微微蕩漾出一個漂亮的弧度。

手心裡的東西還帶著不屬於他的體溫，陳洛白低頭看了一眼，裡面被放了兩根棉棒和兩個小小的ＯＫ繃。

「阿洛。」宗凱已經走到他身後。

陳洛白起身，轉頭看見殷宜真跟在宗凱旁邊，眉梢微不可察地皺了下。

他沒管殷宜真，回頭看了教學大樓門口一眼，低聲問宗凱：「你有看清剛才遞東西給我的女生是誰嗎？」

宗凱張了張嘴，剛想說話，感覺有一隻手扯了扯他的T恤，他沉默了一秒：「沒有。」

七顆檸檬 未落款的情書

周安然貼牆站著，心跳一聲重過一聲，她咬了咬唇，又不由懊惱。

她為什麼要躲起來？

他明明就和殷宜真沒有半點曖昧關係。

她和他是同班同學，路上撞見他手臂受傷，送兩根棉棒是再正常不過的事，她這一跑，倒像是做賊心虛似的。

周安然不由自主地挪到更隱密一點的地方，這樣萬一他們打算回教室找東西，就看不到她了。

他剛剛應該沒看清她的模樣吧？周安然懊惱地用後腦勺往牆上敲了兩下。

早知道今天來學校會碰見他，她就再換一件更漂亮的裙子了。

等了片刻，沒聽見有腳步聲傳來，周安然不由有些好奇。

他為什麼會回學校呢？剛才他手上拿了顆籃球，是約了宗凱他們回來打球嗎？殷宜真怎麼也來了啊？

周安然忍不住放輕腳步，往旁邊多走了幾步，一直挪到五班教室門外的走廊，悄悄從牆邊探出頭，往外看了幾眼。

宗凱和殷宜真已經不見了。

男生手臂夾著籃球，背對教學大樓站在操場邊，可能是因為天色又暗了幾分，也可能是因為他旁邊總是圍繞著一大群朋友，周安然覺得，此刻那個背影看起來頎長又孤單。

怎麼沒有朋友陪著他呢？還是很不開心嗎？

周安然抿了抿唇，從書包裡拿出手機，先開了靜音模式，而後傳了一則訊息給何嘉怡：『媽媽，我在學校碰到同學了，晚一點才會回家。』

何嘉怡很快回她：『別太晚啊。』

周安然回了一個「OK」的貼圖。

她什麼都幫不了他，就悄悄陪他一會兒吧。

雖然他看不到她。

外面的天色已經完全暗下，男生的身影被夜色模糊，只能隱約看見一個高高瘦瘦的背影。但能看見他就在不遠處，周安然依舊待在安靜的教學大樓裡，也就不覺得害怕了，只覺得這天晚上的風格外溫柔。

不知過了多久，手機螢幕又突然亮起，是何嘉怡傳訊息過來催她回去：『都已經八點了，妳還沒跟同學聊完？太晚回家不安全。』

周安然咬了咬唇，思考能不能再找個藉口多留一段時間。

可能是見她沒立刻回覆有些擔心，沒過多久，何嘉怡直接打電話給她。

周安然手滑，不小心掛掉了。

但她也知道，不好再繼續留下來陪他了。

她低頭回覆訊息：『剛剛不小心掛掉了，我馬上回去。』

周安然從門口悄悄溜出去，陳洛白沒回頭，自然也沒看見她，原本該鬆口氣的，但她的心卻始終懸著。

他一個人待著應該沒事吧？他的心情為什麼這麼不好呢……

直到看見祝燃迎面朝這邊走過來，周安然才終於放下心。

可能是因為路上沒什麼人，快經過她時，祝燃突然好奇地往她這邊瞧了一眼。

不知是今晚朝陳洛白手裡塞棉棒的這件事，花光她所有的勇氣，還是偷偷留在教學大樓陪他的事，讓她在見到他朋友時變得格外心虛。其實祝燃離她還有點距離，在他看過來的那瞬間，周安然卻快速往旁邊避開了一大步，然後快步跑走了。

祝燃有些莫名其妙地回頭看了一眼，也沒多想，等看到陳洛白一個人站在操場時，才恍惚了下：「怎麼就你一個人，宗凱不是說他已經過來了嗎？」

陳洛白看著燈光下半明半暗的操場：「他把殷宜真帶過來，所以我讓他回去了。」

「他有什麼毛病？」祝燃皺了皺眉，「他自己喜歡殷宜真，還老是把殷宜真帶到你面前。」

陳洛白沒接話。

祝燃微微偏頭，看見他唇線抿直，側臉線條也繃得死緊，猶豫了下後還是開口：「叔叔和阿姨真的打算要離婚了？」

陳洛白「嗯」了聲：「我媽打算提離婚協議了。」

祝燃撓了撓頭，在心裡嘆了口氣。

他也不知道該怎麼安慰，好像怎麼安慰都沒用，想了想，最後也只能挑個輕鬆的話題來轉移他的注意。

「對了，我剛才碰到了一個奇怪的女生，一看見我就躲得老遠，我難道長得很嚇人嗎？她穿著一件白色的衣服，皮膚也白，明明是她比較嚇人吧？頭髮再長一點的話，都能COS女鬼了。」

陳洛白突然想起剛才跑進教學大樓的那個女生：「她是不是穿了一件黑色裙子？」

「是啊，還好是黑色的，要是連裙子也是白色的話——」祝燃話音突然一停，「等等，你怎麼知道她穿著黑色裙子，你也碰到她了？」

陳洛白沒回答他的問題，只問他：「你有看清她長什麼樣子嗎？」

「沒有啊，我不是說了嗎，她一看到我——」

祝燃還沒說完，陳洛白的手機鈴聲剛好響起。

他瞥了來電顯示一眼，唇線抿得更直，接起電話。

『洛白。』早在商業界訓練出一身處變不驚本事的男人，此刻在電話裡的聲音明顯有些慌張，『你媽的律師事務所失火了，你快過來一趟。』

祝燃還打算等陳洛白掛斷電話後，繼續跟他聊剛才的話題，卻見他臉色倏然一變，手上的籃球都沒拿穩，電話一掛，直接朝校外的方向跑。

籃球在地上滾了幾圈，祝燃急忙彎腰撿起，立刻追去。

到校外上了計程車後，祝燃才知道律師事務所失火了。

他乾巴巴地安慰：「你別擔心，你媽的律師事務所附近就有個消防局，應該不會出事。」

陳洛白握緊手機，沒說話。

好在二中離律師事務所的距離很近，快到的時候，祝燃提前把計程車的費用付了，等計程車一停下，就連忙跟他一起下車。

盛遠中心A棟大樓前停了一輛顯眼的消防車，周圍站了一圈人，其中不少著裝都相對正式，多半是待在大樓裡加班的白領，因為火災被迫停止工作，滯留在樓下。

陳洛白一眼就看到了律師事務所的人。

他跑過去，叫住其中一個中年女子：「張阿姨，律師事務所的情況怎麼樣？很嚴重嗎？我媽呢？」

被他叫「張阿姨」的女子回過頭：「律師事務所沒事，失火的是樓下，消防車來得及時，沒出什麼大事。」

她停頓一下，像是想起了什麼：「是你爸通知你過來的，對吧？他剛才打電話過來律師事務所找你媽，電話被我接到了，我跟他說律師事務所樓下失火了，但他聽成『律師事務所失火了』，剛才也跟你一樣著急忙慌地跑過來，現在跟你媽待在那邊呢。」

張阿姨抬手指了下。

祝燃跟陳洛白一起順著她指的方向看過去。

其實挺顯眼的，樓下所有人都是自己站著，唯獨那兩位是抱在一起的，只是他們剛才過於著急，沒往那邊看。

「阿洛。」祝燃默默收回視線，「我怎麼覺得你爸媽好像不會離婚了？」

陳洛白盯著不遠處仍抱在一起的兩人看了兩秒，不禁偏頭笑出聲：「走吧。」

「走去哪？」祝燃問。

陳洛白朝對面抬了抬下巴：「那邊有一家店不錯，我請你吃消夜。」

祝燃因為他心情不好，憋了兩天都不怎麼敢說話，此刻危機解除，立刻搭上他的肩膀，高興道：「走走走。」

陳洛白跟張阿姨打了聲招呼，就和祝燃一起去了對面。

點完菜後，祝燃才發現他手肘上的傷：「你的手怎麼了？」

陳洛白低頭看了一眼：「沒事，下午打球摔了下。」

「這附近好像有一家藥局？」祝燃問。

陳洛白正要點頭，腦中忽然閃過一個畫面，他動作微頓，把手伸進運動褲口袋，從裡面拿出東西。

祝燃看著他手上的棉棒和ＯＫ繃：「你買藥了啊？」

「沒有。」陳洛白低頭看著手裡的東西，「一個女生塞給我的。」

祝燃的好奇心頓起：「女生？又是哪個喜歡你的女生？」

陳洛白腦中浮現出那個匆匆跑進教學大樓的纖瘦背影：「喜歡我的話她躲什麼？」

「躲什麼？」祝燃不太明白。

陳洛白「嗯」了聲：「把東西塞到我手裡就跑了，應該就是你剛才碰見的那個女生。」

祝燃想也沒想就說：「害羞吧。」說完又覺得不對勁，「你說……是我剛才碰到的那個女鬼妹妹？那也不對啊，她把東西塞給妳之後就躲起來，還能說是害羞，那她躲我幹什麼？除非——」

陳洛白接上他的話：「除非你也認識她。」

祝燃摸了摸下巴：「我在學校認識的女生也不多啊，也不太認識其他班級的女生，難道是我們班的？她塞東西給你，都沒跟你說話嗎？那個聲音你耳熟嗎？」

「說了，但嗓子是啞的，應該是感冒了。」陳洛白把手上的東西塞回口袋，「算了。」

祝燃調侃道：「怎麼，人家好心送東西給你，你都不打算用一下？」

「我連她是誰都不知道，用什麼。」陳洛白朝門口抬抬下巴，「我去一趟藥局。」

祝燃擺擺手：「去去去，記得回來結帳就行。」

「滾啦。」陳洛白笑罵。

這週六周安然又跟兩位家長一起去了表姐家。

這次不是因為表姐家有人要慶生，而是表姐去了其他縣市出差，帶了一堆當地的食材回來，特意請他們過去吃飯。

吃完午餐後，周安然跟何嘉怡和表姐一起帶著團團去逛超市。小女孩一進到超市，依舊直接拉著她走到賣糖果的貨架前。

周安然一眼就看到了之前那款汽水糖。

嚴星茜因為去了文組不太習慣，上週有些悶悶不樂。

周安然猶豫著伸出手。

當初她偷偷往他課桌裡塞糖果的事情，因為被錯認成是誤塞，並沒有被大家放在心上。不帶曖昧性質的一件小事，似乎不夠格被當成茶餘飯後的話題，早被大家拋諸於九霄雲外。

大概只剩下她自己還記得這件事。

就算陳洛白和祝燃當時有見過這款糖果，現在印象也早淡了。

而且嚴星茜的班級在六樓，和他們現在的教室隔了四層樓。

他雖然不算太規矩的好學生，但平時也都在努力學習，閒暇時間也都和祝燃他們去打球了，通常不會往不相熟的班級跑。

現在再買這款糖果給嚴星茜，應該已經安全了吧？

周安然伸手拿了好幾包。

何嘉怡見狀，還好奇地問了一句：「妳買這麼多糖果做什麼？」

「茜茜喜歡吃。」周安然回她。

她也有一點想吃了。

下午回去後，周安然就先去了嚴星茜家，送完糖果後直接被宋秋留下來吃晚餐。

飯後，嚴星茜直接抱著作業去她家，一整晚都沒有回去，剩下的一天假期很快就過完了。

週一返校後，周安然想到週五晚上他獨自站在操場前吹風，還是止不住地擔心他。她在背英文單字時，都把一些注意力留在後面。

很快，她聽見他和祝燃有說有笑地從外面進來。

她現在的位子離他們近了不少，只要他們不壓低聲音說話，基本上都能傳到她這裡。

祝燃像是突然想起什麼：「對了，你的手沒事了？」

「能有什麼事？」男生的語氣漫不經心，「破皮而已。」

祝燃嘆了口氣：「就是可惜了女鬼妹妹那兩根棉棒和ＯＫ繃，一片心意只能白白浪費了。」

兩根棉棒和ＯＫ繃？正好和她上週五晚上塞給他的東西對上，不過女鬼妹妹又是什麼稱呼？

祝燃說「一片心意只能浪費」，是指他沒用那些東西嗎？

周安然捏著筆的指尖漸漸收緊。

有一點難過，但不多。

其實能猜到的。

要是她那天大大方方地留下，就像普通同學恰巧路過幫他一樣，他說不定還會用一下。

但她做賊心虛般地跑掉了，他應該連她的臉都沒看清，不用來路不明的東西才是對的。

「什麼女鬼妹妹？什麼一片心意？」湯建銳的聲音突然響起，露出一副想聽八卦的樣子。

「就是——」祝燃回他。

這時後座正在往前傳作業，周安然趁機回頭看了一眼，正巧看見男生伸肘撞了祝燃一下，眉眼間帶著一絲警告之意。

祝燃改口：「沒什麼。」

可能是沒注意到他的動作，湯建銳明顯不信祝燃這個說法：「你確定？」

周安然不好再多看，又轉回來。

湯建銳的聲音稍稍變大，清晰地傳過來：「老祝，你和我有祕密了嗎？我們父子之情變質了。」

「我們父子之情永不變質。」祝燃說，「爸爸永遠愛你，是你洛哥跟你有了祕密。」

湯建銳一副告狀的語氣：「洛哥，他占你便宜。」

周安然沒聽見他回話。

但祝燃的哀號聲卻在下一秒響起：「陳洛白，你他媽想勒死我啊？」

「誰是誰的爸爸？」男生的聲音帶著明顯的笑意。

祝燃：「你是我爸爸，行了吧？」

他的心情似乎變好了。

周安然悄悄吐了口氣，懸著的心終於放下，但另一個被壓著的擔心又浮上來。

上學期期末考考完的那句話，他真的就是隨便說說，完全沒有放在心上吧？

開學也有兩三天了，她和他似乎還是跟上學期一樣，並沒有任何交集。

雖然也有可能是他的心情受到了影響。

周安然在心裡小小嘆了口氣，努力壓下胡思亂想，繼續背單字。

下午第二節課是體育課。

張舒嫻正好碰上生理期，老師提前留出一段自由時間給他們，她還是一副提不起精神的模樣，只是找了個陰涼的地方坐下。

周安然也在她旁邊坐下，擔憂地望向她：「妳還好嗎？不舒服的話，剛才怎麼不跟老師請假？」

張舒嫻搖頭：「沒有不舒服，只是好熱又好渴，想喝飲料。」

「想喝什麼？」周安然問她。

張舒嫻喪著臉：「但我又不想動。」

「我去幫妳買啊。」

張舒嫻瞬間抱住她的手臂：「嗚嗚嗚，然然妳真好，如果我是男生的話，肯定要把妳娶回家，又漂亮又溫柔，」她停頓了下，目光稍稍往下落：「還有胸。」

周安然的臉瞬間燒起來。

「妳還是別喝了。」

「喝喝喝，妳別生氣嘛。」張舒嫻晃了晃她的手臂，「我想喝冰汽水。」

周安然也沒真的跟她生氣：「妳能喝冰的嗎？」

「可以。」張舒嫻點頭，「我經常在這時候喝冰的，沒什麼影響。」

周安然點點頭：「那妳坐在這裡等我。」

到了福利社，周安然徑直走到冰箱前，剛打算開門，一大群男生突然蜂擁而來，打頭的湯建銳一拉開冰箱門，七八隻手霎時一起伸了進去。

周安然被他們擠得往旁邊退了退，最後乾脆讓到一邊，打算等他們都拿完了，她再去拿。

這時旁邊突然響起一道非常熟悉的聲音，「喝什麼？」

周安然的心跳倏然漏了一拍。

其實在看見祝燃和湯建銳進來時，周安然對於他的出現並沒有感到特別意外。

讓她意外的是，這道聲音響起的位置實在有些近。

近得就像是……在她旁邊響起。

像是在和她說話。

周安然不自覺側頭朝聲音的方向望過去，和期末考那天下午一樣，瞬間撞進一雙帶著笑意的黑眸中。

男生就站在她旁邊，跟她靠著同一個冰箱，剛運動完，他冷白的脖頸上全是細密的汗水，制服和笑容清爽乾淨。

少年的氣息與荷爾蒙碰撞出一種極強的矛盾感，配上本就優越的樣貌，讓人完全挪不開眼睛。

周安然愣在原地。

福利社裡的喧鬧瞬間遠去，她像是又聽見了那天下午的蟬鳴。

陳洛白剛才在門外就看見她站在冰箱前，像是想伸手開門拿東西，卻被突然衝進去的那群男生擠得一退再退，最後退到了冰箱和牆面構成的角落裡。

她也沒說什麼，只是安安靜靜地站在那裡，身形被寬大的制服和旁邊的男生們襯得越發纖瘦，一副乖得讓人很想欺負的模樣。

陳洛白過來時，只是鬼使神差地問了這麼一句話，沒想到她又露出一副被嚇得愣住的模樣。

他們之間確實沒熟到可以請客的地步。但話都說出口了，陳洛白也不好後悔。

「他們要我請客。」陳洛白指了指那群拿完飲料、又開始去搶零食的男生，「多妳一個也沒關係，想喝什麼自己拿，我一起結帳。」

周安然早上還在擔心他忘了上學期的那句話，下午卻突然被這突如其來的巨大驚喜砸中，大腦一片空白，心跳有些過快，下意識答道：「不、不用了。」

說完她就反應過來了，周安然急忙低下頭。

一方面是有些懊惱，一方面是怕眼神洩露出一點什麼。

好在她來福利社之前，正好被張舒嫻打趣一番，臉一直都是紅的，至少不會露出太明顯的端倪。

陳洛白見她連頭都低下來，不由有些好笑。

他有這麼嚇人嗎？連看都不敢看他了？

陳洛白直起身，往前走了幾步。

旁邊熱騰騰的氣息突然消失，周安然懊惱地咬了咬唇。

她為什麼要拒絕啊！

周安然悄悄抬起頭，看見男生停在冰箱前，拉開門，從裡面拿出一瓶可樂。

看見他似乎有轉身的跡象，她又急忙低下頭。

懊悔的情緒一層層疊加。

那罐被修長手指拿著的可樂，卻突然遞到她面前，男生腕骨上的那顆小痣近在眼前。他的聲音再次響起：「喝這個可以嗎？」

是……拿給她的？

周安然一下也顧不上什麼洩不洩露痕跡，倏然抬起頭。

陳洛白看著她一臉驚訝的模樣，不由有些好笑。

膽子怎麼這麼小？像是某種戳一下就會有反應的小動物，一驚一乍的。

還挺好玩。

說不清是不是想再試驗一下這個猜想，陳洛白緩聲開口：「就當作是賄賂。」

或許是那種被驚喜砸中的暈厥感已經過去，周安然的心跳仍快著，但終於獲得一絲對情緒的掌控權，大腦的運轉也變得遲緩，她勉強鎮定下來：「什麼賄賂？」

聲音輕得都快聽不見。

陳洛白將可樂塞到她手裡。

周安然趕忙接住，男生卻沒立刻鬆手，反而又朝她靠近了幾分，卻仍保持著安全距離，只是略微低下頭。

但還是太近了，從來都沒有這麼近。

也不是沒有這麼近過，只是之前都是她在背後偷偷看著他。

而此刻，是站在她正對面，是他在看著她。

周安然幾乎能從男生那雙黑眸裡，清楚看見自己的倒影。

心跳喧囂間，她看見陳洛白突然衝她笑了下，男生清朗的聲音微微壓低，像是耳語，「別告訴老師我蹺課。」

三班這節也是體育課。

開始自由活動後，殷宜真想吃霜淇淋，就叫宗凱陪她一起去福利社。沒想到才剛到門口附近，她就看見了裡面那一幕。

殷宜真的臉色突然變得煞白。

她認識站在陳洛白面前的那個女生。

在上週五看到她塞OK繃給陳洛白之前，殷宜真對她的印象其實不深，只知道她坐在婁亦琪的身後，叫周安然，成績還不錯，性格安靜話不多，不太會和班上的男生玩在一起，也從沒和陳洛白說過話。

上週五意外撞見她塞藥給陳洛白，殷宜真也只當她是暗戀陳洛白的其中一個女生而已，並沒有太放在心上。

可此時此刻，福利社裡正發生的情景，只要有長眼睛，都能看出誰才是更主動的那一方。

殷宜真垂在一側的指尖收緊，只覺得裡面的場景分外刺眼，她瞥開視線看向宗凱：「陳洛白喜歡她？」

宗凱收回視線，到了嘴邊的話，在看到她煞白的臉色時又咽回去：「阿洛只是拿飲料給她而已。」

「陳洛白什麼時候會主動幫女生拿飲料？我和你們吃了一學期的飯，你有看過他主動拿東西給我嗎？」殷宜真說著，眼眶不由一紅，「你幫我問問他。」

宗凱的指尖蜷了蜷，有點想像小時候那樣哄她、幫她擦淚，但他最終也沒做，只是垂下眼：「宜真，妳到底把我當成什麼？」

殷宜真抿了抿唇，錯開視線：「我把你當親哥哥啊，是你自己說要像哥哥一樣照顧我一輩子的。」

宗凱閉了閉眼：「但阿洛不喜歡妳，就算問了又能怎麼樣？」

「我不甘心。」殷宜真低著頭，她腦中滿是陳洛白剛才笑著去和女生說話的模樣，「要是他沒有喜歡的人，我想繼續追他。」

「要是他喜歡裡面那個女孩呢？」宗凱問她。

「那我也沒有自取其辱的愛好。」殷宜真抬頭看向他，「你再幫我一次。」

張舒嫻等了許久，才等到周安然回來。

女生在她旁邊坐下，把一瓶橘子汽水塞給她。

張舒嫻顧不上和她說話，打開瓶蓋，仰頭喝了一大口，冰涼的液體夾雜著炸開的小氣泡，一路順著食道往下滑，才終於有種重新活過來的感覺。

她蓋上瓶蓋，轉過頭，本來想跟周安然說汽水的事，卻看到她的臉仍紅得透澈：「然然，妳的臉怎麼還這麼紅啊？不至於害羞這麼久吧？」

周安然：「……沒有。」

她抬手捂了捂臉頰，手心上沾了可樂罐上沁出的水珠，貼在臉上冰冰涼涼的。但她一想到這罐可樂被男生修長的手拿過，她臉上的溫度又重新上升。

手心的涼意根本起不到一絲降溫的效果。

周安然把手放下：「只是太熱了。」

南城的九月和盛夏幾乎一樣，確實熱得不行，張舒嫻也沒多想：「等一下回教室，我再給妳汽水的錢。」

周安然搖搖頭：「不用給。」

「好，」張舒嫻性格爽快，「之後換我請妳。」

「也不用請我，不是我付的錢。」周安然慢吞吞地回完這句，只覺得臉上的溫度又漲了幾分。

她的腦袋其實還有點暈，甚至想不起自己當時是怎麼回他的。

是說「你放心」，還是「我不會的」？

只記得陳洛白聽完她的答覆，終於鬆開手，可樂罐的重量全部落到她手上。

男生臉上的笑容依舊明顯，聲音倒是沒再壓低。

「那說好了。」他說。

周安然不知道該怎麼接話，他也沒再多說，再次轉身走向冰箱。

等到和他拉開距離後，周安然才覺得大腦重新恢復清醒，心跳的速度也稍緩下來，這時才想起自己來福利社的目的，是幫張舒嫻買汽水。

但他還站在冰箱旁邊。

那群男生還在挑東西，他大概暫時不會離開。周安然只好鼓起勇氣走到冰箱前、走到他身邊。

像是察覺到她過來，男生轉頭看了她一眼：「還想喝別的？」

周安然的心跳又開始不受控制，小幅度搖搖頭，小聲回他：「我要幫同學買汽水。」

陳洛白又伸手拿了一罐可樂，把冰箱前的位子讓給她。

他懶散地靠在冰箱旁邊，單手開了易開罐，仰頭喝了一口，喉結輕滾了幾下，而後轉頭笑著看向門口的收銀臺：「張叔叔，可樂我先喝了啊，等一下再給你錢。」

一副和老闆挺熟絡的模樣。

老闆衝他應了聲「好」。

周安然迅速拿了一瓶汽水出來，關上冰箱門。

他又拿空著的手指指她，目光像是在她臉上落了下，又像是沒有，周安然不敢看他，只聽見他的聲音仍帶著笑意：「她手上這兩瓶，我等一下一起結。」

「不是妳付的？那是誰付的？」張舒嫻的聲音響起。

周安然回過神，猶豫了下，也沒有隱瞞她，小聲說出藏在心裡的那個名字：「陳洛白付的。」

可能也瞞不了。

因為他說完這句話後，湯建銳他們已經開始在福利社裡面起鬨了。

「等等，我剛才聽見了什麼？」

「洛哥，現在是什麼情況？」

男生的手裡還捏著那罐和她同款的可樂，轉過頭去，笑罵：「吵什麼，買你們的東西，再繼續拖拖拉拉就自己付錢。」說完又轉頭看她，語氣還帶著笑意：「還要買別的？」

周安然急忙搖了搖頭，也不敢再多待，更不敢繼續看他，快速離開了福利社。

現在才想起來……好像又忘了跟他說謝謝。

張舒嫻剛打算再喝一口汽水，瓶蓋開到一半，露出了一點氣，就聽見她的答案，被震得愣了兩秒，才驚訝問：「誰？陳——」

她聲音一下變大了，周安然趕忙打斷她：「妳小聲一點。」

張舒嫻的臉上滿是震驚，倒是聽話地壓低了聲音：「妳剛才說是誰付的？陳洛白？我沒聽錯吧？」

周安然搖搖頭。

張舒嫻追問：「陳洛白怎麼突然幫妳付錢了？」

周安然張了張嘴，有點不知道該怎麼跟她解釋。

其實連她自己都不知道原因。

上學期偷偷在天臺哭，結果被他撞見的事，現在想起來還是覺得有點丟臉，她不想再讓任何人知道。

「就是——」周安然略掉「賄賂」那部分，簡單道，「我去買汽水的時候，他剛好在請班上一大堆男生吃東西，就順便幫我結帳了。」

張舒嫻還沒緩過神：「就這樣？」

「不然還能怎麼樣？」周安然輕輕接了一句，不知道是在問她，還是在問自己。

張舒嫻想了想：「也是。聽那些男生說，他好像滿喜歡請客的，經常請一大群人，董辰那群人跟他不熟，好像都被他請過，而且妳沒怎麼跟他說過話吧？」

周安然的眼睫低低垂下。

是啊，他們沒怎麼說過話。

他對福利社的老闆也那樣笑。

他跟福利社老闆的關係，好像都比跟她還要熟絡，應該不可能有別的意思。

從福利社出來，零食和飲料都已經到手，「自己付款」的警告不再有任何效用，湯建銳那群男生又圍到了陳洛白的旁邊。

「洛哥，你剛才怎麼突然請那個女生喝飲料？」湯建銳把手搭到陳洛白的肩膀上，語氣聽起來非常八卦。

其他人也七嘴八舌地插話：

「你們有看到那個人是誰嗎？剛才洛哥擋著，我沒看到臉。」

「周安然吧，我們班的女生，挺漂亮的。」

「漂亮嗎？我怎麼都沒印象。」

「平時太低調了吧，我記得她成績滿好的。」

「不是，你們有眼力見兒嗎？洛哥看上的人，你們還當著他的面討論人家漂亮不漂亮？她可能馬上就是你們的大嫂了。」

陳洛白早就知道這群人會是這種反應，他甩開湯建銳的手，失笑道：「亂說什麼，她怎麼就突然變成我看上的人了？」

「你沒看上人家的話，沒事請她喝什麼飲料？」湯建銳衝他擠眉弄眼。

「就是——」陳洛白頓了頓。

那天，她一個人偷偷跑到天臺上哭，應該也是不想讓別人知道，但他意外撞見，上學期一時沒多想，不小心跟祝燃提過一次，現在再告訴這群人就不合適了。

「封口費。」

湯建銳一愣：「什麼封口費？」

「之前我說要蹺課，不小心被她聽到了。」陳洛白隨口扯了一個差不多的理由，「今天剛好碰到她來買東西，就順便幫她一起結帳，請她別告訴老高。」

湯建銳一臉失望：「就這樣？」

陳洛白瞥他一眼，眉梢輕輕揚了下：「不然還能怎樣？」

湯建銳回想了下：「也對，我之前也沒看你和她說過話。」

其他人大概也是差不多的想法。

蜂擁在他旁邊的人又散開，各自聊起籃球和遊戲等其他話題。可能是因為剛才聽過溫軟好聽的嗓音，陳洛白突然覺得這群人實在有點吵。

他放慢腳步，緩緩落到人群後面。

祝燃也跟著他留在後面，他剛才一直沒開口，此刻才拿手肘撞了撞他：「說吧，到底是什麼情況？你糊弄得了他們，糊弄不了我。」

陳洛白還抓著那罐可樂，語氣隨意：「我上學期不就和你說過了嗎？我期末考前一天撞見她在天臺上哭，好像是因為讀書壓力大，我又不知道怎麼安慰她，就讓她蹺課去放鬆一下。」

「然後呢？」祝燃追問。

「然後——」陳洛白又停頓了下，腦中浮現出女生那天在他面前低頭落淚的模樣。

還挺奇怪的，明明已經過了兩個多月，他居然還能清楚回想起她當時的模樣，眼眶泛紅，眼淚大顆大顆地往下掉。

可能是長得漂亮，模樣顯得格外可憐。

「然後她就哭得更厲害了。」

祝燃腳步一停，狐疑地看向他：「你當時是不是還做了什麼事？」

陳洛白好笑地看他一眼：「我能對她做什麼？」

「不然你怎麼越安慰，人家哭得越厲害？」祝燃不信。

陳洛白也停下來，他其實到現在都搞不懂：「我哪知道，膽子小吧，乖巧的好學生，被蹺課的建議嚇到了？」

祝燃還是挺相信他的人品的。

陳洛白要是真的對女生胡來，就算再渣，光憑他這張臉，女朋友可能早就能繞二中一圈了。

祝燃對周安然的印象，也僅有「乖巧的好學生」幾個字而已，想了想，覺得這個理由也說得過去。

「所以你請她喝飲料，真的只是封口費啊？那她答應了嗎？」

陳洛白捏了捏手上的可樂罐，想起女生握著罐子的細白手指，和不停輕顫的捲翹睫毛，以及她當時輕得發飄的嗓音。

他驀地笑了下。

「算是答應了吧。」

下午上體育課的時候，陳洛白跟祝燃他們打了幾場籃球，所以晚自習前的休息時間，他們就沒再去球場，而是去外面吃了晚餐後，就和祝燃一起早早回了教室。

只是祝燃不知是吃壞了什麼東西，才剛進到教室沒多久，就直接跑去了洗手間。

湯建銳那群人倒是又去了球場，前排的人也還沒回教室，陳洛白抽出作業本，打算趁耳根子清淨的時候完成作業。

沒過幾分鐘，旁邊的椅子被拖動，有人坐了下來。

應該不是祝燃。

如果是祝燃回來的話，不可能這麼安靜，人還沒坐下，大概就已經開始念叨了。

陳洛白轉過頭，看見宗凱坐在祝燃的位子上，殷宜真難得沒有出現在他身邊，他眉目舒展開，笑問：「怎麼突然過來了？」

宗凱把一罐可樂放到他桌上：「過來聽八卦。」

「八卦？」陳洛白眉梢一揚。

「下午的體育課，福利社，我也看見了，什麼情況？」宗凱開了手上的另一瓶汽水，衝他晃了晃瓶身，「我還是第一次見你主動請女生喝飲料，以前頂多只是順便。」

又來一個。

陳洛白笑著把筆一丟，知道這作業是寫不下去了：「今天也是順便。」

「別騙人了。」宗凱揶揄地看向他，「順便到親自拿飲料遞到她手裡，我以前從沒見你這麼貼心，還主動靠過去跟人說話，你對那個女生有興趣？」

前排正好都沒人在，宗凱聲音不大，倒也不會有人聽見。

陳洛白張嘴想回他。

宗凱又打斷他：「別拿什麼封口費敷衍我，我可不信。」

「就是封口費。」陳洛白單手開了他放在桌上的飲料，修長的手指微微用力，細小的氣泡從開口裡鑽出來又炸開，他語氣散漫，「信不信隨便你。」

宗凱剛想接話，目光不經意看到從教室前門走進來的人，話鋒瞬間一轉：「是她吧。」

陳洛白正仰頭喝著可樂，聞言抓著罐子，抬眸朝門口望去。

女生挽著旁邊人的手從門口進來，目光似乎往他這邊望了一眼，還沒跟他對上眼，又像是受驚似地立刻垂下腦袋，齊肩的短髮在雪白的臉頰旁輕輕晃了晃。

不知是同伴和她說了什麼，她突然又笑了下，上次見過的小梨渦在頰邊若隱若現。

不等她回座位，有個男生突然叫住她。

那個人戴著眼鏡，應該是叫賀明宇，說是有一道英文題目想問她。

女生又抬起頭，鬆開同伴的手，從講臺繞過去，走到賀明宇前面的位子坐下。頰邊的小梨渦不見了，卻也沒有跟他說話時的一驚一乍，挺淡定的模樣。

可樂的氣泡在嘴裡炸開，陳洛白瞇了下眼睛，將易開罐放下來。

手肘被人輕輕撞了下，陳洛白收回目光，看見宗凱一臉打趣地望著他。

「盯著人家看了快一分鐘，也是順便？」

有一分鐘嗎？沒那麼久吧。

陳洛白撥了下易開罐的拉環：「就是有點好奇。」

「我也很好奇。」宗凱接話。

陳洛白偏頭看他：「你好奇什麼？」

「之前高一報到那天，我還以為你看上這女孩了，結果後來也沒見你跟她有過任何接觸，同班大半個學期，連人家的名字都記不住。」宗凱笑著問，「怎麼突然對她感到好奇了？」

陳洛白從他話裡捕捉到一個意外的資訊：「高一報到那天？」

「你不記得了？」宗凱有些驚訝，「那天張老師不是找我們幫忙整理東西嗎？我在樓上等你半天，沒見你上來，去樓梯間一看，正好看到你摟著一個女生，你當時說她差一點摔倒，只是扶她一把。」

陳洛白突然被拉回記憶中那個溼漉漉的雨天。

張老師是他們國中班導的愛人，那天剛好遇到他們，就順便找他們幫忙。

他當時在樓下又碰到另一個老師，耽擱了片刻，怕宗凱多等，一路小跑上二樓，正巧看見一個女生差點摔倒。

情況緊急，他來不及多想就順手扶了一把，電光火石的瞬間，他顧不上避開相對敏感的位置，手臂一把摟住細軟的腰身，少女身上清淡的馨香盈了個滿懷。

陳洛白難得有些不自在，迅速鬆開手，再特意去看對方的模樣好像也不合適，剛好宗凱從樓上探頭看過來。

那只有他能感受到的尷尬氣氛瞬間被打破。

只是隨手幫了個忙，陳洛白沒再多想，也沒再多看對方，回完宗凱那句打趣，就徑直轉身跑上了三樓。

原來那天……

「是她？」陳洛白有些意外，目光不自覺落到前排。

女生已經回到了自己的位子上，背對著他，齊肩的短髮把臉和脖頸盡數遮住，制服寬寬鬆鬆，只有一截細白的手臂露在外面。

「你真的忘了啊？」宗凱頓了下，像是又回想起什麼，「那球場那次，你是不是也不記得了？」

陳洛白緩緩收回視線：「球場那次？」

宗凱：「也是高一剛開學沒多久吧，某個週五你約我們去打球，結果你一放學就被你們班的老高叫走了，後來湯建銳球沒傳好，球直接飛出球場，差點砸到一個女生，那時候你剛好走過來，就伸手幫她攔下了。」

陳洛白依稀記得有這件事。

那天湯建銳他們好像還讓他請客了，但他當時也只是順手攔了顆球，湯建銳和他關係不錯，他攔球本來就是應該，甚至算不上是幫忙，根本沒放在心上，所以就沒去看旁邊的女生，連對方是高是矮都沒注意到。

陳洛白稍稍愣了下：「也是她？」

他原以為在天臺撞見她哭之前，他和她的交集僅僅只有幫英文老師叫她去辦公室的那次而已。

「高一上學期，她有一次英文考試成績超越你，我還跟你提過，你當時連人家的名字都沒記住。」宗凱捏了捏可樂罐，頓了頓，笑著看向他，「所以你突然對她感興趣，我能不好奇嗎？」

陳洛白之前不太會注意班上的女生。一來確實沒興趣，二來注意了也確實會引來麻煩。

但今天這個「麻煩」在到來的時候，好像並沒有預想中的那樣困擾。

「到底是什麼情況？」宗凱又追問了一句。

什麼情況？

陳洛白回想了下。

但他下午去找她說話的時候，好像真的沒多想，就是——

「就是之前意外有了點交集，覺得她的反應滿好玩的，就逗了她一下，真的沒什麼。」

「沒什麼你還逗人家，那有什麼還得了？」宗凱撞了撞他的手肘，「要幫忙嗎？」

「幫什麼忙？」陳洛白抓著可樂罐，無奈地笑了下，「你們一個個想得比我還要多。」

宗凱盯著他眉眼間的笑意看了兩秒：「那你幫我個忙吧。」

陳洛白：「什麼忙？」

宗凱沉默了兩秒，指尖無意識地捏皺了易開罐：「幫我寫一封情書，你知道的，我的字很醜。」

「寫情書？」陳洛白詫異地望向他，「寫給誰？」

總不可能寫給殷宜真吧？

捏皺的易開罐有一小塊尖銳的凸起，手指摸過去的時候，有極輕微的一點刺痛感，宗凱垂下眼：「別班的一個女生。」

陳洛白遲疑片刻，還是提醒他：「如果你沒弄清楚跟殷宜真的關係，就別去招惹其他女生。」

宗凱摸著那一小塊尖銳的凸起：「就快了，幫嗎？」

陳洛白沒拒絕：「好，你把信紙給我。」

宗凱從他桌上拿出一本活頁筆記本，從裡面抽出一張紙擺在他面前：「就拿這個寫吧。」

陳洛白不由好笑：「你寫情書給人家，就隨便從我筆記本裡抽一張紙啊？」

「趁我還有衝勁的時候趕快寫，我怕我等一下就會後悔了。」宗凱說。

「好吧。」陳洛白拿起桌上的筆，隨手轉了幾下，「她叫什麼名字？」

宗凱：「不知道。」

「連名字都不知道，你還要寫情書給人家？」陳洛白無語地看向他。

宗凱：「你不是也一樣嗎？連人家的名字都記不住，就請喝飲料了。」

「怎麼又扯到我身上了？」陳洛白停下轉筆的動作，「內容要寫什麼？」

「就寫——」宗凱摸了摸易開罐上凸起的那塊，「謝謝妳那天的藥，我很喜歡，也很喜歡妳。」

陳洛白寫完後，等了片刻，沒等到他繼續說話：「然後呢？」

「就這樣。」

陳洛白：「……你寫情書給人家，就只寫這麼幾句話？你好意思說這是情書？」

手指像是不經意多用了點力，刺痛感更加明顯，宗凱移開手：「我國文成績不好，你又不是不知道。」

「你要是能靠這封情書追到人，那女生多半是真愛了。」陳洛白失笑，「總要寫個名字吧？別讓人誤會。」

宗凱往紙張上看了一眼：「寫吧。」

陳洛白空了幾行，在底下靠右的位置寫完「宗凱」兩個字後夾起紙張，往旁邊遞過去。

紙張輕晃了兩下，卻沒立刻被人接過去。

陳洛白轉頭看向旁邊的人：「發什麼呆？又不要了？」

「沒什麼。」宗凱接過那張紙。

直到下午，周安然都捨不得把那瓶可樂喝掉。

晚自習結束後，她側身擋住桌子，悄悄將放在抽屜裡的可樂拿出來，往書包裡塞。

但連這點小動作都逃不過隔壁同學的眼睛。

「妳要帶回去嗎？」張舒嫻突然問她。

周安然的心臟重重一跳。

張舒嫻的聲音不大，他應該沒聽見吧？

下午他和宗凱在後面聊了許久，她一句都沒有聽見。

而且張舒嫻也沒指明說她帶了什麼回家，就算他聽見了，好像也沒什麼關係？

周安然的心跳慢慢恢復平穩，迅速把可樂塞進書包裡：「不冰了，帶回去冰一下。」

「也是，可樂不冰就沒有靈魂了。」張舒嫻背好書包，「那我先出去等曉雯啦，妳記得和茜茜說一下，我們明天中午是去吃火鍋。」

張舒嫻明天生日，前幾天就說好要請她們吃飯，就是一直沒想好要去吃火鍋還是吃乾鍋牛蛙，臨到今天的晚自習快結束她才決定好。

周安然點點頭，讓出位子給她。

側身的時候，看見坐在第二組第三排的婁亦琪，像是回頭朝這邊看了眼，又很快收回。

周安然不確定是不是自己想多了，就沒說什麼，她拉上書包拉鍊，起身時也不敢往後面看。

下午她跟張舒嫻從前門進來時，照舊下意識往他的座位看過去，差一點被他撞個正著。

想起下午男生抓著可樂、朝她望過來時的模樣，周安然的心跳又悄然快了幾拍。

可惜現在的教室是前門更靠近教學大樓出口，不再像高一那樣，能有正當的理由從後門進出。

也不知道他離開了沒。

周安然背著書包走到樓梯間，沒一會兒，嚴星茜就從樓上快跑下來，挽住她的手臂：「走吧。」

周安然跟她說了張舒嫻決定吃火鍋的事。

「太好啦！」嚴星茜語氣雀躍。

周安然被她的情緒感染，嘴角略彎了彎：「就知道妳想吃火鍋。」

嚴星茜「嘿嘿」地笑了聲：「其實我也滿想吃牛蛙的，不然我們明天下午再一起請舒嫻吃個牛蛙，怎麼樣？」

「好啊，我沒問題。」周安然贊同，「妳明天去問問曉雯的意見。」

嚴星茜點頭：「我明天一去學校就問她，妳先別告訴舒嫻，到時候給她一個小驚喜。」

出了教學大樓，周安然意外看見陳洛白就走在她們前方不遠處。

旁邊還是圍著祝燃、湯建銳那一大群人，不知道走在他旁邊的祝燃說了什麼，男生好像偏頭笑了下。

周安然背著書包走在他後面，感覺背包裡的那瓶可樂，像是同時在心裡輕輕搖晃似的。有細密的小氣泡不停炸開，難以平復。

從下午到現在，她好像都在做夢。

到家後，周安然把可樂從書包裡拿出來，立在書桌上。

去年他拿給嚴星茜的那袋零食，保存期限都不長，雖然不知道是不是他親自挑的，但喜歡或不喜歡的，她都一一吃掉了。

只是包裝不好留下來。

何女士哪裡都好，就是像很多家長一樣，感覺在家裡，尤其是對著自家孩子，並不需要任何界限感，經常隨意進出她的房間。不過大多時候倒不是為了查看她的隱私，只是純粹幫她收拾房間。

那些她本來想留下來的包裝，也會被何嘉怡丟掉。

她就只留了一部分的糖紙，將其折成糖紙花插在罐子裡。

但今天這瓶可樂是他親手拿給她的。

周安然捨不得喝，也捨不得不喝。

下午就一直在猶豫，到現在還在兩個選擇中反覆橫跳，完全無法抉擇。

周安然輕輕嘆了口氣，把可樂收進抽屜裡。

反正還有時間，就慢慢猶豫吧。

第二天，周安然早早到了教室。

從前門進去的時候，還是悄悄往後面看了一眼。

他還沒來。張舒嫻也還沒來。

周安然在自己的位子上坐下，剛打算背國文課文，一個小禮盒就突然被放到了她的桌上。

她抬起頭，看見婁亦琪站在她旁邊。

「妳幫我給她。」婁亦琪的語氣有點生硬，「去年說好了，今年還要送禮物給她。」

周安然問她：「妳怎麼不自己拿給她？」

婁亦琪臉色一沉，直接拿走禮盒：「不幫就算了。」

周安然只是覺得，禮物還是親自送比較合適，但她跟婁亦琪不算熟，所以沒有多做解釋。

只是張舒嫻過來之後，她還是小聲跟她說了下這件事。

張舒嫻把書包放好，抬眸看了婁亦琪的背影一眼：「算了，妳別管她，她這個人有時候就是彆扭，她要送的話，我之後再補一份禮物給她，如果不送，就當沒這回事。」

周安然想起婁亦琪昨晚回頭看的那一眼，還是多問了一句：「那妳中午吃飯的時候，要不要叫她一起來？」

張舒嫻沉默了下：「還是不叫了吧，就算是友情，也沒人希望自己是一遇到什麼事，就會被往後排的那一個。妳和茜茜從小玩到大，妳們有事不能跟我和曉雯一起吃飯的時候，都還記得跟我們打聲招呼呢。而且她跟妳們不熟，去了大家反而會變得拘束。」

周安然也沒再多說，從書包裡把自己準備好的禮物拿出來給她：「生日快樂呀。」

張舒嫻高興地接過去：「我可以現在就拆開嗎？」

周安然點頭：「可以啊。」

她挑的禮物是一條手鏈。

張舒嫻看起來很喜歡的樣子，拆完就立刻戴到手上，又直接抱住她的手臂：「嗚嗚嗚，真好看！然然妳也太好了，好希望我們的位子能一直被分配在一起。妳說，要是我讓我媽也跟茜茜的媽媽一樣，去跟老高說別換我們的位子，我要跟妳學英文，他會不會答應啊？」

「可能會吧？」周安然也不確定。

張舒嫻突然往後瞥了一眼：「陳洛白和祝燃的位子三學期都沒換過，肯定是找了老高，不過那是最後一排的位子，也沒人要跟他們搶。」

只是聽見他的名字，周安然的心跳就莫名快了一些。

已經過了一個晚上，昨天下午那種輕飄飄、落不到地面的感覺卻絲毫沒減，總感覺還像是做了一場美夢。

畢竟她之前覺得，他們這學期的關係，頂多只會再稍稍往前一點，完全沒料到他會突然請她喝飲料。

或許美夢總是易碎的吧。

後來周安然再想起這天，只記得天氣格外悶熱，厚厚的雲層堆積在天上，日光照不進來，天色陰暗，像是要下雨，卻始終沒下，悶得人幾乎要喘不過氣。

幾個科任老師也像是約好似的，這天齊齊拖延下課時間，本來就不多的下課時間被一再壓縮。

她都沒機會好好看看他。

那天上午的最後一堂課是高國華的數學課，而他也「不負眾望」地拖延了下課時間。

雖然火鍋店就在學校附近，但吃火鍋費時，一來一去也要花點功夫，張舒嫻急得不行，講臺上的高國華還在不緊不慢地講著考試重點。

嚴星茜和盛曉雯早已從六樓下來，就站在窗戶外面等她們。

或許是等得無聊，在周安然不經意看出去的時候，那兩個人就在外面衝她做起鬼臉。

周安然不由莞爾，餘光瞥見高國華像是要轉過身，趕忙斂起嘴角的微笑，繼續認真聽課。

外面那兩位的動作卻越來越誇張。

她們本來就是從二班轉出去的，教室裡的學生不說全和她們相熟，起碼都是認識的，被逗得笑了起來。

高國華發現端倪，朝窗外看過去。

嚴星茜和盛曉雯兩個人突然一個望天，一個看地，裝出一副乖巧等人的模樣。

拖延了差不多五六分鐘，高國華才終於宣布下課。

周安然被張舒嫻拖著往外跑，都沒來得及回頭看他一眼。

跑出教室時，周安然看見嚴星茜和盛曉雯在和高國華打招呼。

高國華手裡抱著教材，語氣有那麼點警告意味，臉上卻帶著笑：「下次過來等人可以，不許再打擾大家上課。」

盛曉雯向來膽子大，也不怕他：「我們是下課之後才來的，高老師，如果你不拖延下課時間，我們也沒有打擾大家上課的機會啊。」

高國華故意板起臉：「不當妳們的班導，就管不動妳們了，是吧？」

「怎麼會呢？」盛曉雯和嚴星茜齊齊搖頭。

高國華又問了幾句她們在文組的近況。

等他一走，張舒嫻才急忙催促：「快點快點，不然要來不及了。」

張舒嫻早就訂好了位子。

四人抵達後，被服務生引導到位子上，開始點餐。

點到飲料時，盛曉雯像是想起什麼似的，突然抬起頭：「對了，然然，聽說陳洛白昨天請妳喝飲料了？」

盛曉雯昨晚有事，沒和她們一起吃飯。

周安然心裡一跳，端著檸檬水的指尖蜷了蜷：「對啊，順便。」

「要不是陳洛白平時態度瀟灑，不像是會搞暗戀這種事的人，加上沒和妳說過幾句話，我都要懷疑他對妳有意思了，不過他確實滿喜歡請客的。」盛曉雯說著又低下頭，「喝酸梅湯可以嗎？」

張舒嫻投票：「我ＯＫ。」

嚴星茜附和：「我也ＯＫ。」

周安然輕聲：「我沒問題。」

前一個話題就這麼輕飄飄地帶過。

昨天湯建銳他們打趣了幾句，後面再回教室後，好像就沒有人再提起過這件事。

就連她自己的朋友，似乎也覺得這是一件不可能的事。

周安然垂眼喝了一口檸檬水，有略微酸澀的口感。

所以妳也別想多了，他真的就是順便的。周安然在心裡悄悄對自己說。

吹著空調，算準時間吃完這頓火鍋，幾人迅速趕回學校，最後踩著鐘響回到教室。

下午最後一堂課是英文課。

林涵一進教室就笑道：「聽說你們的科任老師，今天都拖延下課時間了？」

「是啊。」祝燃在後面高聲接話，「林老師，您就別拖了，陳洛白他姑姑的女兒的表哥的大嫂的妹妹的奶奶生病了，我們打算去醫院探望一下。」

一聽就知道在瞎扯，林涵明顯不相信，笑著打趣他：「陳洛白，有這麼一回事嗎？」

聽見老師點到他的名字，周安然不自覺地坐直了一點。

「沒這回事，林老師。」陳洛白的聲音從後面傳過來，明顯帶著笑意，「是祝燃腦子有病，叫我陪他去醫院看看。」

「靠，你腦子才有病。」祝燃回罵了一句。

全班哄堂大笑，連帶張舒嫻在內，都回頭去看熱鬧，周安然就趁機跟大家一起回頭。

陳洛白剛從祝燃那邊轉回來，臉上的笑容將散未散，顯得有些漫不經心。

不知是不是他稍稍轉偏了一些，周安然的目光和他的視線在半空中撞個正著。

周安然還來不及反應，下一秒，她就看見男生的眉梢像是輕揚了下。

她的心跳瞬間漏了好大一拍，慌忙轉過頭，滿腦子都還是他衝著她這邊揚眉的動作。

他是發現了她在看他嗎？還是他剛才其實是在看別人？畢竟坐在她前面的男生好像跟他滿熟的。

班上大部分的男生都跟他很熟，起碼比她跟他熟絡多了。

多半不是衝她吧。

等到怦怦亂跳的心臟稍稍平緩下來，周安然才後知後覺地懊悔起來。

她為什麼又要躲啊？

大家都朝他那邊看，她跟著看過去也很正常，突然迴避視線才奇怪吧？

不過他向來注意不到她，應該沒什麼關係。

只是這兩天也不知道是怎麼回事，明明之前偷偷看了他一年，也都沒被發現過，昨天和今天都不太敢看他，居然有兩次差點被發現。

「好了。」林涵笑著敲了敲桌子，「別吵了，上課，再吵我今天真的也要拖延下課時間了。」

周安然輕輕晃了晃腦袋，把別在耳後的頭髮晃下來，擋住微紅的耳朵，壓下那些胡思亂想，抬頭認真聽林涵講課。

最終，林涵成為這天唯一一位沒拖延下課時間的老師。

準時下課後，周安然也不敢再往後面看，匆匆忙忙地拉著張舒嫻快步往外走。

「然然，妳今天是怎麼回事，難得這麼積極地想要下課。」張舒嫻覺得奇怪。

走出教室，周安然這才鬆了口氣：「沒什麼，趕著帶妳去吃牛蛙。」

「吃什麼牛蛙？」張舒嫻問。

周安然：「茜茜她們和我說好，下午再一起請妳吃一頓牛蛙。」

張舒嫻愣了下，臉上漾開笑容，又故意去撓她癢：「妳們什麼時候瞞著我偷偷商量的！」

周安然笑著躲開她的攻擊：「那妳去不去啊？」

「去去去。」張舒嫻重新拉住她的手。

乾鍋牛蛙的店鋪也在學校附近。

吃牛蛙不如吃火鍋耗時，四人吃完回來時，離晚自習開始還有一段時間。

進教學大樓後，嚴星茜和盛曉雯一起回六樓，張舒嫻在門口被她三班的朋友叫住聊天，周安然一個人進了教室。

走到座位時，周安然看見自己的英文課本斜斜地擺在課桌旁邊，有一小半越出課桌，要掉不掉的模樣。

周安然不禁覺得有些奇怪。

她下課時一向都會把書擺好再離開，從沒有亂放東西的習慣。

這本英文課本是怎麼回事？

是誰不小心把它弄掉後，隨手把它撿起來一放嗎？

周安然站在桌邊，伸手隨便翻了下課本。

但課本裡像是夾著什麼東西，她一翻，就翻到那一頁。

裡面夾著一張紙。

確切地說，像是一封短情書——

『謝謝妳那天的藥，我很喜歡，也很喜歡妳。』

八顆檸檬　他怎麼可能喜歡我

情書上沒有落款。

但和某張臉、某個聲音一樣，這道筆跡也同樣在她心底反覆回想過無數次。太過熟悉，以致於根本沒有認錯的可能。

是陳洛白的字。

教室內外的聲音像是在倏忽間全部消失，周安然只聽見自己一聲快過一聲的心跳。

陳洛白寫情書給她？這怎麼可能呢？

可是，如果不是給她的，為什麼會出現在她的桌上，夾在她的英文課本裡？

還有上面的第一句話——

謝謝妳那天的藥。

是說她那天給他的優碘棉棒嗎？所以他那天還是認出她了？

認出她，所以才有了昨天請她喝飲料的事、有了今天這封情書？

但這也不可能啊。

送東西給他的女生那麼多，漂亮的、優秀的都不缺，而且她跟他同班一年多，他甚至從沒注意過她，怎麼可能會因為她送了一次藥就喜歡上她。

「然然。」張舒嫻的聲音突然在耳邊響起，「妳站在座位旁邊發什麼呆啊？」

周安然的心重重一跳，倏然回過神，驀地將英文課本闔上。

「想什麼呢，怎麼一驚一乍的？」張舒嫻看她一副呆呆的模樣，不由多問了一句。

周安然滿腦子都還是那封情書，連她說什麼都沒聽清楚，只胡亂應了一句：「妳要進去嗎？」

「要，」張舒嫻說，「妳稍微讓一下。」

周安然機械地往後退了一步，站到後一排的課桌旁邊。

婁亦琪不知什麼時候也回到了教室，殷宜真跟著她一起，兩個人站在座位邊打鬧。

張舒嫻被她們擋了下，沒能立刻過來。而婁亦琪不知為什麼，又笑著推了下殷宜真，殷宜真往後退了一大步，手無意識往後擺了下，像是不小心把什麼東西打翻到地上。

殷宜真回過頭，看見的是一本英文課本。

「不好意思，不好意思。」她蹲下身去撿。

「不用——」周安然後知後覺地想起夾在課本裡的東西，想要阻止，卻已晚了一步。

殷宜真蹲下身，拿起那本英文課本後，才想起剛才那個位子是周安然的，這本書應該也是她的。

她的心情複雜了一瞬。

聽見周安然的聲音，殷宜真本來想回過頭，卻先看見書的下面還有一張紙，像是夾在英文課本裡，不小心掉出來似的。

紙張正面朝上，上面只有短短的一句話，字跡卻無比熟悉。

她曾經讓宗凱幫忙借過他的筆記。

即便她那天在福利社門口，看到他笑著湊到周安然面前說話，殷宜真此刻仍覺得難以置信。

陳洛白那樣的人，居然會主動寫情書給女生？

殷宜真拿著那張紙站起身，看向周安然，像是還存著什麼僥倖似的，輕聲問：「陳洛白寫給妳的？」

周安然還沒反應過來，卻陡然再生變故。

原本站在一旁沒動的婁亦琪在聽見這句話後，倏然將殷宜真手上的紙扯過去。她瞥了內容一眼後，像是極為驚訝，臉色頓時大變。

「怎麼可能。」婁亦琪抬頭看向周安然，「陳洛白怎麼可能寫情書給妳！」

她的聲音比殷宜真剛才那句話大了無數倍，離晚自習開始沒剩太多時間，班上的人已經到了大半，此刻齊齊朝這邊看過來。

周安然從未經歷過這種場景，像是有眩暈感襲來，大腦瞬間一片空白。

「妳在說什麼東西？」張舒嫻察覺到不對，也靠過去看了一眼。

這一看，她也瞬間愣住了。

婁亦琪的臉上卻還是滿滿的驚訝，她看了看周安然，又仔細看了下手上的紙張，像是發現了什麼似的：「是妳模仿他的字寫給自己的吧？我就說陳洛白怎麼可能寫情書給妳。就算陳洛白要寫情書給別人，也不可能用這種普通的筆記本紙張，更何況這張紙還裁了一截。看不出來啊，周安然——」

「婁亦琪，妳亂說什麼啊！」張舒嫻打斷婁亦琪，她終於搞清楚狀況了。

這封從周安然的英文課本裡掉出來的情書，明顯是陳洛白的字跡。

但周安然絕不是會幹出模仿他人的字跡寫情書給自己的人，張舒嫻想起昨晚的事，又接道：「陳洛白怎麼不可能寫情書給然然？他昨天還請然然喝飲料了。」

被她打斷後，婁亦琪的態度像是比之前更激動：「陳洛白也有請過我啊，這算什麼？妳現在跟她關係好，當然偏袒她。但妳問問她，她要是不心虛的話，為什麼一句話都不反駁？」

周安然站在原地，只覺得大熱天的，溫度卻像是在不停流失，手腳一陣冰涼。

她不是不反駁，而是根本不知道怎麼反駁。

她從來都不擅長跟人吵架，每次都是吵完後才想起當時應該怎麼罵回去，婁亦琪的態度明顯更加激動，語速飛快，連珠炮似的，完全不給她機會反駁。

更何況，就連她自己都還沒搞清楚狀況。

她不知道這封情書是怎麼來的，甚至連她自己都不相信這封情書是陳洛白寫給她的。

而且在婁亦琪開口之前，她都沒注意到那張紙被裁了一小截。

怎麼會被裁了一小截呢？

或許是見她沒立刻接話，婁亦琪的語氣明顯篤定了幾分：「再說了，同班一年多，妳有見過陳洛白跟她說過一句話嗎？他大概連她叫什麼名字都不知道吧。」

「我不知道誰的名字？」熟悉又低沉的聲音突然響起。

周安然驀地抬起頭，看見陳洛白站在後門，身後跟著祝燃那一大群人。

她臉上的最後一絲血色消失殆盡。

他怎麼偏偏在這時候回來了？

從發現這封情書到現在，也才不過一兩分鐘，接連的變故讓周安然已經運轉遲緩的大腦，反應越發遲鈍。

她還來不及想好該怎麼應對，婁亦琪已經晃起手裡的那張紙，「陳洛白，你寫情書給周安然了？」

婁亦琪一問完這句話，周安然就看見陳洛白像是愣了下，臉上有顯而易見的驚訝。

她心裡最後那點微乎其微的妄想，霎時碎成齏粉，在他偏頭朝她這邊看過來的一瞬，難堪地低下了頭。

陳洛白站在後門口，看見不遠處的女生半低著頭，臉被垂下的頭髮擋了大半，越發顯得只有巴掌大小，不像昨天下午站在他面前時，那副又乖又安靜的模樣，她當時應該是剛運動完，臉上泛著微微的粉色。

而此刻那張小臉，看起來比那天他在天臺上撞見她哭泣時白上不少，幾乎不見一絲血色。

陳洛白皺了下眉頭，大步走過來，將那張紙抽走。在看清上面的內容後，眉梢皺得更緊。

婁亦琪觀察著他的反應，懸著的那顆心也完全落回去，她稍稍轉過臉。

「周安然，陳洛白人都來了，妳敢當著他的面說這封情書是他寫給妳的嗎？」

周安然努力讓自己鎮定下來。

但她到現在也還沒明白這封信是怎麼一回事，只能從他剛才驚訝的反應中分析出，不管真相如何，都不可能是他寫了情書給她。

要怎麼解釋？全盤托出？他會相信她嗎？

周安然緊咬著唇，但婁亦琪卻沒給她思考和猶豫的機會，馬上追問：「怎麼，不敢問？我就說吧，這封情書怎麼可能是陳洛白寫給妳——」

陳洛白此刻也還沒搞懂情況。

這張紙明明是他幫宗凱寫的情書，怎麼會出現在他們教室？

而且出現在她手上。

宗凱喜歡的人是她？

落款怎麼不見了？

怎麼又會被其他人發現？

耳邊傳來一道咄咄逼人的追問，陳洛白皺眉抬眸。

斜前方的女孩睫毛低低垂下，細白的手指蜷在一起，嘴唇咬得發白，像是尷尬難堪得隨時都要哭出來。

那瞬間，陳洛白也不知道自己在想什麼，他打斷道：「是我寫給她的。」

陳洛白說完這句話後，教室像被按下暫停鍵，連空氣都靜止似的。

婁亦琪沒說完的話僵在嘴邊。

周安然倏然抬起頭，目光隔空撞進男生的視線中，還來不及看清什麼，一道威嚴的聲音突然響起：「什麼情書？」

教務主任不知為何會突然出現在前門，臉色沉得厲害：「你們當這裡是什麼地方！陳洛白，還有另一個叫周安然的，跟我去辦公室。」

兩個「當事人」被叫走後，教室才從靜止的狀態中恢復過來。

張舒嫻擔心地從門口收回視線，目光落到婁亦琪臉上，冷聲道：「妳滿意了？」

婁亦琪張了張嘴，想說自己不是故意要汙蔑周安然，只是因為太過驚訝，覺得仿冒是唯一的可能。

可是，怎麼會呢？陳洛白怎麼會承認？

他怎麼可能寫情書給她呢？

一直沒再插話的殷宜真這時也看向她，「妳不是跟我說——」殷宜真直直盯著她，「妳喜歡祝燃嗎？為什麼陳洛白寫情書給別人，妳比我還激動？」

「等等。」祝燃也正在擔心，聞言愣了下，「怎麼還有我的事？妳們可別把亂七八糟的心思放到我身上啊，老子有喜歡的人。」

湯建銳幾人也露出一副擔憂的模樣：「老祝，現在是什麼情況，洛哥真的喜歡周安然？」

祝燃也搞不清楚狀況：「我哪知道。」

「什麼情況？」

另一邊，兩人到達辦公室後，教務主任也問了同樣的問題，他把收走的情書放到辦公桌上，目光掃過低著頭、臉色雪白的女生，最後落到陳洛白身上。

從剛才聽見的情況來看，陳洛白似乎才是主動的一方。

「陳洛白，你先說。」

陳洛白不知道他幫宗凱寫的這封情書，怎麼會出現在她手上，他甚至不知道自己剛才為什麼要當眾承認是他寫給她的。

他剛才好像沒有多想。

可能是因為，不管這封情書是怎麼到她手上的，都確實是他寫的。

是他讓她陷入被人懷疑指責的尷尬境地之中。

陳洛白不怕應對老師，他在來辦公室的路上已經想好了解決方法。

實話實說就好。

情書是他幫別人寫的，不知道怎麼會到她手上，整件事都和她沒關係，一來把她踢出這件事，二來也是跟她解釋一下，剛才當眾承認的原因。

但臨進門的那瞬間，他目光不經意瞥見情書上的第一句話後，心中驀地閃過一個剛才在教室裡沒想到的猜測。

他突然有些猶豫要不要實話實說。

要是他猜得沒錯，真要解釋的話，是不是最好不要當著老師的面，還是私下跟她說比較好。

遲疑了片刻，陳洛白突然看見旁邊的人動了。

連話都不太敢和他說、身高大概只比他肩膀的位置高一點、身形纖瘦的女孩突然擋在他面前。

那道溫軟好聽、帶點細微顆粒感的聲音聽起來還是很輕，卻不像在他面前那樣怯生生的，聽起來輕，卻十分堅定。

「趙老師，這件事和他沒關係。」

陳洛白倏然一愣。

從教室到辦公室有一小段路，沒了其他人的干擾，周安然總算冷靜了下來。

不管那封情書是怎麼出現在她課本裡的，都不可能是他寫給她的。

也許在看到那封情書的一瞬，她心裡還存在過一絲妄想，但這份妄想在後來被澈底擊碎。

除了懷疑是她仿冒他的字跡之外，她幾乎認同婁亦琪的每一句話，這也是她剛才不知道該怎麼反駁的原因。

因為陳洛白確實不可能寫情書給她。

他進門後，聽見婁亦琪的那番話時，臉上那溢於言表的驚訝也足以證明這個事實。

雖然不知道他為什麼要承認，可能又是因為他的教養使然，不忍看她像剛才那樣尷尬。

但不管是因為什麼，他剛才確實又幫了她一次，把她從剛才那極度難堪的狀態中拉出來。

正是因為幫了她，他現在才會和她一起被叫進辦公室。

周安然還記得，上學期有一對高三的學長和學姐談戀愛被教務主任撞見，最後雙雙被記過和通報上級機關的事情，張舒嫻她們還說，學校對這種事一向管得很嚴。

這次也許沒那麼嚴重。

雖然他不是什麼太規矩的好學生，卻深受老師喜愛，連普通的批評都沒有承受過，怎麼能因為幫她而陷入可能會被通報給上級機關的境地中。

周安然抬起頭，大腦在這瞬間像是十分清晰，又像是格外混沌，她垂在一側的手緩緩收緊：「趙老師，真的和他沒關係，是我自己模仿他的字寫著玩的，沒想到會被同學發現，這封情書不是他寫給我的，沒有人寫情書會隨意到拿筆記本的紙來寫，還是裁了一大截的紙，您要是不信的話，可以去我們班上打聽，他跟我完全不熟，同班一年多，他也就跟我說過五次話，加起來總共才二十三句，他連我的名字都不記得，根本不可能喜歡我。」

她說的每一個字陳洛白都聽懂了，但每一個字都在他的意料之外。

或者說，從她站在他面前的那一刻起，好像有什麼事已經完全超出了他的控制。

他愣愣地站在原地，目光直直落在那道纖細的背影上。

面前的女生說完這段話，好像用盡了全部的勇氣和力氣似的，她突然半蹲下來，聲音隱約帶出一絲哭腔。

「他怎麼可能喜歡我。」

陳洛白走到三班的後門口，抬手敲了敲門。

此時已經是晚自習時間，好些人聽見動靜後都轉頭看過來。

陳洛白不管其他人的目光，只看向第一排最後一個的宗凱：「聊聊。」

宗凱放下筆：「正等著你來找我呢，走吧。」

沉默著一路走下樓梯，宗凱先開口：「去哪裡聊？」

陳洛白也沒想好，他抬頭看了對面的操場一眼，今晚沒有體育生在訓練，上面格外空蕩，

「就去操場聊吧。」

宗凱點頭：「好。」

抵達操場後，陳洛白走到足球球門邊，背倚在門框上。

天氣悶熱了一整天，晚上才刮起了風，像是終於要下雨了。

「為什麼？」陳洛白低聲問。

宗凱沉默了下：「不是說了嗎？想幫你。」

陳洛白抬起頭：「我以為我們是兄弟。」

操場又安靜了片刻，只有風吹著路旁樹葉搖晃的聲音。

隔了許久，宗凱才低聲回他：「我想讓宜真早點對你死心。」

「是你天天把她帶來我面前的。」陳洛白踢了踢腳邊的小石頭，「不管是知道她的心思前，還是在猜到她的心思後，我都沒主動和她說過一句話，你想讓她死心的話，不會直接跟我說嗎？」

宗凱在聽說二班那邊發生的事情後，或者說把那封「情書」放到周安然的課本裡後，就一直在等陳洛白來找他。

他期望陳洛白在知道後找他吵一架，甚至打架也行，他們或許還能繼續當朋友，但陳洛白的態度如此平靜，他就知道有什麼事情應該已經無法挽回了。

「對不起。」

他不是沒猶豫過，不是沒想過直接找他幫忙，但那點可笑的自尊讓他怎麼也開不了口。

「是我自私，我沒想到——」

他設想了許多可能性，唯獨沒想到會剛好被教務主任撞個正著。

「……對不起。」

陳洛白的腦中晃過一張毫無血色的小臉：「你該道歉的對象不是我。」

「她現在怎麼樣了？」宗凱問，「回教室了嗎？我去跟她道個歉。」

陳洛白：「被老趙留下來了。」

二中的教務主任姓趙，叫趙啟明。

「怎麼會是她被留下來？這件事和她沒關係，你沒跟老趙說實話？」宗凱意外地看向陳洛白。

但操場光線太暗，男生的表情有些晦暗不明。

「來不及。」

宗凱不太明白：「什麼叫來不及？」

陳洛白沒接他的話，突然回頭看了一眼。

從這個位置，還能看到他上週五蹲下身繫鞋帶的地方，以及那個穿著黑色裙子的纖瘦身影跑進去的教學大樓門口。

「那晚送藥給我的人，是她吧。」

「是她。」宗凱這次沒再說記不清，陳洛白語氣肯定，明顯不是問句，「她可能喜歡你。」

陳洛白又把視線轉回來：「我知道。」

他要是還不知道，就不止是眼瞎了。

「你怎麼沒留在教務處那邊陪她？」宗凱突然又問。

陳洛白：「她的情緒不太穩定。」

她在說完那句帶著哭腔的話後，就真的哭了。

他一開口，她就哭得更厲害，就像……

就像那天在天臺上一樣。

老趙帶了這麼多屆學生，應該也看出來了，就先讓他出來。

他從教務處出來後，心裡亂得厲害，隨意走了走，稍微冷靜下來後，才想起自己該過來找宗凱，得先把情況弄清楚，他才能知道下一步該怎麼做。

宗凱閉了閉眼：「我跟你一起去找老趙解釋一下吧，說到底，這件事和你們兩個都沒關係。」

「我不知道——」

陳洛白停頓了下。

宗凱從沒聽過他如此猶豫且茫然的語氣：「你不知道什麼？」

「算了。」陳洛白單手插到口袋裡，直起身，「先過去吧，到時候再看看要怎麼解釋。」

兩人走到趙啟明的辦公室，卻發現門已經關上，裡面也是暗的。

好在旁邊的辦公室的門剛好打開。

陳洛白叫住剛走出來的人：「李老師，趙老師不在辦公室嗎？」

「你們找趙主任啊。」李老師回他，「趙主任有事回家了。」

陳洛白：「剛才被他叫來辦公室的女生呢？」

「好像被父母接走了吧。」李老師說。

陳洛白愣住：「怎麼會被父母接走？」

「好像是情緒不太穩定，老趙就把她父母叫過來，剛好她父母就在附近。」他還有事，也沒心思和兩人多說，「我也不太清楚具體狀況，你們明天直接問趙主任吧。」

李老師背影匆匆地往樓梯走。

辦公大樓比教學大樓還要安靜，周圍只剩下急快的腳步聲。

宗凱看向陳洛白，他的臉半隱在暗處：「你先別擔心，我明早再跟你一起過來跟趙主任解釋。」

腳步聲遠去，辦公大樓完全安靜下來。

過了許久，宗凱都沒聽見他回話。

這晚南城果然下起了暴雨，直到第二天雨還是沒停，只是雨勢稍稍緩和下來。

雨天容易塞車，陳洛白刻意比平時還要早出發，卻在路上塞了許久，到學校時，離早自習開始只剩十分鐘。

他從後門進去，將雨傘放下，看到周安然的座位是空的。

陳洛白不知道她平時幾點才會到學校。

在前天以前，他甚至都沒注意她這學期坐在哪裡。

她旁邊的同學也不在。

前排的男生倒是來了。

陳洛白走到她的座位旁邊。

女生桌上的書依照長短和顏色擺得整整齊齊，只有一本英文課本散亂地放在課桌中間。

聽說昨天那封情書，就是夾在她的英文課本裡。

陳洛白靠在她的課桌旁，伸手拍了拍她前排男生的肩膀。

「洛哥。」她前排的男生叫楊宏，轉過頭看見他有些意外，「怎麼了，有什麼事嗎？」

「周安然還沒來？」陳洛白問他。

楊宏沒想到他是問周安然，愣了下，但想起昨天下午那樁還沒定論的緋聞，又覺得好像在意料之中：「還沒。」

陳洛白：「她平時幾點到校？」

楊宏想了想：「我也不太清楚，我和她不熟，之前也沒有坐在一起，不過她前幾天都滿早來的。」

陳洛白垂著眼沒說話，不知道在想什麼。

楊宏平時跟他還算熟，有點想打聽一下他和周安然到底發生了什麼事，之前連話都沒怎麼說過，怎麼就突然到了寫情書表白這一步，但看他臉色很淡，不像平日總帶著笑的模樣，又不敢多說。

倒是他旁邊的男生，在這時轉頭問了一句：「洛哥，你找周安然啊？」

陳洛白點頭。

男生說：「她平時都跟嚴星茜一起來上學，不過我今天來學校的時候，看到嚴星茜是一個人來的，剛剛張舒嫻……就是坐在周安然隔壁的女生，她來的時候好像接到一通電話，然後慌忙地把書包一放，聽起來似乎是去六樓找嚴星茜了。」

「嚴星茜在哪個教室？」陳洛白問他。

「六樓右手邊第一間教室。」

「謝了。」陳洛白直起身，剛打算從前門出去，就看見有人擋在他面前。

婁亦琪大膽地攔住他，是想跟他解釋昨天下午的事，她張了張嘴：「我昨天——」

只說了三個字，話就被面前男生冷冷掃過來的一眼打斷。

婁亦琪因為常常跟殷宜真待在一起，所以有和他一起吃過幾次飯。

雖然陳洛白和女生不熱絡，很會保持距離，但態度再疏離也都是禮貌的。

婁亦琪還是第一次看到他如此冷漠的樣子，連語氣也是冷的。

「我記不記得誰的名字，妳怎麼好像比我更清楚？」

婁亦琪呼吸一窒。

陳洛白沒再多看她一眼，側身從她旁邊走過去，徑直走出前門。

祝燃剛走到前門，就看見他大步往樓梯上走。

「阿洛，你要去哪裡？」

祝燃叫了聲，沒見他回頭，趕忙回教室隨便放下傘，快步追了上去。

陳洛白上了六樓，還沒走到右邊第一間教室，就看見有三個女生背靠在欄杆上說話，中間那個低著頭像是在哭。

他心裡突然有種不好的預感。

走近時，陳洛白才發現不止中間那個在哭，三個女生的眼睛都是紅的，只是站在中間的那個明顯哭得最厲害。

雖然他不太記得班上女生的名字，但畢竟同班了一年，大概對得上人。

陳洛白看向中間那個女生：「嚴星茜，周安然今天還沒來嗎？」

話音剛落，就見哭得上氣不接下氣的嚴星茜抬起頭瞪他：「她要轉學了，你滿意了？」

「妳說……」陳洛白停頓了下，像是沒聽懂這句話似的，「什麼？」

周安然昨晚早早就被何嘉怡接走了，嚴星茜沒能跟她一起回去，到家時還特意去了周安然家一趟，卻被何嘉怡告知周安然已經睡了。

她有些擔心，今天早早起床，沒像往常一樣在樓下等她，而是特意去周安然家門口找她一起去學校，卻從何嘉怡那裡得知周安然要轉學的事情，也從周安然那裡得知她藏了一年多的祕密。

她們昨天還跟周安然說好，過段時間再一起去吃火鍋，今天卻得知她最好的朋友就要轉學了。

她從小學到現在，從沒和周安然分開過太久。

嚴星茜知道，周安然會轉學的部分原因跟家裡有關，也不能完全怪陳洛白，但除了怪他，她好像也不知道該怪誰了。

她抽了抽鼻子：「我就說上學期的球賽，她怎麼會想要偷偷幫你，怎麼會無緣無故就跟周叔叔看起了球賽。」

「妳是說——」陳洛白倏然抬眸看她，喉間微澀，「上學期的那場球賽，是她幫我的？」

盛曉雯比嚴星茜冷靜一些，聞言忙扯了扯嚴星茜的手臂。

嚴星茜哭了一整個早上，大腦有些混沌，此刻才突然反應過來：「沒有，你聽錯了，我們要進去了。」

陳洛白站在原地，看見嚴星茜走動時，有什麼東西從她褲子口袋裡掉了出來。

他本來沒在意，直到那個小東西一路滾到他腳邊，陳洛白垂下視線，看見那是一顆糖果，糖紙上有一顆小小的檸檬和幾個日文字。

張舒嫻拉了拉嚴星茜：「茜茜，妳的東西掉了。」

嚴星茜轉過頭，看見地上的糖果時，情緒瞬間崩潰，她半蹲下身，聲音哽咽得厲害：「嗚嗚，這還是然然買給我的。」

祝燃追到二樓，沒看見陳洛白的人影，又回教室問了下，問出他是上六樓來找嚴星茜，這才跟著找過來。

到文組的教室前，祝燃就看見陳洛白站在走廊上，頭低垂著，看不清神色。

祝燃也不知道現在是什麼情況，只能開口提醒他：「阿洛，早自習快要開始了，先下去吧。」

「祝燃。」陳洛白抬起頭，「那天，就是上學期期末考的前一天，我和殷宜真單獨去電子遊樂場約會的謠言，是什麼時候傳出來的？」

祝燃愣了下：「怎麼突然問這個？我想想，傳訊息給我的人當時好像是說，已經傳了一陣子了，應該是下午下課沒多久就開始傳了，怎麼了？」

「沒什麼，就是……」陳洛白垂在一側的手緩緩收緊，他聲音輕下來，低得像是在自言自語，「我好像知道她那天為什麼會哭了。」

周顯鴻向來很有行動力。

週二決定搬家轉學，週四就已經帶著全家搬去了蕪城，房子是銘盛那位江董提供的。

周安然後來才知道，銘盛那位江董當時給了兩間房子讓周顯鴻選擇，一間在銘盛蕪城新分公司的附近，一間在蕪城一中附近，周顯鴻選擇了後者。

離開得匆忙，周安然留在二中的東西，是嚴星茜幫忙拿回來的。

何嘉怡不太想讓她回學校，周安然自己其實也不怎麼想回去。

那天下午的尷尬歷歷在目，雖然嚴星茜過來送東西的時候，順便幫她解惑了。

那封情書是他幫宗凱代寫的，宗凱第二天拿著截掉的那半截去找趙主任解釋，也找了嚴星茜幫他轉達歉意。

會把情書塞到她課本裡，是因為宗凱想讓殷宜真早點對陳洛白死心，至於為什麼選擇塞到她課本裡，宗凱說是因為那天殷宜真看到陳洛白請她喝飲料。

事情雖已明朗，周安然還是不太想回去面對同學們打量的目光，更不敢回去面對陳洛白。

那天在教務主任的辦公室，她不知真相，一心只想讓他和這件事脫離關係。

比起寫情書跟女同學告白，私下模仿同學的字跡亂寫這個「罪名」輕多了，畢竟後者只影響她自己，最多被私下批評幾句。

只是她從沒做過這樣的事情，她甚至都不知道自己當時是哪來的勇氣，只記得滿手心都是汗，大腦一片空白，該說的不該說的，一股腦全說了。

她也沒想到自己後來會情緒失控，導致趙啟明臨時決定打電話給何嘉怡。

他那麼聰明，她那點心思應該已經在他面前暴露得一乾二淨。

連他跟她說過幾句話，她都記得一清二楚，他可能會覺得她就像個變態吧。

因為這個決定太過突然，周顯鴻和何嘉怡原本的工作都沒辦法那麼快交接完，接下來幾天過得很是兵荒馬亂，但周安然的轉學卻辦得很順利。

銘盛那位江董就是蕪城人，這些年他一直對蕪城的建設出資出力，蕪城一中的新圖書館也是由他捐款建造而成的。

加上周安然的成績雖然不是頂尖，也算得上是拔尖的那一個，隔週週一，周安然就正式進了蕪城一中的理科實驗班，巧的是，她這次的班級仍是二班。

只是這個二班再也沒有熟悉的人。

更沒有他。

周顯鴻十分細心，請江董幫忙跟一中的校長打了聲招呼，新班級的班導和各科老師也因此對周安然多有照顧，同學倒也還算友善。

但這個班級沒有拆班，裡面的學生大多都是已經相處一年的熟人，新加入的那些人也早和大家有了一週的相處，周安然作為轉學生，又不是外向主動的性格，只覺得難以融入。

中午和下午吃飯的時候，再也不會有人風風火火地從六樓跑下來，拉著她就往外跑。

坐在教室第二組第六排的人，是一個高高的女孩子，她卻還是改不了目光會不自覺往那個位置看過去的習慣。

她。

在新學校的第一次晚自習結束後，周安然獨自走到校門外，就看見何嘉怡已經在校門口等

路很短，何嘉怡只略問了下她在新學校習不習慣、有沒有被同學欺負就已經到家了。

可是連家都是陌生的。

周安然回家洗完澡後，坐在陌生的新書桌前，把剛領的數學課本抽出來。

這邊的教學進度和二中差不多，但不可能完全一致，數學就講得比二中快了少許。周安然想趁著晚上的時間，將落下的進度補一補。

補到一半，何嘉怡從外面推門進來，放了一杯牛奶在她桌上。

周安然略抬了抬頭：「謝謝媽媽。」

何嘉怡卻沒立刻出去，只是站在旁邊垂眸看著她。

也才過了不到一週，不知道是不是錯覺，這女孩的臉好像又小了一圈似的。

「妳要跟茜茜聊聊嗎？我暫時把手機拿給妳。」

一中在手機方面管得比二中嚴格，完全不讓學生帶手機去學校，何嘉怡似乎也怕她拿了手機後，會想偷偷聯絡陳洛白，便暫時把她的手機收走了，就連她拍他打比賽的影片也被刪除了，不知是高一上學期開家長會的時候，何嘉怡和他打過照面，還有一點印象，還是那段影片對焦他的鏡頭多得過於明顯，讓何嘉怡猜出了一些什麼。

周安然其實覺得何女士想得有點多。

她根本沒有陳洛白的聯絡方式，完全不可能聯絡他，就算有，她現在也不會去打擾他。

不過她也沒反對，她在二中其實就很少帶手機。

聽到何嘉怡這句話，周安然抿了抿唇，猶豫兩秒。

她搬家和轉學的事情太過突然，嚴星茜到現在還有點無法接受，一跟她聊天就會哭。

她一聽她哭，自己也忍不住。

「算了吧，太晚了，茜茜大概也睡了。」

何嘉怡嘆了口氣，抬手摸了摸她的腦袋：「然然，妳也別怪爸爸和媽媽，這個年紀還是讀書更重要，媽媽也是過來人，不是不懂，但對現在的妳來說，沒什麼比考上一間好大學更重要了。」

周安然搖了搖頭：「我沒怪你們。」

何嘉怡也是前幾天才知道她偷偷藏在心裡的祕密，本來想再多跟她聊聊，但想起那天她哭得那樣厲害，最終也沒多說什麼，況且時間也不早了：「那就好，妳喝完牛奶就早點睡吧，身體也要緊，別熬太晚。」

周安然點頭：「我看完這一點就會睡了，你們也早點睡吧，明早還要趕回去呢。」

何嘉怡又摸了摸她的頭髮，最後還是沒多說什麼，轉身出了門。

門被輕輕帶上，周安然重新低下頭，但書上的內容卻再也看不進去。

她沒騙何嘉怡，她真的沒有怪他們。

這個機會，爸爸和媽媽已經為了她放棄過一次了。

周安然埋頭趴到書桌上，鼻尖泛酸。

她只是……很想家，很想念朋友。

也很想、很想他。

周安然重新抬起頭，伸手拉開抽屜，把裡面那罐沒開封的可樂拿出來，跟桌上的糖紙花擺放在一起。

何嘉怡不知道這兩樣東西和他有關，不然可能不會讓她留下來。

這也是她身邊僅有的、與他有關的兩樣東西了。

周安然盯著那罐可樂看了許久，視線逐漸模糊。

她只是沒想到，她會連繼續跟他當同學的緣分都沒有了。

第二天早上，周安然剛醒來就覺得眼睛不太舒服。

她從床上坐起身，打算去洗手間看一眼，下床後，她下意識往左走，險些撞到牆上，這才想起已經搬到了新家，現在的洗手間在床的右邊。

周安然在原地愣了片刻。

新家和他們在南城的房子一樣，也是三房的格局，周顯鴻和何嘉怡把主臥室讓給她，說是她朋友過來玩也會更方便一些。

周安然走進洗手間照了照鏡子。

昨晚哭得有點久，眼睛果然又腫了起來。

周安然接了一點冷水在臉上拍了拍，緩過僅剩的那點睏意，走出洗手間，拉開臥室的門。

外面一片冷清，門板上貼了一張紙條。

周顯鴻和何嘉怡的工作都還沒交接完，又不放心留她一個人在這邊，暫時每天開車往返兩座城市。

每天起得比她一個高中生還要早，睡得比她還要晚。

周安然有些心疼，又稍稍鬆了口氣。

要是讓兩位家長看到她的眼睛變成這樣，他們可能會更愧疚。

周安然伸手把紙條拿下來，上面是何嘉怡的字。

『爸爸和媽媽回去上班了，廚房的電鍋裡有玉米和雞蛋，吃完記得把插頭拔掉，不想吃就自己去學校附近吃滷粉也可以。』

在家吃完早餐，周安然本來想找點什麼東西敷一下眼睛，想到學校一個熟人都沒有，她又打消了這個念頭。

應該沒人會注意到她。

她希望被他注意到的那個人，已經不再是她的同學。

從家裡步行到學校只需要五、六分鐘。

到校時，時間還有點早，日光只有稀薄的一小層。

周安然原本打算直接去教室，路過公布欄時，卻不經意被上面的一張照片吸引住。她的腳步停頓下來。

照片上的女生綁著乾淨的馬尾，眉眼清冷，五官稱不上完美，但組合在一起卻有種莫名的吸引力。

走近一看，周安然才知道這就是上上屆那位理科榜首，名叫俞冰沁。

「在看俞學姐嗎？她可是我們學校好多人的女神，當然也是我的女神。」身後突然有一道女聲響起。

周安然回過頭，看見一個同樣綁著馬尾的女生站在她身後，臉圓圓的，有些可愛，是很討喜的長相。

和她對上視線後，女生歪頭朝她一笑：「是不是覺得我有點眼熟？我也是二班的，昨天和妳見過面。妳好啊，我叫岑瑜。」

周安然昨天心裡一團亂，其實沒太注意班上的同學，但也不好明說，她抿抿唇，有些拘謹：「妳好。」

岑瑜又笑著問她：「妳現在是要直接去教室嗎？」

周安然點點頭。

「其實我昨天就覺得妳滿漂亮的，偷偷看了妳好幾眼，有點想跟妳搭話，但妳聽課的時候好認真啊，我都不好意思去打擾妳。」岑瑜說著又邀請她，「沒想到今天早上就碰到了，我們一起去教室吧？」

周安然是慢熱的性格，也不知道該回她什麼，只是點了點頭。

兩人一起往教室的方向走，岑瑜熱心地跟她介紹學校和班上的大致情況，也知道這裡一個月會照順序換一次位子，下次岑瑜離她的距離就會更近一些。

那天中午和下午，岑瑜又主動邀請她一起吃飯。

一天過後，在周安然毫無預料的情況下，就迅速多了一位新朋友。

周安然以為照她的性格，需要花很長、很長一段時間才能融入到這個新團體中，但因為岑瑜的主動，這段時間直接縮減成短短幾天。

岑瑜性格外向又大方，是周安然最羨慕的那種類型。

被她引領著，周安然很快和班上大半的人熟悉起來，也不再對學校周圍的店家感到陌生。有的岑瑜跟她介紹過，有的帶她去吃過、逛過。

整個九月就在熟悉新家、新學校、新朋友和新城市的過程中慢慢度過了。

國慶連假，岑瑜跟父母去了其他城市。

周安然哪裡都沒去。

周顯鴻和何嘉怡在南城的工作早就交接完畢，銘盛這邊的新公司才剛成立，兩人假期都沒有空閒，並沒有回南城的打算。

連假第一天，嚴星茜過來蕪城看她，還幫不能過來的盛曉雯和張舒嫻轉交禮物給她。嚴星茜的爸媽也一起過來遊玩，周顯鴻和何嘉怡下午從公司回來待客。

周安然跟嚴星茜關在房間裡聊了一整個下午。

晚上出來吃飯時，兩個小女孩的眼睛都是通紅的。

何嘉怡在心裡輕輕嘆了口氣，開始懷疑他們這個決定是不是做錯了。

但不管有沒有做錯，現在都已經沒有回頭路了。

二中這次比一中多放一天假，但嚴星茜也沒能在蕪城多待，她家裡還有親戚趁著假期結婚，留在蕪城陪她兩天後，就被爸爸媽媽接回去了。

剩下的幾天，周安然都待在家裡寫作業。

假期結束後的第一天，周安然依舊早早返校，進教室就發現裡面的桌椅亂成一團。

她站在門口愣了下，才想起這裡每過一個月會挪一次位子。

「然然。」

出神間，周安然聽見有人在叫她。

她抬起頭，看見岑瑜在第一組朝她招手，又指了指第二組的位子：「快過來，我們已經幫妳搬好位子啦，也幫妳把座位擦乾淨了。」

周安然走過去，一邊放下書包，一邊向她道謝：「謝謝。」

「謝什麼。」岑瑜擺擺手，指指她的課桌，「我還帶了禮物給妳。」

周安然低頭看了抽屜一眼，有些意外：「怎麼有兩份啊？」

岑瑜摸摸鼻子：「我喜歡一次送人兩份禮物啊。」

周安然還是第一次聽說有人送禮喜歡送兩份。

但後來不管是節日還是她生日，每次她都會從岑瑜手裡收到兩份禮物。

「我們也有兩份。」坐在周安然前排的女生是岑瑜的好朋友，叫楚惠，因為岑瑜的緣故，也跟周安然熟絡了起來，「然然，妳快拆開看看。」

周安然把禮盒拿出來拆開。

第一個禮盒放了一小盒巧克力，第二個禮盒的裡面是……一個兔子玩偶的吊飾。

「為什麼我們的禮物是串珠手鏈，然然的是兔子啊？好可愛啊。」楚惠伸手摸了摸，手上的手鏈輕晃。

岑瑜哼了聲：「妳不喜歡手鏈就還給我。」

「誰說我不喜歡了。」楚惠把手縮回去，「我只是問問而已。」

岑瑜瞥了周安然手上的兔子一眼：「妳不覺得這個兔子和然然挺像的嗎？又白又軟。」

「是挺像的，哈哈。」楚惠莫名被戳到笑點，「都很可愛。」

周安然：「……？」

不過手上的兔子玩偶確實很可愛，她順手掛到書包上，又跟岑瑜道謝：「謝謝，我都沒準備禮物給妳們。」

主要是她沒想到岑瑜會帶禮物給她。

岑瑜又擺擺手：「剛好出去旅遊就順便帶了，妳又沒出去，沒事啦。」

「是啊，我們也沒帶。」楚惠說。

周安然想了想，還是接道：「我中午請妳們吃飯吧。」

也算是謝謝她們這段時間的照顧。

要不是那天早上岑瑜主動搭話，之後做什麼都帶著她，她很難想像上一個月會有多難熬。

「這倒是可以。」岑瑜爽快地應下，「那我們中午去陳記滷味吃涼麵吧。」

楚惠眼睛一亮：「陳記終於要開門了？」

岑瑜點頭：「是啊，我今天早上碰到老闆了，有夠感動，他們終於又要開門了。」

周安然早就聽岑瑜提過這家店。

據說是遠近聞名，雖然東西好吃，但老闆實在太過隨意，天氣不好不開門，心情不好不開門，還時不時出去旅遊，這次就出去玩了將近一個月。

上完上午的課，周安然就跟著岑瑜她們一起去陳記。

陳記離一中有一小段距離，中間要經過一個十字路口。

到十字路口時，正好碰上紅燈，幾人就停下來等候。

周安然被岑瑜挽著走在前面，聽見後面挽著另一個女生的楚惠突然說：「對了，我昨天在網路上看到一個冷笑話。」

「什麼冷笑話？」岑瑜回過頭。

周安然也回頭。

楚惠：「妳們猜……多啦A夢的世界為什麼是黑的？」

周安然倏然愣了下。

上次她跟人說起這個笑話，還是在上學期結束的那天，因為他站在窗邊笑著跟她說「下學期見」，就晴朗了她大半個暑假。

只不過是幾個月前的事情而已，現在再想起來，卻莫名有種恍如隔世的感覺。

「什麼鬼？」岑瑜明顯沒 get 到，「多啦A夢的世界怎麼會是黑的？」

楚惠：「哎呀，都說了是冷笑話啊，妳往腦筋急轉彎的方向去思考。」

岑瑜想了片刻，搖搖頭：「想不出來。」

「因為——」楚惠伸出手，「多啦A夢伸手不見五指啊。」

岑瑜：「……」

「冷死了。」她拍了拍手臂，「現在已經降溫了，不需要這種冷笑話了啦。」

楚惠很受傷：「不好笑嗎？我覺得很好笑啊。」

岑瑜轉過頭，看周安然垂著眼，嘴角抿得直直的：「妳看，然然也覺得不好笑啊。」

「好吧。」楚惠有些沮喪，「綠燈了，我們走吧。」

周安然正要轉頭，目光卻不經意瞥見一道頎長的身影。

他身穿黑色T恤和長褲，棒球帽壓得很低，臉完全被擋住。

但身形卻像是在心裡和夢裡描繪過無數次般的熟悉，是隔了很遠、很遠的距離，都能在一堆人的球場中辨別出他的熟悉。

楚惠和另一個女生這時卻往前走了一步，周安然的視線被擋住。

岑瑜還挽著她的手，走了一步，發現她站著沒動，也停下來：「然然，妳怎麼不走？」

周安然急忙錯開一步。

一中在蕪城的繁華地帶，中午時分，十字路口人來人往，剛才那道黑色的身影早已淹沒其中，入目全是不熟悉的陌生面容。

岑瑜見她神色不對：「怎麼了？」

「沒事。」周安然收回視線，「以為看到熟人。」

岑瑜有點意外：「妳不是沒來過蕪城嗎？在這裡還有熟人？」

周安然垂著眼。

是啊，她是想他想瘋了吧。

這裡是蕪城，怎麼可能會看到陳洛白？

應該只是一個和他身形相似的男生。

「沒有。」周安然搖搖頭，「認錯了，走吧。」

之後的日子突然過得飛快。

周顯鴻和何嘉怡的工作也越來越忙，這年過年他們一家都沒回去南城。

但忙歸忙，周安然明顯感覺到，周顯鴻在新公司比待在伯父那邊還要開心，何嘉怡因為之前的工作就幹得不錯，倒是沒差，但再也不用聽伯母那些夾槍帶棒的話，她明顯也是高興的。

這樣也好，反正她和陳洛白之間本來就沒有其他可能。

一中這邊對學生頭髮長短沒有要求，一個冬天過去，周安然的頭髮長到及背的長度，但等天氣稍稍回暖，她又重新將頭髮剪短了。

那天到教室時，岑瑜坐到她旁邊，一臉驚訝地問：「然然，妳怎麼又把頭髮剪短了啊？妳長髮多好看啊。」

「省事。」周安然輕聲回她。

長髮太難打理了。

岑瑜一臉可惜：「那妳也找一間好一點的理髮店剪啊，妳不會是在你們社區隨便找一家店剪的吧？」

周安然：「……」

「還真的啊？」岑瑜伸手捏了捏她的臉，「剪了個傻乎乎的髮型，萬一碰到帥哥怎麼辦？」

周安然沉默了許久。

「不會的。」

她再也碰不到比他更好的人了。

一中其實也不乏八卦，都是青春肆意的年紀，日常相處在一起的學校是滋生曖昧最好的溫床。

但因為這裡少了個人，周安然再也沒體會過，為一點捕風捉影的消息就牽腸掛肚、寢食難安的心情。

可能也是因為如此，她在一中的成績進步得比二中還要快，高二上學期剛入學的時候，還在年級四五十名左右徘徊，到高三下學期，已經能穩穩保持在年級前十名。

只是這邊的第一考場，再也沒有她想見的人。

一中常年占據第一寶座的，是個個子矮小的女生，成績穩得可怕，十分厲害。

周安然和她不同班，但常常被分配到同一個考場，也算是成了點頭之交，沒想到後來還上了同一間學校。

升學考那兩天，周顯鴻和何嘉怡雙雙請假來陪她考試。

周安然的運氣還不錯，考場就分在一中，不用早起，也不用擔心交通阻塞。

當天早上，何嘉怡緊張得不行，反覆幫她檢查各類證件和文具有沒有帶齊。

出門前，何嘉怡還是不放心，打算再幫她檢查一遍。

周安然哭笑不得：「媽媽，妳都已經檢查五遍了，真的都帶齊了。就算落了哪樣，我們家離學校這麼近，再回來拿也來得及。」

「就是說啊。」周顯鴻也提醒她，「別影響孩子的情緒。」

何嘉怡這才作罷。

周安然倒是出乎意料得平靜。

兩天考試順利考完，她自覺考得還可以，後來成績出來，分數也確實不錯。

六百九十五分，高過她之前每一次考試的成績。

照各大高中近幾年在南城的錄取分數來看，報A、B兩所大學應該沒什麼問題。

周顯鴻和何嘉怡那天也一起在家陪她查成績。

周安然看見媽媽的眼眶瞬間紅了起來，爸爸的臉上也露出如釋重負的笑容。

她知道這兩年，他們對她其實多少有些愧疚。

見狀，周安然心裡也跟著一輕。

明明應該高興的，但可能是壓在心底那座名為「升學考」的大山一下子移開，又像是不習慣似的，總覺得某個地方空落落的。

之後幾天又忙碌起來。

親戚朋友來電詢問祝賀，岑瑜她們約她出去玩了一趟，聊的無非也是分數、志願和即將到來的分別，最後是回學校填志願，以及謝師宴。

一切塵埃落定後，嚴星茜又從南城過來看她，這次張舒嫻和盛曉雯也一起來了。

兩位家長那天都要上班，周安然在蕪城待了已有兩年，對這座城市不再陌生。她去車站把幾人接回來後，將行李匆匆一放，張舒嫻就風風火火地拉著她往外走：「好餓，我們趕快去吃飯吧，我惦記妳說的那家店很久了。」

「妳們才剛坐車過來，不先休息一下嗎？」周安然問她，「要不要先喝杯水或是吃點西瓜再去？」

盛曉雯擺手：「西瓜到處都吃得到，妳當我們真的是來看妳的啊？我們就是過來吃飯的。」語氣熟絡得彷彿從來都沒和她們分開過。

周安然笑了，任由她們拉著自己的手：「那走吧。」

幾人又叫了計程車前往市中心。

周安然帶她們去的是一家專做在地美食的餐廳，當初還是岑瑜帶她過來的，原本只是一間小店鋪，後來生意越來越好，老闆就在市中心租了一間店鋪。

她們來得還算早，不用排隊。

點好菜，張舒嫻才皺著臉看了周安然一眼：「然然，妳也太狠心了，這兩年都不怎麼聯絡我們。」

服務生剛好在這時候送上她們點的飲料。這次還是點了酸梅湯，她們四個人都愛喝。

周安然先倒了一杯遞給張舒嫻：「週末有聯絡啊。」

「妳週末頂多只跟我們聊五、六分鐘。」盛曉雯拆穿她，「還有，妳為什麼先幫舒嫻倒，不先幫我倒？」

周安然失笑：「這就幫妳倒。主要是平時學校不讓我們帶手機，我媽也不太喜歡我玩。」

「我呢？最後才幫我倒，是吧？」嚴星茜裝出一副不高興的模樣。

「妳跟著鬧什麼呢。」周安然好笑地瞥她一眼，繼續說起剛才的話題，「以後就不會啦，等成績出來，我媽就不管我玩手機了，以後都可以約出去玩。」

張舒嫻哼了聲：「也就只有妳們能約出去玩，妳們都去北城了，就我一個人還留在南城。」

這年夏天，她們幾個人的運氣都還不錯。

嚴星茜和盛曉雯各自去了理想的大學，張舒嫻的分數也不低，只是沒能考上A大的醫學院，最後報了南城大學。

「我們寒暑假都會回南城啊。」周安然安慰她。

張舒嫻一喜：「妳要搬回來了嗎？」

周安然點點頭：「不過今年還不會搬回去，可能要等到明年，明年我爸大概會調回總部。」

「太好了。」盛曉雯接話，「不過，看茜茜這一臉淡定的模樣，大概早就知道了？」

嚴星茜「嘿嘿」一笑出聲：「沒辦法，誰叫我爸跟然然的爸爸是好朋友呢？而且然然還是從我這邊知道這件事情的。」

周安然又點點頭。

事情還沒確定，周顯鴻怕說了最後又取消，會讓她失望，所以沒有在第一時間告訴她。

張舒嫻又隨口說：「我們班這次考得都不錯，董辰還真的考上了航空大學。茜茜，妳還記不記得妳和他有打賭過啊？」

嚴星茜煩躁地抓了抓頭髮：「別說了，我正煩惱這件事呢，姓董的居然真的考上了。」

周安然笑道：「誰叫妳那時候想都沒想就答應了。」

嚴星茜：「……」

「其他人也不錯，賀明宇也考上了A大。」張舒嫻吃著店裡免費送來的瓜子，繼續和她說著班上的情況，「還有陳洛──」

她話音倏然頓住，餐桌上安靜了一瞬。

張舒嫻縮了縮脖子：「對不起啊，然然，我剛才沒注意。」

周安然的睫毛低低垂著，她搖搖頭：「沒事。」

她知道的。

他是他們那個縣市今年的理科榜首，七百一十二分，連一中都有人在討論他，想不知道都難。

但當初肆意飛揚的少年，這次卻格外低調，沒接受任何一家媒體的採訪。

周安然只知道他最後選擇就讀A大的法律系。

張舒嫻看她安安靜靜地坐在一側，忍了下，還是沒忍住：「然然，妳現在還喜歡陳洛白嗎？我是說，他這兩年一心只想著讀書，也沒跟哪個女生走得近，當初……算了，當我沒問吧。」

周安然抿了一口酸梅湯。

不知怎麼，和兩年前跟她們一起吃火鍋一樣，莫名又嘗出了一點澀味。

她看著幾個好朋友擔憂的神色，輕輕搖了搖頭：「不喜歡了。」

盛曉雯偷偷掐了張舒嫻一把：「不喜歡更好啊，我們然然這麼漂亮，上大學肯定不缺人追，專心讀書更好，美女學霸誰不愛？」

周安然被她逗笑了。

就在此時，身後遠遠響起一道女聲，「阿洛。」

周安然的笑容僵在嘴角，等反應過來後，又覺得自己好笑。

明明已經過了快要兩年，在聽見一個可能只是發音相似的名字，她都像是仍有某種條件反射似的。

嚴星茜她們肯定都聽見了，但顯然沒把這當一回事。

周安然心知如此，卻還是忍不住回頭看了一眼，入目的卻只有一張張陌生的面孔。

嚴星茜三人這次在蕪城玩了三天才回去。離開那天，周安然去車站送完她們，獨自回到家後，不知怎麼的，她又走到書桌前坐下，拉開抽屜，從深處拿出那罐可樂擺在桌上，以指腹輕觸上面的拉環。

怎麼可能不喜歡他呢？她只是不想讓嚴星茜她們再為她擔心。

要是那天她被人懷疑的時候，他站在一旁袖手旁觀，也許時間一久，她還能澈底放下他。

可是他沒有。

雖然他當時被朋友利用，也算是半個受害者，但像前幾次幫她一樣，他那天依舊朝她伸出手，將她從那股泥淖中拉出來。

哪怕她心知肚明，那封情書絕不可能是他寫給她的。

可當她那天下午抬起頭，目光和他的視線在半空中相撞，周安然在那瞬間清楚知道，她這輩子應該都忘不了他了。

九顆檸檬　還是年少的你

報到那天豔陽高照。

周安然到校門口的時候，又收到岑瑜傳來的訊息。

岑瑜考得也不錯，去了南城另一所明星學校，也是今天報到。

周安然在太陽底下解鎖手機。

岑瑜：『到了嗎？』

岑瑜：『我表哥和他朋友都已經到門口等妳啦。』

岑瑜：『我把妳的照片傳給他了，妳如果到了，就站在門口等一下，他應該能找到妳。』

前幾天，岑瑜就跟她說過有個表哥在A大，今年大三，會請他幫忙帶她報到。

周安然是個怕麻煩人的性格，卻又拒絕不了岑瑜的熱情，最後還是糊裡糊塗地答應了下來。

她低頭回覆：『到了。』

才剛傳出去，周安然就感覺面前多了一片陰影，有陌生的男聲隨之響起，「是周學妹嗎？小瑜的朋友？」

周安然抬起頭，看見面前站著一個戴著眼鏡的男生，微胖，很有親和力的長相，和岑瑜傳給她的照片上的人一模一樣。

他應該就是岑瑜的表哥——徐洪亮。

她點點頭：「學長好。」

徐洪亮熱情地跟過來送她的周顯鴻打招呼：「叔叔、阿姨好，我是周學妹朋友的表哥，叫徐洪亮。」

他一邊伸手去接周顯鴻手裡的行李，一邊轉頭往後看：「沁姐，人來了。」

沁姐？

岑瑜剛才好像是說，她表哥會和朋友一起來接她。

周安然順著那個方向看過去。

校門口不遠處的大樹下，有個瘦高的女生從陰涼處走出來，她穿著一身黑，頭髮綁成清爽的馬尾，日光下隱約能看出髮尾挑染著一抹紫色，和一中公布欄上的照片一樣，五官不算太完美，但組合在一起卻有種獨特的漂亮。

女生停在她面前，臉上不見一絲表情，聲音也是涼的，丟出三個字：「俞冰沁。」

周安然沒想到岑瑜表哥的朋友，就是那位在一中大名鼎鼎的前理科榜首，愣了兩秒，才想起該跟人打招呼：「俞學姐好。」

俞冰沁衝她點了下頭，又淡著神色跟她父母打了聲招呼。

一個男生不知從哪裡突然竄出來，熱絡地邊打招呼邊接過何嘉怡手裡的那些行李。

周安然還有些狀況外，就見俞冰沁朝門口一抬下巴：「走吧，帶妳去報到。」

進到學校後，徐洪亮和另一位學長帶著周顯鴻和何嘉怡到家長等候區休息，俞冰沁獨自帶周安然去辦入學手續。

俞冰沁話不多，路上只和她說了一句話：「我也是生科院的。」

周安然從沒見過這麼酷的女生，忍了一路，還是沒忍住，在快到報到處的時候，偷偷多看了她一眼，卻不小心被俞冰沁逮了個正著。

「我臉上有東西？」她說話還是有些冷淡，但聲音很好聽，像是帶著某種金屬質感，格外有辨識度。

周安然迅速移開視線，耳朵尖悄然紅了一點，想誇學姐好看，又不好意思，最後只能胡亂地搖了搖頭。

然後她聽見俞冰沁很低地笑了聲。

周安然這一路都沒見俞冰沁有過任何表情，更別提笑了，她轉過頭看去，小聲問：「怎麼了？」

「沒事。」俞冰沁臉上的笑容一閃即逝，又迅速恢復成面無表情的模樣，「進去吧。」

報道完，周安然意外發現她是第一個到宿舍的。

她的寢室在三樓，但因為有徐洪亮和另一個學長的幫忙，只需要一趟就能將行李全部搬完。

放下東西後，徐洪亮稱有事要忙，婉拒周顯鴻要請他們吃飯答謝的請求，帶著另一個學長離開宿舍，俞冰沁也跟著他們一起離開。

周安然其實有點想認識一下這位酷酷的學姐，但又不好意思叫住她。

可沒過片刻，她還在跟兩位家長一起收拾床鋪的時候，就見俞冰沁去而復返。

女生的手裡多了個袋子，她從裡面拿出兩瓶飲料遞給周顯鴻和何嘉怡，最後把一瓶可樂丟到周安然的懷裡，語氣還是很淡，「記一下我的手機號碼吧？」

周安然愣了下，然後迅速點點頭，嘴角不自覺翹起來，唇邊的小梨渦若隱若現。

她急忙拿出手機，記下俞冰沁報出的號碼。

「通訊軟體的ＩＤ和電話號碼一樣，加的時候記得改一下名字。」俞冰沁言簡意賅，「我住在五樓，有事就打電話，走了。」

女生的身影很快消失在門外。

何嘉怡笑著感慨：「這女孩看起來冷冰冰的，沒想到是個熱心腸，她也是小瑜的朋友嗎？」

周安然搖搖頭，她剛才一直沒找到機會說：「她是小瑜表哥的朋友吧？也是我們一中的學姐，還是某一屆的理科榜首呢。」

何嘉怡驚訝：「這麼厲害啊。」

周顯鴻倒是淡定多了，笑著插話：「妳也不看看這是什麼地方。」

沒過多久，周安然的三個室友也陸續到來。

印證了周顯鴻那句「妳也不看看這是什麼地方」，周安然這三位室友都深藏不露。

一個是C市今年的理科第三名，一個是生物競賽保送生，最後一個最讓周安然驚喜，是蕪城今年的榜首，一中那位常年霸占第一的小個子女生——于欣月。

周安然知道于欣月也進了A大的生科院，卻沒想到有緣和她分到同一間房間。

周顯鴻和何嘉怡的工作都忙，不放心她才一起請假送她過來，在看見她先碰上一位熱心的學姐，又和同校學生成了室友後，兩人這才放下心，也沒功夫多待，當天就飛回了南城。

周安然在高中時，不管是在二中，還是在一中，時常都會聽見住校生在宿舍經常出現矛盾。她是頭一次住宿舍，在過來前，心裡還有些忐忑。

但可能是她這次運氣不錯，和她同房的幾位室友都不難相處。

于欣月不用說，在一中本就算是點頭之交，且一心只有讀書，入學第二天就在圖書館泡了一整天，到了晚上才回來，幾乎都不會碰到面，更別說產生矛盾了。

C市那位裡科第三名的室友叫柏靈雲，性格和岑瑜有點像，非常開朗大方。

靠生物競賽保送入學的室友叫謝靜誼，戴著一副眼鏡，一臉書卷的氣息，實則八卦程度和張舒嫻相比，有過之無不及。

周安然頭一次見識到她的八卦水準，是在軍訓的第一天。

軍訓第一天晚上，周安然沒有睡好，一整晚睡睡醒醒好幾次。

新生軍訓都聚集在一起，院系之間不會隔得太遠，也就是說，她應該會見到陳洛白。

周安然想見他，又怕見到他。

可能真的和他沒什麼緣分吧，第二天去了訓練場後，周安然就發現法學院離他們院系最遠。

她不敢靠近，但碰上合適的機會時，目光還是會忍不住朝那邊看過去。

只是最終也沒能在一片迷彩綠裡找到他。

不知是距離有些遠，還是因為兩年過去，男生的身形已經有所變化，早已不是她記憶中無比熟悉的模樣。

吃完晚餐，周安然才知道她的兩個猜想都不正確。

當時她們宿舍幾個人坐在一起休息，謝靜誼買完水回來後，一臉遺憾地在她們旁邊坐下：

「妳們那個縣市的理科榜首居然沒來軍訓，不知道發生什麼事了，我還想看看他到底長得有多帥呢。」

周安然握著水瓶的手一緊。

沒有特殊原因，新生通常不會缺席軍訓。

他是……出了什麼事嗎？

「對了，」謝靜誼又問，「妳們見過他了嗎？」

于欣月搖頭，一副沒什麼興趣的模樣：「我和然然在蕪城一中，都不和道他也在同一個地方。」

謝靜誼拿礦泉水瓶貼著臉：「我去比賽的時候，碰過他們南城二中的人，一個個都講得有夠誇張，說什麼陳洛白是斷層校草，在他到二中之前，所謂的校草也都是自封或小範圍的認可，更多情況下是互捧，但他來之後，不管男的女的，基本上沒有人不認可他的校草身分，他一出現，剩下就沒幾個能打了。」

「有那麼誇張嗎？」柏靈雲不太相信。

「我也很懷疑，所以我才想看看他到底長什麼樣子嘛。」謝靜誼說著，發現周安然一直低著頭，「然然，妳怎麼了？」

周安然回過神：「沒事，只是有點累。」

「確實很累，這麼大的運動強度，希望我這個暑假胖出來的肉能掉回去。」柏靈雲喪著臉，說完又捏捏周安然的手臂，「然然，妳好瘦啊，有什麼減肥小妙招嗎？」

周安然心裡亂得厲害，勉強想了想：「可能是因為我不愛吃甜食？」

柏靈雲：「……算了，我這輩子都戒不了甜食，當我沒問。」

幾人又聊起了減肥的話題。

周安然緊握著水杯。

算了，反正她也打聽不到他的事。

就算打聽到了，她也幫不了什麼。

離他遠遠的，不再打擾他，就是她現在唯一能做的事情了。

再聽到陳洛白的消息，已經是正式開學。

開學第一天，結束下午的課程後，謝靜誼去其他院找高中同學一起吃飯，周安然跟另外兩位室友去了學生餐廳。

吃完晚餐，于欣月照舊去了圖書館。

周安然有兩雙鞋子想洗，就和柏靈雲一起回宿舍。

洗好鞋，在陽臺晾曬好，周安然一回寢室，就看見謝靜誼滿臉興奮地從外面跑進來。

「靠。」她眼睛雪亮，一進來就拉住周安然的手，也不知道碰到了什麼讓她興奮的事，連髒話都飆了出來，「我見到妳們縣市那位理科榜首了，真的超他媽帥，我第一次看見有人瘸著腿都能帥成這樣。」

周安然聽見謝靜誼提起他，心裡先是一顫，再聽到她最後一句話，又倏然揪緊：「他受傷了？」

謝靜誼點頭：「是啊，好像就是因為腿受傷了，所有沒來上軍訓課。」

周安然：「嚴不嚴重啊？」

「看起來沒有很嚴重。」謝靜誼說，「要是真的嚴重，肯定會繼續請假，也不能來上課啊。」

周安然稍稍放下心，這才反應過來自己問了個傻問題。

好在謝靜誼還沉浸在這股興奮的情緒中，並沒有發現什麼端倪，仍在繼續和她說著陳洛白：「是真的帥，南城二中那些人說的居然都是真的。」

柏靈雲剛才坐在位子上聽聽力，這時才拿下耳機，只聽到後半句話：「什麼東西是真的？」

「陳洛白啊，她們那邊的理科榜首。」謝靜誼鬆開周安然的手，又跑去柏靈雲面前，「我下午看見他了，超他媽帥。」

「超他媽帥是什麼樣的帥法？」柏靈雲問。

謝靜誼想了想：「該怎麼形容呢……妳看過明星和路人一起拍的那種照片吧？就是那種感覺。我下午在籃球場附近看見他的時候，周圍有一大群人，我一眼就看見他，也只能看見他，妳懂我的意思嗎？」

柏靈雲：「有這麼誇張？說的我都想見見他了。」

「妳見他做什麼？」謝靜誼衝她眨眨眼，「妳不要謝學長了？」

柏靈雲前幾天在學生餐廳碰到一個同院的學長，兩人交換了聯絡方式，一來二去迅速有了點曖昧的苗頭。

柏靈雲衝她翻了個白眼：「要是真有妳說的這麼誇張，我這種水準也搞不定，只是看看而已。」

接下來那一小段時間，周安然過得格外忙碌。

新學期正式開始後，學生會和各大社團的招生活動也隨即開始。

周安然本來都沒興趣，但想到何女士總說要她不要太內向，也要跟朋友學著開朗一些，她最後還是跟室友去了一趟社團招生現場。

于欣月態度堅定，只想讀書，並沒有跟來。

到了招生現場，周安然、謝靜誼跟柏靈雲還沒往裡面走幾步，就有一個穿著紅色球衣的男生攔住她們。

「是大一的學妹吧？有沒有興趣加入我們籃球社啊？」

聽見籃球社，周安然愣了下，腦中閃過另一抹穿著紅色球衣的頎長身影。

「有興趣的話，就填一下這張報名表。」

謝靜誼和柏靈雲交換了眼神。

雖然對方像是在問她們三個人，目光卻自始至終只看向周安然，報名表也是遞到周安然面前的。

一看就是醉翁之意不在酒。

周安然長得漂亮，是那種又清純又乖巧的漂亮，軍訓的時候就頻繁被要聯絡方式。

雖然她看起來很好說話，卻一個都沒答應。

謝靜誼還是頭一次見她盯著一個男孩子發楞，正想開口，卻見周安然像是突然回過神似地搖了搖頭，說了句「不好意思」。

對方盯著她看了兩秒，也沒勉強，轉身走了。

謝靜誼這才鬆了口氣，小聲跟她說：「他應該是籃球社社長杜亦舟，長得還可以，但挺渣的，據說換女朋友跟翻書似的，我剛才看妳盯著他發呆，還以為妳也被那張臉迷惑了。」

周安然眨了眨眼。

她連剛剛那人長什麼樣子都沒看見。

「我沒盯著他看。」

柏靈雲不理解：「那妳剛才在發什麼呆？」

周安然：「……」

她也不知道該怎麼解釋，最後胡亂找了個藉口：「就是突然忘記我們有沒有鎖門了。」

「鎖了吧？」謝靜誼也有些不確定。

柏靈雲一臉「我真是服了妳們」的表情：「鎖了。」

小插曲過去，柏靈雲和謝靜誼繼續看起五花八門的招生海報。

周安然心裡存著事，一不小心就和她們兩個走散了。

她獨自站在人來人往的招生現場，忽然有些猶豫。

小時候也不是沒參加過才藝班，但不知道為什麼一個也沒堅持住，周安然目光掃過去，想不出自己對什麼特別感興趣，也有點害怕獨自跟那些看起來很熱情的學長姐打交道，想到可能要面對一群人自我介紹，更是有些頭皮發麻，她開始後悔沒跟于欣月一起去圖書館。

正打算折返，耳邊突然有一道好聽的女聲響起，「想進社團？」

周安然一聽聲音就知道是誰，雖然和她不算熟，但對方的聲音太有辨識度了，聽過一次就很難忘，她轉過身，有點驚喜：「俞學姐。」

報到那天過後，周安然就沒再見過她。

雖然俞冰沁給過她電話號碼，說有事可以找她，但周安然也不好意思主動去麻煩她。

俞冰沁的臉上還是沒什麼表情：「來我們社團吧？」

周安然：「……咦？」

* * *

到了午休時間，周安然才在學生餐廳跟兩位室友碰頭，柏靈雲和謝靜誼都各自加入了社團。

裝好菜，柏靈雲順口問她：「然然，妳怎麼走這麼快？是因為沒有加到社團嗎？」

周安然搖頭：「沒有，我加入吉他社了。」

「是大吉他社嗎？」謝靜誼問。

周安然茫然地看向她：「什麼大吉他社？」

難不成還有「小吉他社」？

謝靜誼跟她解釋：「我們學校有兩個吉他社，一個是創辦很久的大吉他社，也是我們學校真正的吉他社，還有一個是我們院的俞學姐他們自己創立的樂團，人很少，基本上不太會招人，據說能進去的都很厲害，所以我才問妳進的是不是大吉他社。」

周安然更茫然了。

俞學姐還有個樂團嗎？

「好像不是。」

謝靜誼：「？」

柏靈雲：「！」

兩人齊齊抬起頭，看向她的目光有一點肅然起敬的味道。

謝靜誼：「看不出來啊，然然，妳怎麼沒跟我們說妳還是個吉他大神？」

「不是。」周安然拿著筷子也忘了夾菜，「我完全不會彈吉他。」

謝靜誼想起下午那位醉翁之意不在酒的籃球社社長，又看了看眼前乖巧的室友：「然然，妳是不是被騙了，是哪個男的主動來找妳入社的嗎？」

「不是。」周安然又搖搖頭，「是俞學姐找我去的。」

謝靜誼：「不可能啊？難不成是誰給了我錯誤的情報？」

謝靜誼的情報是對是錯，周安然不清楚。

俞冰沁那天說社團有活動會通知她，之後周安然也沒有再收到她的消息。

柏靈雲和謝靜誼還進了學生會，兩人在那段時間忙得不可開交。

周安然加了個社團，又好像沒加一樣，但也沒閒著。

初入大學，對新的學習體系還不熟悉，周圍又全是菁英中的菁英，她多少有些壓力，絲毫不敢懈怠，下課後就跟于欣月一起泡在圖書館。

一忙碌起來，倒也沒空再想陳洛白。

但周安然也分不清楚，自己究竟是因為忙碌而沒空想他，還是因為不敢想他，所以故意讓自己忙碌起來。

也許都有。

可即便這樣，她還是時常能從謝靜誼那裡得知他的消息。

也不知道謝靜誼為什麼有這麼多消息管道。

從正式上課到國慶連假前一個禮拜，周安然從謝靜誼那裡聽了起碼有四五次，有女生找他要聯絡方式或表白的事情。

如果謝靜誼的消息無誤的話，這其中還有個大二學姐在失敗後並未立刻放棄，反而風雨無阻地在想法設法送午餐給他。

周安然以為兩年過去，再聽到他的消息，她能比以前淡定，沒想到還是會有心臟被看不見的細線纏繞住、悶得有些喘不過氣的感覺。

可聽了他這麼多消息，周安然卻一次也沒碰過他，就連他有沒有變化都不知道。

A大說大當然大，比二中大了好幾倍，不同學院的學生在不同的大樓上課休息，碰不到是再正常不過的事情。

可說小其實也小，畢竟還是在同一間學校，就連謝靜誼都遇過他。

說到底，就是沒緣分吧。

所以周安然有時慶幸自己還能從謝靜誼這裡，得知他一星半點兒的行蹤與消息，起碼能知道他過得還不錯。

終於迎來國慶連假。

周安然從來都沒離家這麼久，有點想家，也想見朋友，所以假期就沒留校也沒出去玩，和嚴星茜幾人約好一起回家。

剛好周顯鴻和何嘉怡這次也不用加班，周安然時隔幾年，終於又回南城住了幾天。和留在南城的張舒嫻見了兩次，在家休息，看了看書，幾天的假期就一晃而過了。

返校那天，周安然特意帶了一些特產和何嘉怡做的虎皮雞爪回來。

一聽說周安然帶了吃的，幾個沒回家的室友都在晚上八點半之前回到了宿舍，就連一向在圖書館泡到閉館的于欣月都提前回來了。

幾人坐在謝靜誼的位子上，邊吃東西邊看電影。

說是看電影，有兩個人從頭到尾都沒專心過。

柏靈雲大概是在和那位姓謝的學長聊天，臉上時不時露出一個甜蜜的微笑。

謝靜誼比她更忙，看起來像是在和好幾個群組的人聊天。她一手拿著雞爪，一手飛快地打字。

東西快吃完的時候，周安然正打算取下手套，收拾一下桌子。這時謝靜誼不知收到了什麼訊息，突然「靠」了聲。

她像是又驚訝又興奮，雞爪停在嘴邊忘了吃：「大二那個學姐去陳洛白的宿舍樓下公開表白了，好勇敢啊。」

「陳洛白，我喜歡你。」

又一聲告白傳上來，元松被吵得連遊戲都玩不下去了，手上這場一結束，他把手機往桌上一丟，椅子往後挪了挪，偏頭看過去。

他被吵得心煩，被告白的那位當事人倒是淡定得很，全神貫注、心無旁鶩地看著拿在手上的《刑法學》。

元松乾脆站起身，走到他身後，踢了踢他的椅腳，問他：「你不下去嗎？」

陳洛白頭也沒回：「下去做什麼？」

「人家跟你告白啊！」元松打量著他的神情，沒看出什麼，「一點興趣都沒有？」

陳洛白漫不經心地回答：「沒有，你這麼有興趣，你自己下去。」

元松被他氣笑：「又不是跟我告白，我能有什麼興趣？」

說完這句，就見旁邊這位室友根本懶得理他，手上的《刑法學》又翻過一頁，繼續認真看他的書。

元松突然想起第一天見到這位室友時的情景。

那是正式開學的前一天，他和室友從學生餐廳吃完晚餐回來後，看見一直空著的床鋪鋪好了被褥，床下的書桌前坐了個男生，個子明顯很高，長腿隨意屈著，當時他手上拿的是《法學方法論》。

聽見他們進門的動靜，那男生只是回頭看了他們一眼，態度格外淡定：「回來了啊。」然後沒再搭理他們，繼續低頭看書。

元松知道沒來的那位是個理科榜首，也聽說對方是個大帥哥，當時看到那一幕，心裡多少覺得對方有點假掰。

直到隔天，他意外從隔壁寢室的男生口中得知，他的新室友當時戴在手上的那隻錶將近三十萬。

他們的另一個室友叫周清隨，家境不太好。

元松無意窺見過院裡另一個男生戴著兩、三萬的錶，就在暗地裡拿周清隨當賊在防，而他們這位新室友在來寢室的第一天晚上，漱洗時就將那隻近三十萬的手錶大咧咧地往桌上隨便一放。

元松這才覺得，他可能多少有點誤會對方了。

也許新室友是真的不缺錢，三十萬的手錶也只看作尋常。

但再尋常，那畢竟不是三十塊，對方大大方方隨便放在桌上，起碼說明他做人磊落，不像有些表面跟你聊得熱絡，背地裡卻看不起你。

後來相處幾天後，元松就發現這位新室友有錢是真的，沒什麼架子也是真的，那天不怎麼搭理他們，完全是因為看書看得正起勁。

而且A大這種地方，什麼都缺，就是不缺學霸。真要假掰，拿他那堆貴得要死的行頭出去炫耀就好，何必拿學習裝模作樣？

況且從開學到現在，敢主動跟他表白的女生，沒一個不是在學校小有名氣的，哪個帶出去都有面子，元松就沒見他對哪一個表示過一點特殊。

別說特殊了，元松甚至覺得他都沒把女生看在眼裡。

倒不是看不起人的那種感覺。

他有時看到班上哪個女生需要幫忙，也會順手幫一下。就好比在公車上讓座給一個老奶奶，他並不會去關心她是高是矮，叫什麼名字，年紀多大一樣。

他連班上女生的名字都記不太清楚。

能考上A大的，也沒幾個蠢人，所以大部分女生試探出他的態度後就放棄了，只有這位大二的學姐格外有毅力。

堵人、送餐等各種招數用完，發現都不管用後，今天終於又放出了新的大招。

「你真的不下去？」元松又問了一次，「我之前出去的時候，上上下下都有不少人在圍觀，大概再過一陣子，全校都會知道了，說不定——」

這次話還沒說完，認真看書的那位終於有了一點反應，他一臉煩躁地將手上的《刑法學》往桌上一丟，從椅子上站起身。

元松見他打算要下去，又多問了一句：「腳沒事了？」

陳洛白轉了轉腳踝，不知怎麼，忽然笑了下：「沒事了。」

「靠靠靠！」謝靜誼一臉興奮地看著手機，「陳洛白下來了！」

柏靈雲湊過去：「什麼情況？這是要答應了？」

「不知道。」謝靜誼說，「我朋友就在樓下，他說他先認真聽一下，等一下再告訴我。」

周安然目光緊盯著平板螢幕。

她們今晚看的是一九七四年那版的《東方快車謀殺案》，現在已經臨到最後的揭祕階段。

白羅說的臺詞似乎進到了周安然的耳裡，卻進不去心裡。

她的心正高高懸起，裡面又只剩下那一個人。

時間被拉長，心跳的間歇卻在縮短。

過了不知道多久，謝靜誼才重新開口：「我朋友傳訊息了，她說陳洛白——」像是想賣關子，她拖長了音調。

柏靈雲被吊起了胃口，乾脆作勢伸手去搶她手機。

謝靜誼這才繼續接上：「陳洛白說他覺得喜歡應該是尊重，是希望對方好，而不是罔顧對方的意願糾纏和打擾。」

「這算是拒絕了吧？」柏靈雲問。

謝靜誼點頭：「他後面好像還說了幾句，但我朋友沒聽清楚，只看見那位學姐紅著眼睛離開了，嘖嘖嘖，那位學姐當初在校花評選中的呼聲也挺大的，陳洛白連她都看不上啊。」

周安然的心重重落回來之餘，又覺得膝蓋好像中了一箭。

不管是當初還是現在，她都是一個不敢付諸行動的膽小鬼。

不算當初偷偷送的那兩顆糖果，勉強算得上「罔顧」他意願的行為，應該只有塞藥給他的那一次？

這樣一想，又好像還好。

柏靈雲這時不緊不慢地接了句話：「不過我覺得他說得很對，想要展開這種糾纏式追求的話，起碼要先知道對方對你有那麼一點好感，陳洛白是個男生倒還好，如果性別對調，女生天天被一個不喜歡的男生這麼追著跑，連覺都要睡不好了。」

「妳這麼說也對。我有個朋友在高中就被人這麼追過，那個男生無論是吃飯還是上下學都纏著她，她都快被煩死了，那男的還覺得『我付出了這麼多，妳怎麼還不感動』。確實不敢動了，從那之後，她上學都請她哥接送，不然她不敢自己回家。」謝靜誼還想再說點什麼，目光不經意看見坐在一側的周安然。

女生長髮及肩，微捲的髮梢在雪白的臉頰邊輕輕晃悠，側臉看起來又乖又清純。

謝靜誼一下忘了要說什麼，反而生起了另一個八卦心，忍不住問她：「然然，妳這麼漂亮，高中的時候應該常常被人追求吧？」

周安然回過神，急忙搖搖頭：「沒有。」

「不可能吧？」謝靜誼不相信，「你們高中的男生是眼瞎嗎？」

一直在認真看電影的于欣月，這時終於插了句話：「妳們是沒見過她高中的髮型，和鍋蓋頭差不了多少。」

柏靈雲和謝靜誼齊齊震驚地盯著周安然。

周安然回想了下。

于欣月說的應該是她高三時的髮型，她當時換了社區外面另一間店剪髮，沒想到還不如高二隨便找的那家。

周安然小聲反駁：「那比鍋蓋頭好多了，沒那麼短。就是我們社區樓下的美髮師，把我的瀏海剪得有點短，也有點平齊……」

「那妳不會換另一家店去修一修嗎？」謝靜誼說。

周安然：「……當時都高三了呀。」

她完全沒心思也沒功夫再找其他店鋪去重新整理。

柏靈雲譴責：「暴殄天物。」

謝靜誼附和：「浪費顏值。」

周安然：「……」

「而且我們教務主任跟個幽靈似的，每天在各個年級來回巡邏，就算有人想追她也沒那個膽子。」于欣月又補充了一句。

柏靈雲：「同一個世界，同一個教務主任。」

「她又低調得要死，我高三跟她同一個考場才認識她。」于欣月起身伸了個懶腰，「電影看完了，我要去漱洗睡覺了。」

「什麼？」謝靜誼轉過頭，「播完了？兇手是誰啊？」

于欣月：「我還以為妳們對兇手是誰不感興趣呢，自己拉回去看吧，劇透就沒意思了。」

謝靜誼把電影拉回去。

周安然跟兩位室友一起重新補了下後面的一小段劇情。

週一接近滿堂，幾人也沒弄太晚，看完電影後就早早漱洗睡覺了。

周安然在國慶連假休息了幾天，回學校之後就不敢再放鬆，週一晚上吃完晚餐，她就和于欣月一起去了圖書館。

看書時，她把手機調成靜音，等回到宿舍後，周安然才看見手機裡多了一則訊息。

俞冰沁：『下週六社團聚會。』

傳送時間是晚上九點五分。

一個小時前的訊息了。

周安然急忙把手上的書一放，也顧不上坐下，低頭回覆訊息：『學姐，不好意思啊，我剛才在圖書館，手機關靜音所以沒看見。』

周安然其實不太明白她的意思。

是讓她一起去參加聚會嗎？但這樣問好像不太好。

周安然想了想，又多傳了一則訊息：『什麼聚會啊？』

回完這則訊息，她想著已經過了這麼久，俞冰沁不一定會立刻看到訊息，正打算放下手機去漱洗，就看見俞冰沁打了通電話過來。

周安然接起電話：「俞學姐。」

俞冰沁應了聲，說的話仍舊簡單：『吃飯唱歌，我等一下把地址傳給妳。』

這應該就是讓她一起去的意思。

周安然想起那天謝靜誼打聽到的情報，猶豫了下，還是小聲補充了一句：「那個……俞學姐，我完全不會彈吉他。」

『另一個新人也不會。』俞冰沁說，『之後有空再教你們，我還有事，掛了。』

謝靜誼的床鋪跟她同邊，比她早一些回宿舍，見她掛斷電話，好奇詢問：「妳在跟俞冰沁學姐講電話嗎？」

周安然點點頭。

謝靜誼後來又問了問情報提供人，對方說俞學姐的社團確實只招很會玩吉他的人，就算不會吉他，也得精通別的樂器，不知道今年怎麼就破例了。

「妳跟她說妳不會彈吉他，學姐說了什麼？」

周安然：「她說另一個新人也不會。」

「所以今年招了兩個不會彈吉他的人嗎？」謝靜誼摸了摸下巴，實在沒想通，她盯著周安然看了幾秒，「可能是見妳好看吧，招回去當門面？」

周安然臉一紅，「俞學姐自己就很好看了。」

謝靜誼還是好奇：「那妳之後幫我打聽一下，另外那個新人會不會其他樂器。」

周安然點頭應下。

還好還有一個新人，不然週六她單獨去參加一群熟人的聚會，想想就覺得尷尬。就是不知道另一個新人是男是女，好不好相處。

洗完澡躺上床後，周安然收到俞冰沁傳過來的兩個地址，分別是一家餐廳和一家ＫＴＶ，都離學校不遠。

接下來幾天，周安然上完課後，都跟著于欣月一起泡在圖書館。

泡到週六下午，她覺得肩膀有些痠痛，想著餐廳離學校不遠，她就沒搭車，乾脆步行過去。

周安然特意提前出發，被服務生帶進包廂時，卻發現裡面幾乎快要坐滿。

位子正對著門口的一個男生，一看見她就吹了聲口哨：「喲，這就我們的新人嗎？歡迎新人！」說完還帶頭鼓掌。

周安然呆站在門口。

背對著這邊的俞冰沁轉過身，可能是因為包廂裡都是她的朋友，她嘴角掛著一點淺淡的笑意：「別嚇她。」

裡面的人好像都挺聽她的話，喧鬧一下止住。

俞冰沁拍了拍她旁邊的空位：「進來吧。」

周安然走到她旁邊坐下。

俞冰沁好像很懶得說話，又朝包廂裡的一個人抬抬下巴：「你介紹一下。」

周安然這才發現徐洪亮也在。

包廂裡大概有十幾個人，徐洪亮一一幫她簡單介紹一遍，聽起來都是大三、大四的學長姐，那個新人好像不在。

周安然來的時候，還有些害怕自己要當著一群人的面做自我介紹，但徐洪亮介紹完其他人，又簡單介紹了下她，這個環節就這麼簡單地帶過了。

俞冰沁把菜單推過來：「看看有什麼想吃的，打勾的就是已經點了。」

周安然看了下。上面已經勾了不少菜，她沒什麼特別想吃的，也不好意思再多點，又把菜單推回去，「這些就可以了，我不挑食。」

俞冰沁嘴角的笑意好像更明顯了一些：「不挑食很好，另一個就特別挑。」

周安然眨眨眼。

另一個？是說另一個新人嗎？

「俞學姐。」周安然小聲叫她，「那個新人還沒來嗎？」

俞冰沁隨手把菜單擱在一邊：「他有事耽擱了，等一下唱歌的時候才會來。」

周安然只是性格內向慢熱，不太會主動社交，到了陌生的地方碰上陌生人的時候，剛開始會有些拘謹，但也還沒到社恐的地步，察覺到這群學長姐都在釋放善意，也都很照顧她，她也慢慢放鬆下來。

這頓飯吃得比預期中愉快不少。

吃完飯，一群人轉戰ＫＴＶ。

周安然不太會唱歌，又是新人，就主動坐到了最靠邊的位置。

俞冰沁一開始坐在她旁邊，後來有個學長像是有事找她，她就換去了中間，周安然旁邊的位置換成了一對剛去買零食回來的情侶。

那位學姐看她一個人坐著，又乖又安靜的模樣，低聲問了一句：「想唱什麼歌？我幫妳點。」

周安然衝她笑了下，搖搖頭：「謝謝學姐，我不太會唱歌。」

學姐被她唇邊的小梨渦甜到，從零食袋裡拿了一袋烏梅塞到她手裡：「那妳吃東西吧，這個梅子不錯，沁姐等一下可能會唱歌，妳可以聽聽。」

她聽謝靜誼說過，俞冰沁是他們樂團的吉他手兼主唱，謝靜誼還給她看過俞冰沁以前唱歌的影片，女生穿著一身黑站在舞臺上，又酷又帥，聲音比說話時更吸引人。

烏梅酸度適中，味道還行，周安然一邊吃一邊聽大家唱歌，中途俞冰沁像是接到電話，拿著手機起身走出門。

周安然的手機也在此時響起。

謝靜誼：『另一個新人會不會其他樂器啊？』

周安然咬著梅子：『還沒來，是男是女我都不知道。』

這時門突然被推開，周安然以為是俞冰沁回來了，下意識抬頭看過去。

包廂正播放到一首安靜的慢歌，輕緩的前奏過去，微低的男聲響起，不知是誰在唱：「怎麼去擁有一道彩虹，怎麼去擁抱一夏天的風……」

是那年高一，嚴星茜把耳機塞到她耳裡時，她聽到的那首歌。

周安然愣愣地看著從門口走進來的高大男生，一瞬間覺得自己好像在做夢。

夢裡，她回到高一那天，看見他手上抓著一顆橙紅色的籃球，和朋友有說有笑地從前門走進來。

她坐在自己的位子上偷偷看他時，聽見了耳機裡的歌聲，也聽見了自己悄然加快的心跳聲。

——〈檸檬汽水糖〉未完待續——

高寶書版集團
gobooks.com.tw

YH 145
檸檬汽水糖（上）
作　　者　蘇拾五
封面繪圖　阿殁Amo
責任編輯　眭榮安
封面設計　也　津
內頁排版　賴姵均
企　　劃　何嘉雯

發 行 人　朱凱蕾
出　　版　英屬維京群島商高寶國際有限公司台灣分公司
　　　　　Global Group Holdings, Ltd.
地　　址　台北市內湖區洲子街88號3樓
網　　址　gobooks.com.tw
電　　話　(02) 27992788
電　　郵　readers@gobooks.com.tw（讀者服務部）
傳　　真　出版部(02) 27990909　行銷部 (02) 27993088
郵政劃撥　19394552
戶　　名　英屬維京群島商高寶國際有限公司台灣分公司
發　　行　英屬維京群島商高寶國際有限公司台灣分公司
初　　版　2024年2月
初版二刷　2024年7月

本著作物《檸檬汽水糖》，作者：蘇拾五，由北京晉江原創網絡科技有限公司授權出版。

國家圖書館出版品預行編目(CIP)資料

檸檬汽水糖 / 蘇拾五著. -- 初版. -- 臺北市：英屬維京群島商高寶國際有限公司臺灣分公司, 2024.02
冊；　公分. --

ISBN 978-986-506-878-3(上冊：平裝). --
ISBN 978-986-506-879-0(中冊：平裝). --
ISBN 978-986-506-880-6(下冊：平裝). --
ISBN 978-986-506-881-3(全套：平裝)

857.7　　112014111